변덕스러운
달

Inconstant Moon

변덕스러운 달

ⓒ래리 니븐 2020

초판1쇄 인쇄	2020년 10월 16일
초판1쇄 발행	2020년 10월 20일
지은이	래리 니븐
옮긴이	이리예
펴낸이	박대일
편집	이문영 · 임유리 · 박지해 · 신지연 · 곽현주
교정	박준용
마케팅	임유미 · 손태석
디자인	박현주
펴낸곳	파란미디어
출판등록	2004년 9월 14일 제313-2004-00214호
주소	03992 서울시 마포구 동교로23길 14 국제빌딩 6층
전화	02.3141.5589 영업부 070.4616.2012 편집부
팩스	02.3141.5590
전자우편	paranbook@gmail.com
카페	http://cafe.naver.com/paranmedia
페이스북	http://www.facebook.com/paranbook
ISBN	978-89-6371-802-6(03840)

변덕스러운
달

Inconstant Moon
Larry Niven

래리 니븐 지음
이리예 옮김

래리 니븐
SF 단편집

새파란상상

차
례

변덕스러운 담

1971년 발표. 1972년 휴고상(베스트 단편) 수상.

1.

심야 토크쇼를 보고 있을 때 어떤 변화가 일어났다. 눈 가장자리 쪽에서 뭐가 깜빡 흔들리는 듯했다. 밤쿠니 창으로 몸을 틀었다. 그게 무엇이었든 알아채기에는 너무 늦은 뒤였다.

오늘 밤 달은 아주 밝았다.

나는 달을 보았다가, 미소 짓고는 돌아섰다. 자니 카슨이 막 대사를 치기 시작한 참이었다.

첫 번째 광고가 나왔을 때 커피를 다시 데우려고 일어났다. 자정이 되어 가고, 광고는 서너 편이 연달아 흘러나왔다. 시간은 넉넉했다.

돌아오는 발길을 달빛이 붙들었다. 아까까지를 밝았다고 한다면 지금은 그보다도 밝았다. 최면이라도 걸린 듯 유리 미닫

이 문을 열고 발코니로 걸음을 옮겼다.

발코니라고 해 봐야 난간 달린 선반 수준이었다. 휴대용 바비큐 세트를 두면 남자 하나 여자 하나밖에 못 서 있을 정도로 좁았다.

지난 몇 달간, 특히 해 질 무렵엔 이곳의 전경이 꽤 아름다웠다. 전력회사가 통유리 외관의 건물을 짓고 있었다. 아직까지는 철골 뼈대만 훤히 드러난 채였다. 붉은 노을 속에 그림자가 검게 드리우면서 그 구조물은 삭막하고도 초현실적이면서 지독하게 인상적으로 보이곤 했다.

오늘 밤…….

그렇게 밝은 달은 사막에서조차 본 적이 없었다. '너무 밝아서 글도 읽겠어.' 그렇게 생각했다가 곧바로 '그렇지만 착시일 뿐이야.'라고 생각을 고쳤다. 어디선가 읽은 적이 있는데, 달이 2.7미터 떨어진 곳의 25센트 동전보다 크게 보이는 것은 불가능했다. 글을 읽을 만큼 밝다는 건 있을 수 없는 일이었다.

심지어 보름달도 채 되지 못한 상태였다!

그렇지만 서쪽으로 뻗은 샌디에이고 고속도로 너머 휘영청 떠 있는 밝은 달은 스쳐 가는 자동차의 헤드라이트마저 어둑하게 만드는 듯했다. 그 빛에 눈을 깜박였다가, 달 위를 걸으며 울퉁불퉁한 발자국을 남긴 사람들을 생각해 보았다. 한번은 쓰고 있던 기사 덕에 바싹 마른 월석을 손으로 직접 쥐어 본 적도 있었는데…….

본방송이 시작되는 걸 듣고 안으로 들어갔다. 뒤를 한번 흘끗 봤다가 달이 더욱 환하게 빛나고 있다는 걸 알아차렸다. 마치 스쳐가는 실구름을 제치고 솟아난 듯.

이제 그 빛은 미친 듯이 뇌를 지지기 시작했다.

그녀가 받기까지 전화는 다섯 번 울렸다.

"여보세요. 있잖아……."

내가 말했다.

― 여보세요.

레슬리가 졸린 듯, 투덜거리며 말했다.

젠장. 나처럼 텔레비전을 보고 있었으면 했는데.

"비명을 지르거나 소리치지 마. 이유가 있어서 전화한 거니까. 지금 자고 있었던 거지? 일어나서……, 일어날 수 있겠어?"

― 지금 몇 시야?

"11시 45분."

― 맙소사.

"발코니로 좀 나가 봐."

― 알겠어.

전화기가 철커덕 소리를 냈다. 나는 기다렸다. 레슬리의 집 발코니는 내 집과 마찬가지로 북서쪽으로 나 있었지만, 10층 더 높은 만큼 경관이 좋았다.

― 스탠, 아직 있어?

"응. 어떻게 생각해?"

― 멋지네. 이런 건 처음 봤어. 어떻게 달이 저렇게 밝지?

"나도 잘 모르겠지만 멋지지 않아?"

— 넌 여기 출신이잖아.

레슬리가 여기로 이사를 온 것은 고작 1년 전이었다.

"들어 봐. 난 이런 건 난생처음 봤어. 근데 이런 전설이 있대."
내가 말했다.

"100년에 한 번, 딱 하룻밤 동안 로스앤젤레스의 스모그가
쓸려 나가고 공기가 성간공간처럼 맑아진다는 거야. 신들이 로
스앤젤레스가 여전히 여기 있는지 볼 수 있게. 확인하고 나서
는 다시 볼 필요 없게 스모그를 도로 불러들인다는 거지."

— 예전에 들어 봤어. 하여튼 이런 거 보게 해 줘서 고맙긴
한데, 내일 일 가야 해서 말이야.

"딱하기도 하지."

— 사는 게 다 그런 거지, 뭐. 잘 자.

"잘 자."

그런 뒤 나는 어둠 속에 앉아서 전화를 걸 사람이 또 누가 있
는지 생각해 보았다. 자정에 여자를 불러내서 같이 달빛을 바
라보자고 한다면……, 로맨틱하다고 생각할지도 모르고 불같이
화를 낼지도 모르지만 여섯 명이나 더 불렀다고는 상상도 못 하
겠지.

해서 나는 몇몇 이름을 떠올렸다. 그러나 임자 없던 애들은
내가 레슬리에게 시간을 쏟은 지난해부터인가 다 떠나고 없었
다. 걔들을 탓할 수는 없는 것이다. 이제 조앤은 텍사스에 있
고, 힐디는 결혼하게 됐고, 루이즈를 부른다면 고디도 따라올

것이다. 영국 애는? 그러나 번호가 기억나지 않았다. 성씨도 그렇고.

더군다나 아는 사람들은 전부 이런저런 직장에 출근했다. 나야 글 쓰는 일로 먹고살지만, 프리랜서 작가라서 일할 시간은 내가 정했다. 오늘 밤 내가 누굴 깨우든 상대는 내일 아침을 망치게 될 것이다. 그렇다면 뭐…….

거실로 돌아왔을 때 텔레비전에선 자니 카슨의 얼굴과 목소리가 아닌 지직거리는 회색 화면과 우렁찬 잡음만 나오고 있었다. 텔레비전을 끄고 발코니로 다시 나갔다.

달빛은 고속도로를 달리는 자동차의 헤드라이트 빛줄기보다 밝았고, 그 오른쪽에 있는 웨스트우드 빌리지보다도 밝았다. 산타모니카산맥에는 마법 같은 진줏빛이 어려 있었다. 달 근처에는 별이 보이지 않았다. 별빛은 그 섬광 속에서 살아남을 수 없었다.

나는 과학 지식과 노하우에 대한 기사로 먹고살았다. 달이 어쩌다 저렇게 됐는지 알아낼 수 있어야 했다. 달이 갑작스럽게 커다래질 수 있나?

……풍선처럼 부풀어서? 그렇게는 안 되지. 가까워진 것일지도. 혹시 달이 추락하고 있나?

조류가! 15미터나 되는 파도……. 거기에 지진들! 그랜드캐니언같이 갈라지고 있는 산안드레아스 단층! 얼른 차에 올라타서, 산을 향해……. 안 돼. 이미 너무 늦었어…….

터무니없긴. 달은 밝아진 거지 커진 게 아냐. 그건 알 수 있었다. 게다가 무엇이 달을 저런 식으로 추락시킬 수 있겠는가.

나는 눈을 깜박였다. 달의 잔상이 망막에 남아 있었다. 달은 그 정도로 밝았다.

지금 이 순간 수만 명의 사람들이 달을 보고 있을 것이다. 그리고 나처럼 골몰하고 있기도 하겠지. 이 주제에 대한 기사는 대박이 나겠지. 내가 다른 사람보다 먼저 쓰기만 한다면……

분명 간단명료한 이유가 있을 터였다.

그렇다면 달이 어떻게 더 밝아질 수 있을까? 달빛은 태양빛이 반사된 것이다. 태양이 더 밝아질 수 있나? 그렇다면 해가 지고 나서 생긴 일이어야 한다. 아니라면 알아챘을 테니까…….

떠오른 생각이 마음에 들지 않았다.

게다가 지구의 절반은 태양빛을 직통으로 받고 있는데. 유럽, 아시아에 아프리카까지 온 사방에서 라이프니 타임지, 뉴스위크에 연합통신사 특파원 수천 명이 전화를 돌리고 있을 터였다……. 모조리 다락 안에 숨어 있는 게 아니라면. 아니면 죽었거나. 그것도 아니면 태양이 모든 걸 잡음으로 뒤덮어서 전해지지 않았거나. 라디오라든가 전화 시스템이라든가 텔레비전을……. 텔레비전을! 이런 맙소사.

슬슬 무서워지기 시작했다.

좋아, 다시 해 보자. 달이 무진장 밝아지게 됐다. 달빛은, 그러니까 달빛은 태양빛이 반사된 것이다. 어떤 머저리도 그 정도는 안다. 그렇다면……, 태양에 뭔가 일이 터졌다는 거다.

2.

— 여보세요?

"여보세요, 나야."

내가 말했다. 그러고는 말문이 턱 막혔다. 공포! 그녀한테 뭘 말하려고 했던 거지?

— 나 달을 보고 있었거든.

그녀가 꿈꾸듯 말했다.

— 너무 아름다운 거 있지. 망원경으로 보려고 했는데, 아무것도 볼 수가 없었어. 너무 밝아서 말이야. 온 도시를 밝히고 있어. 산이 전부 은빛이야.

나는 목을 다시 가다듬었다.

"있잖아, 레슬리. 내가 생각해 봤거든. 어쩌다 내가 자기를 깨웠는지 말이야. 그리고 자기가 어쩌다 깨버리게 됐는지도. 이 밤 때문에 말이야. 그러니까 야식 먹으러 나가자."

— 미쳤어?

"아니, 나 진지해. 진심으로 하는 말이야. 오늘 밤은 잠이나 잘 밤이 아니야. 이런 밤은 아마 다시는 없을 거라고. 다이어트 따윈 때려치우고 이 밤을 기념하자. 뜨거운 퍼지를 얹은 아이스크림선디랑, 아이리시 커피랑……."

— 그렇다면 얘기가 달라지지. 옷 입을게.

"나도 바로 갈게."

레슬리는 배링턴 플라자 C동 14층에 살았다. 나는 문을 두드리고 기다렸다. 기다리면서 느긋이 생각해 보았다. 왜 레슬리를?

특정한 여자 한 명과 노닥거리는 것 말고도 지구에서의 마지막 밤을 보낼 다른 방법이 있을 터였다. 다른 특정한 여자나 심지어는 그냥 그런 여자 몇 명을 고를 수도 있었다. 별로 나답지 않은 행동이지만. 아니면 형이라든가 부모님을 부를 수도 있고 말이다.

뭐, 그렇다고 좋은 구실 없이 자정에 마이크를 침대에서 끌어낼 순 없을 것 같지만. '그치만 마이크, 오늘 밤은 달이 너무 아름다운데.' 따위의 말이 먹힐 리 없다. 부모님 두 분도 비슷한 반응이겠지. 그런데 구실이 좋다 해도, 가족들이 나를 믿어 주긴 할까? 그리고 믿어 준다면, 뭘 어쩐단 말인가? 철야제 같은 거라도 마련해야 하겠지. 그냥 쭉 자게 내버려두자. 내가 바란 건 나의……, 작별 파티에 군말 없이 참석해 줄 사람이었다.

내가 원한 건 레슬리였다. 나는 다시금 노크했다.

문이 빼꼼 열렸다. 그녀는 속옷 차림이었다. 그녀가 내 품에 안기자 한 손에 들고 있던 뻣뻣하고 흉물스러운 거들이 내 등을 스쳤다.

"이거 입으려던 참이었어."

"그럼 내가 제시간에 왔네."

그녀에게서 거들을 뺏어 내동댕이쳤다. 허리를 끌어안기 위해 몸을 구부렸다가 용을 써서 일어났다. 그렇게 안은 채로 침실까지 걸어갔다. 레슬리의 발이 내 발목께에서 달랑거렸다.

그녀는 살갗이 차가웠다. 지금껏 발코니에 있었을 터였다.

"그러니까!"

그녀가 따졌다,

"네가 퍼지 얹은 아이스크림선디랑 비길 수 있다고 생각하는 거지?"

"물론이지. 자존심 안 살게."

둘 다 숨이 좀 가빴다. 한번은 고전 영화에서처럼 양손으로 레슬리를 받치고 들어 보려고 한 적이 있었다. 거의 허리를 분지를 뻔했다. 레슬리는 내 키만큼 덩치가 컸고, 엉덩이 쪽은 무겁다 싶을 정도였다.

우리는 침대에 나란히 엎어졌다. 레슬리의 등을 간질이려고 감싸 안았다. 그러면 그녀가 꼼짝 못 한다는 걸 알고 있었다.

"아, 하. 하하하하."

그녀는 즐거운 소리를 냈다. 어딜 간질여야 하는지 알려 주는 소리이기도 했다. 그녀는 내 셔츠를 어깨까지 끌어올리더니 내 등을 간질이기 시작했다.

우리는 스스로의, 그리고 서로의 옷가지를 아무렇게나 벗겨 침대 끄트머리 너머로 내동댕이쳤다. 레슬리의 살갗은 이제 따뜻하다 못해 뜨거울 정도였다…….

그랬다. 이게 바로 내가 다른 여자를 고르지 않은 이유였다. 어떻게 간질여야 하는지 가르쳐 주어야 했을 테니. 시간이라곤 없는데.

관계를 가지는 데만 급급해 서두른 밤도 좀 있었다. 오늘 밤 우리는 의식을, 통과의례를 행하는 중이었다. 나는 속도를 늦추어 관계를 이어 가려 했다. 조금이라도 더 레슬리의 마음에 들 수 있게 노력했다.

믿기 어려울 정도의 보상이 돌아왔다. 레슬리가 발꿈치를 내 오금에 댔고, 우리는 태고의 리듬 속으로 옮겨갔다. 그리고 절정의 순간 내게 찾아든 이미지는 생생하고도 무시무시한 것이었다. 우리는 올가미처럼 다물린 푸른 불길의 고리 속에 있었다. 내가 공포와 황홀함에 신음을 흘렸다면, 레슬리는 황홀해서라고만 생각했으리라.

우리는 나란히, 나른히 늘어져 서로에게 달라붙은 채로 누웠다. 그때쯤 나는 약속을 깨고 도로 잠이나 자고 싶었다. 나도 자고, 레슬리도 재우고……. 그렇지만 그녀의 귀에 속삭이고 말았다. '퍼지 없은 아이스크림선디 어때?'라고. 그녀가 싱긋 웃고는 몸을 움직이더니 침대에서 굴러 내려왔다.

나는 그녀가 거들을 입게 둘 생각이 없었다.

"12시가 넘었는걸. 아무도 너 못 채 가. 왜냐하면 그런 몹쓸 놈은 내가 다 패 버릴 테니까. 내 말 알지? 그러니까 편한 차림으로 가자고."

그녀는 웃음을 터뜨리더니 거들을 포기했다. 우리는 엘리베이터에서 서로를 꼭 껴안았다. 거들이 없어서 훨씬 기분이 좋았다.

3.

머리가 희끗한 웨이트리스는 쾌활하고 신이 나 있었다. 두 눈이 반짝였다. 말을 하는 태도가 비밀이라도 털어놓는 듯했다.

"달빛 보셨나요?"

UCLA 가까이에 있는 식당 쉡스는 이런 밤 시간대에는 북적이는 편이었다. 손님 절반은 대학생이었다. 오늘 밤 그들은 숨죽인 목소리로 이야기를 나누었다. 24시 음식점의 통유리창 너머를 보려고 몸을 튼 채였다. 달은 서쪽 낮은 곳에 걸려 있었다. 거리의 불빛에 비견될 만큼 낮은 곳이었다.

내가 말했다.

"봤어요. 그래서 기념하는 중이랍니다. 퍼지 얹은 아이스크림선디 둘 주시겠어요?"

웨이트리스가 돌아섰을 때 나는 10달러짜리 지폐를 종이 테이블 매트 아래에 슬그머니 넣었다. 절대 쓰지는 못하겠지만, 적어도 찾는 재미는 있을 것이다. 나 또한 그 돈은 절대 쓸 수 없으리라.

평소같이 느긋한 기분이 들었다. 수많은 문제가 갑자기 절로 해결되어 버린 듯 보였다.

하룻밤 만에 베트남과 캄보디아에 평화가 찾아올 거라고 누가 믿었겠는가?

일은 캘리포니아 시각으로 11시 30분쯤 시작되었다. 정오의 해는 아라비아해 바로 위에 걸려 있을 것이고, 아시아, 유럽, 아프리카와 호주 대륙의 가장자리가 햇빛을 받고 있을 것이다.

베를린 장벽은 녹았든지 충격파로 무너져 내려서 독일은 통일이 되었다. 이스라엘인과 아랍인은 무기를 내려놓았다. 아프리카의 인종 분리 정책은 사멸했다.

그리고 난 자유였다. 더 이상 내게 인과응보란 없었다. 오늘 밤 나는 더러운 욕망을 채울 수도, 강도질을 할 수도, 사람을 죽일 수도, 소득세를 조작할 수도, 통유리창에 벽돌을 던질 수도, 신용카드를 불살라 버릴 수도 있었다. 목요일이 마감인 폭발성 금속 성형에 관한 기사를 펑크 낼 수도 있었고, 레슬리의 피임약을 시나몬 사탕으로 바꿔 놓을 수도 있었다. 오늘 밤엔……

"담배 좀 피워야겠어."

레슬리는 나를 이상하다는 듯 쳐다봤다.

"끊은 줄 알았는데."

"기억하네. 거스를 수 없는 욕망이 생긴다면 담배를 피우겠다고 다짐했거든. 다시는 담배를 못 피울 거라는 생각을 견딜 수가 없어서 그랬던 거지만."

"겨우 몇 달 지났을 뿐이잖아!"

그녀가 웃음을 터뜨렸다.

"누군가 내 잡지에다가 담배 광고를 계속 싣는단 말이지!"

"그건 음모야. 그래도 알겠으니, 사 오셔요."

자판기에 동전을 넣고 잠시 망설이다가, 결국 마일드 필터를 골랐다. 담배를 원한 것은 아니었다. 그렇지만 어떤 자리에 샴페인이 필요한 것처럼, 또 어떤 때엔 담배가 있어야 했다. 이건 사형 집행대에 오르기 전에 피우는 마지막 담배인 것이다……

불을 붙였다.

'폐암을 위하여 한 모금.'

기억하고 있던 만큼이나 맛이 좋았다. 입 속에 오래된 꽁초를 한 움큼 머금은 듯 약간 퀴퀴한 맛이 깔려 있긴 했지만. 세 번째로 깊이 빨아들였을 때 묘한 느낌이 들었다. 눈의 초점이 맞지 않았고 모든 것이 무척 차분해졌다. 목구멍 속에서 맥박이 세차게 뛰었다.

"맛이 어때?"

"이상해. 좀 핑 도는걸."

핑 돌다니! 그런 말을 들어 본 지도 15년은 된 것 같았다. 고등학교 때 그 핑 도는 느낌을 받겠다고 담배를 피웠더랬다. 뇌의 모세혈관이 수축하면서 생기는 알딸딸한 취기를 느끼겠다고. 처음 몇 번 이후로 더는 그 느낌이 들지 않았지만 우린 계속 담배를 피워 댔다. 우리 대부분이…….

담배를 껐다. 웨이트리스가 우리 아이스크림선디를 나르고 있었다.

따뜻하면서 차갑고 달달하면서 쌉쌀한 아이스크림선디. 퍼지를 끼얹은 아이스크림선디 같은 맛은 세상 어디에도 없다. 이걸 다시금 먹지 못하고 죽는다면 눈물 나게 억울할 터였다. 그런데 그런 걸 레슬리가 먹는 것은 또 굉장한 일, 풍요로운 삶의 상징과도 같은 일이었다. 내가 먹는 것보다도 그녀가 먹는 걸 지켜보는 게 더 즐거웠다.

심지어 아이스크림을 맛보겠다고 담배를 껐는데도……, 이제 나는 아이스크림을 음미하는 대신 아이리시 커피를 고대하고 있었다. 시간이 너무 없었다.

레슬리의 접시가 비워졌다. 밧백이라도 하듯 그녀가 '아아,' 하더니 배꼽 위를 두드렸다.

작은 테이블 자리에 앉은 사람 하나가 미쳐 날뛰기 시작했다.

그가 들어오는 걸 봤었다. 호리호리한 책상물림 유형으로 구레나룻을 기르고 금테 안경을 썼는데, 달을 내다보려고 몸을 계속 뒤틀었다. 다른 테이블 사람들과 마찬가지로, 희귀하고 아름다운 자연 현상에 취한 듯했다.

그러더니 깨달은 것이다. 표정이 의심에서 불신으로, 그리고 공포로, 다시 무력함으로 변하는 것이 보였다.

"가자."

레슬리에게 말했다. 테이블에 동전을 내려놓고 일어섰다.

"마저 안 먹고?"

"응. 우리 할 일이 있잖아. 아이리시 커피 한 잔 어때?"

"핑크 레이디도 시켜 줄 거고? 어머, 저것 좀 봐!"

그녀는 완전히 돌아섰다.

그 안경잡이가 테이블 위로 기어오르고 있었다. 그는 중심을 잡더니 양팔을 쫙 펼치고 고함을 질렀다.

"여러분 창밖을 보십시오!"

"손님, 내려오세요!"

웨이트리스가 그의 바짓자락을 힘껏 낚아채며 소리쳤다.

"종말이 닥쳤습니다! 바다 저 멀리에서, 죽음과 지옥불이……."

그러나 우리는 문밖을 나선 뒤였다. 웃음을 터뜨리며 달렸다. 레슬리가 헐떡였다.

"뭔가 우리, 저기서 일어난 사이비, 폭동에서 도망친 거 같네!"

난 테이블 매트 밑에 둔 10달러를 생각해 보았다. 이제 누구도 즐겁게 해 줄 수 없겠지. 저 안에선, 들을 수 있는 모든 이에게 예언가가 종말의 전언을 외치고 있으니. 머리가 희끗하고 눈이 빛나는 웨이트리스는 돈을 찾고서 생각하리라. 그 둘도 알았던 거구나.

피아노 바인 레드반의 주차장에서는 달이 건물에 가려서 보이지 않았다. 그 뒤에서 뻗어나온 달빛은 가로등과 거의 같은 색이었다. 밤은 평소보다 약간 더 밝은 정도였다.

레슬리가 왜 갑자기 차도에서 멈춰 선 것인지 이해할 수 없었다. 그래도 나는 그녀의 시선을 좇았다. 그녀는 별 하나가 눈부시게 빛나는 하늘 한가운데를 올려다보고 있었다.

"예쁘네."

내가 말했다. 그녀가 희한하다는 듯 쳐다봤다.

레드반에는 창문이 없었다. 기묘하게 차가운 바깥의 빛보다 훨씬 어둑한 인공조명이 짙은 색 목재와 살짝 들뜬 손님들을 비추었다. 누구도 오늘 밤이 여느 때와 다르다는 것을 아는 것 같지 않았다.

화요일 밤이라 그런지 사람이 드문드문했는데 거의 대부분이 피아노 주변에 모여 있었다. 손님 하나가 마이크를 잡고 있었다. 흑인 연주자가 빙그레 웃으며 몹시 감상적인 반주를 하는 동안 그는 약하고 떨리는 목소리로 반쯤 귀에 익은 노래를 불렀다.

나는 아이리시 커피 두 잔과 핑크 레이디를 주문했다. 어리둥절해하는 레슬리에게 나는 미묘하게 미소만 지어 보였다.

레드반이 얼마나 평소 같던지. 얼마나 안락하고 얼마나 행복한지. 테이블을 사이에 두고 우리는 손을 잡았다. 나는 빙그레 웃었지만 말하기는 두려웠다. 내가 이 마법 같은 순간을 깨 버린다면. 잘못 말을 한다면…….

음료가 나왔다. 나는 아이리시 커피가 담긴 잔의 목 부분을 쥐었다. 설탕, 아일랜드 위스키, 진한 블랙커피와 그 위에 떠 있는 굵직한 휘핑크림. 음료는 진하고 화끈하면서 강렬한 힘의 묘

약처럼 몸속으로 흘러들어 갔다.

돈을 내려 하자 웨이트리스가 손사래를 쳤다.

"저기 피아노 뒤쪽에 터틀넥 입은 남자 보이시죠? 그 사람이 냈어요."

그녀가 즐거워하며 말했다.

"두 시간쯤 전에 왔는데, 바텐더에게 100달러짜리 지폐를 주더라고요."

그래서 다들 행복했던 거군. 공짜 술이라! 그가 뭘 기념하는지 궁금해 나는 슬쩍 훑어봤다.

터틀넥에 스포츠 코트 차림을 한, 목이 굵고 어깨가 넓은 남자가 한 손으로 넙데데한 유리잔을 움켜쥔 채 구부정하게 앉아 있었다. 피아니스트가 그에게 마이크를 건넸는데 그는 손을 저어 거절했다. 그 동작 덕분에 얼굴이 잘 보였다. 각지고 강인한, 이제는 취하고 비참한 데다 겁을 잔뜩 집어삼킨 얼굴. 공포로 울 것만 같았다.

그렇게 그가 뭘 기념하는 것인지 알게 되었다.

레슬리가 얼굴을 찌푸렸다.

"핑크 레이디가 엉터리네."

레슬리가 좋아하는 방식으로 핑크 레이디를 만드는 바는 이 세상에 딱 하나 있었는데, 로스앤젤레스엔 없었다. 그녀에게 다른 아이리시 커피를 건네며 '거봐.' 하는 웃음을 보냈다. 억지로. 타인의 공포는 전염성이 있었다. 그녀가 미소로 답했고 잔을 들며 말했다.

"푸른 달빛을 위하여."

내 잔을 들어 부딪치고는 마셨다. 내가 고를 만한 건배사는 아니었지만.

터틀넥을 입은 남자가 스툴에서 스륵 내려왔다. 문을 향해 조심스럽게 움직였는데 그 동선이 부두로 들어서는 여객선인 양 느릿하고 곧았다. 문을 활짝 당겨 열더니 한 바퀴를 돌아 열려 있도록 붙들었다. 기이하게 푸르스름한 빛이 그의 널따란 실루엣을 지나쳐 쏟아졌다.

저 개자식. 그는 누군가 그걸 알아보길 기다리고 있었다. 나머지 사람들에게 진실을 소리치려고. 종말의 불 운운하며…….

"문 닫아!"

누군가 호통을 쳤다.

"시간 다 됐다!"

내가 부드럽게 말했다,

"왜 이렇게 급해?"

급해? 저자가 말을 시작할지도 모른다고! 그렇게 말할 순 없었지만…….

레슬리는 내 손 위에 손을 얹었다.

"나도 알아. 안다니까. 하지만 피할 수 있는 것도 아니잖아. 그치?"

가슴을 세게 얻어맞은 듯했다. 그녀는 알고 있었는데, 내가 눈치를 못 챘다?

문이 닫히고 레드반은 불그레한 어스름 속에 놓였다. 한턱

냈던 남자는 없어졌다.

"맙소사. 언제 알게 된 거야?"

"네가 오기 전에."

그녀가 말했다.

"확인해 보려고 했는데 잘 안 됐어."

"확인하다니?"

"발코니로 나가서 망원경을 목성 쪽으로 맞췄어. 이맘때 화성은 지평선 아래에 있으니까. 태양이 신성이 됐다면, 모든 행성이 달처럼 밝아져야 할 거 아냐."

"맞아. 젠장."

그런 건 스스로 생각해 냈어야 했다. 어쨌거나 레슬리는 천체관측을 할 줄 아니까. 나도 천체물리학을 좀 알기는 했지만, 생존하기 위해 목성을 찾아낼 수 있는 수준은 아니었다.

"그런데 목성의 밝기가 평소랑 똑같은 거야. 그리고 나니까 뭘 어떻게 해야 하는 건지 모르겠더라."

"근데 그러면……."

나는 희망이 불처럼 뜨겁게 밝아 오는 것을 느꼈다. 그리고 기억이 났다.

"그 별, 머리 꼭대기에. 네가 쳐다봤던 그거."

"목성 말이지?"

"눈부시게 환해졌잖아. 무슨 네온사인처럼. 그럼 뭐, 망했네."

"목소리 좀 낮춰."

나는 줄곧 목소리를 낮추고 있었다. 그러나 일순 충동적으로 테이블 위에 올라서서 고함을 쳐 대고 싶었다! 지옥불과 종말을 운운하며……. 이 일에 저치들이 무관심해도 될 권리는 없지 않은가.

레슬리가 내 손을 꼭 쥐었다. 충동은 지나갔다. 몸서리를 남기고.

"여기서 나가자. 새벽이 오는가 보다 생각하게 두자고."

"새벽이지."

레슬리는 신랄하게 고함치듯 웃었는데, 그녀가 그렇게 웃는 것은 한 번도 본 적이 없었다. 내가 지갑을 찾는 동안 그녀는 걸어 나갔다. 그제야 돈을 낼 필요가 없다는 것이 기억났다.

가엾은 레슬리. 목성이 평소와 같다는 걸 알게 된 일은 집행 유예 선고나 다름없었겠지. 한 시간 반 뒤에 흰 불티가 광휘를 빛내며 타오르기 전까지의 유예. 한 시간 반. 그것은 태양빛이 목성을 거쳐 지구로 도달하는 데 걸리는 시간이었다.

문에 다다랐을 때 레슬리는 산타모니카 쪽을 향해 웨스트우드를 뛰다시피 내려가고 있었다. 나는 욕을 씨불이고는 따라잡기 위해 달렸다. 그녀가 갑자기 미쳐 버린 건 아닐까 생각하면서.

잠시 뒤 나는 그림자가 우리 앞에 드리운 것을 발견했다. 산타모니카 대로 반대쪽 전역에 걸쳐서. 달의 그림자가, 어둡고 파르스름한 띠가 수평의 줄무늬로 드리워져 있었다.

모퉁이에서 그녀를 잡았다.

달이 지고 있었다.

지는 달은 언제 보아도 웅장해 보인다. 오늘도 역시 그렇다.

오늘 밤 달은 고속도로 기슭 하늘의 틈새로 우리를 노려보고 있었다. 무시무시한 밝기로, 믿을 수 없도록 복잡다단한 줄무늬와 그림자를 드리우며. 빛을 받지 못한 초승달 모양의 그늘마저 지구반사광으로 인해 진줏빛으로 은은하게 빛이 났다.

지구에서 낮인 쪽에 무슨 일이 일어났는지 궁금했던 바를 그 모습이 모두 알려 주었다.

그렇다면 달에는? 아폴로19호* 비행사들은 신성 폭발이 시작된 처음 몇 분 사이에 죽었을 것이다. 달의 평원에서 발이 묶인 채, 녹아내리는 바위 뒤에 숨었다면……. 그런데 밤인 쪽으로 갔던가? 기억이 나지 않았다. 제기랄. 어쩌면 그 사람들이 우리 모두보다 더 오래 살아남을 수도 있다. 찌르는 듯한 질투와 증오를 느꼈다.

그리고 자긍심도. 우리가 그 사람들을 거기 데려다 놨으니까. 우리는 신성이 폭발하기 전에 달에 도달했으니까. 조금만 더 시간이 있었다면, 다른 행성에도 갔을 것을.

원반 같은 달은 저물며 기이하게 변했다. 돔으로, 비행접시로, 렌즈 모양으로, 선으로…….

그리고 사라졌다.

사라졌어. 뭐, 그렇게 됐다. 이제 우린 잊어버릴 수 있었다. 이제 뭔가 잘못됐다는 걸 끊임없이 상기하지 않고도 밤을 돌아

---

* 달로 가는 유인 우주선은 1972년에 발사된 아폴로17호가 마지막이었다. 18~20호까지 계획은 수립되어 있었다. 작가는 19호가 발사된 근미래를 배경으로 이 작품을 썼다.

다닐 수 있었다. 월몰과 함께 괴상한 그림자는 이 도시에서 모조리 쓸려나갔다.

그러나 구름에는 이상한 빛이 서려 있었다. 일몰 뒤 구름이 빛나는 것처럼, 오늘 밤 구름은 서쪽 가장자리가 시퍼런 흰색으로 빛나고 있었다. 너무 빠르게 흘러가고 있었다. 달아나기라도 하려는 듯⋯⋯.

레슬리를 돌아봤을 때 뺨을 타고 그렁그렁 떨어지는 눈물이 보였다.

"에구, 이런."

그녀의 팔을 잡았다.

"뚝 그쳐, 뚝."

"못 그쳐. 한번 시작하면 못 멈추는 거 알잖아."

"이러려는 게 아니었거든. 우리가 미뤄 왔던 것들을, 우리가 좋아하는 것들을 하려는 생각이었어, 우리에겐 마지막 기회잖아. 이렇게 죽고 싶은 거야? 길모퉁이에서 울다가?"

"난 아예 죽기 싫어!"

"그거 안됐네!"

"참 고맙다."

그녀의 얼굴은 울긋불긋 온통 우그러져 있었다. 레슬리는 품위도 체면도 없이 마치 어린애처럼 울었다. 기분이 처참했다. 죄책감이 들었지만, 저 폭발은 내 잘못이 아니라는 것도 분명히 알았다. 그래서 너무 화가 났다.

"나도 죽기 싫어!"

그녀에게 화풀이를 했다.

"탈출구를 알려 주면 데려가 줄게. 어디로 갈까? 남극? 너무 오래 걸릴 테지. 게다가 낮인 쪽은 죄다 녹아내렸을 거야. 화성? 이게 다 끝나면 화성은 태양의 일부가 되겠지. 지구와 마찬가지로. 켄타우루스자리 알파성? 필요한 가속도 때문에 우린 땅콩버터 젤리처럼 벽에 처덕처덕……."

"좀 닥쳐."

"알았어."

"하와이. 스탠, 20분이면 공항에 갈 수 있어. 서쪽으로 가면, 두 시간을 벌 거야! 해가 뜨기 전 두 시간을 더!"

그럴싸했다. 두 시간은 지금 무엇보다도 값진 것이었다! 그렇지만 나는 계산해 본 적이 있었지. 발코니에 서서 달을 바라보며.

"아니, 우린 더 일찍 죽게 될 거야. 들어 봐, 내 사랑. 달이 밝아지는 걸 자정쯤에 봤지. 그 말은 태양이 폭발했을 때 캘리포니아는 지구 뒤쪽에 있었다는 거야."

"그래, 맞아."

"그럼 우리는 충격파에서 가장 먼 곳에 있는 거야."

그녀는 눈을 깜빡였다.

"못 알아들었어."

"이런 식으로 생각해 봐. 먼저 태양이 폭발하지. 그게 공기와 바다를 전부 데워. 눈 깜짝할 사이에, 낮인 쪽 전역을. 그 증기와 과열된 공기는 빠르게 팽창해. 이글거리는 충격파가 밤인 쪽으로 질주하듯 오게 되지. 이제 우리를 죄어 오고 있어. 올가미처럼 말이야. 그래도 하와이가 먼저 잡히겠지. 일몰 지역 경계에 두 시간 더 가까우니까."

"그럼 우린 새벽을 못 보겠네? 그때까지도 못 살아남는 거네?"

"그렇지."

"넌 너무 설명을 잘해."

그녀가 씁쓸하게 말했다.

"이글거리는 충격파라. 정말 생생하다."

"미안. 이걸 너무 오랫동안 생각했지 뭐야. 어떨지 상상하면서 말이야."

"그럼 좀 관둬."

그녀가 내 쪽으로 오더니 내 어깨에 얼굴을 묻었다. 그녀는 조용히 울었다. 한 손으로는 그녀를 잡고 다른 손으로는 그녀의 목을 쓰다듬으며 구름을 바라봤다. 종말이 어떨지는 생각하지 않았다. 우리를 죄어 오는 화염의 고리에 대해서는 생각하지 않았다.

그건 잘못된 거니까.

나는 낮인 곳의 바다가 끓어오르는 것을 떠올렸다. 충격파는 증기를 만들어 낸다. 그 충격파가 건너야 할 수백만 제곱킬로미터의 바다를 생각해 보았다. 여기까지 도달하면 조금은 식고 더 축축한 상태겠지. 그리고 지구가 자전하니까 충격파를 회전시키겠지. 욕조 배수구의 소용돌이처럼.

역회전하는 두 개의 생증기 허리케인이 하나는 북쪽에서, 하나는 남쪽에서 올 터였다. 우리는 운이 좋았다. 캘리포니아는 북쪽 허리케인의 눈 근처일 것이다.

생증기의 폭풍이라. 사람을 끄집어다 공중에서 익히고, 쪄 버린 살을 발라내고 내던져 버릴 것이다. 끔찍하게 아프겠지.

해가 뜨는 것은 절대로 볼 수 없을 것이다. 어떻게 보면 안된 일이었다. 아주 장관일 테니.

굵직한 구름이 나란히 띠를 이루어 무진장 빠른 속도로 별을 지나쳐 가고 있었다. 아랫부분이 도시의 빛을 받아 하얗게 보였다. 목성은 어둑해지더니 시야에서 사라졌다. 벌써 시작될 수 있나? 소리 없이 번개가 튀어 오르고…….

"오로라."

내가 말했다.

"뭐?"

"충격파는 태양에서도 와. 그 누구도 본 적 없는 식의 오로라가 생겨야 해."

레슬리가 갑자기 부자연스럽게 웃었다.

"너무 이상한 거 같아. 길모퉁이에 서서 이런 식으로 얘기하다니. 스탠, 이거 꿈이야?"

"그런 척할 수도…….

"안 되지. 인류 대부분이 이미 죽고 없을 텐데."

"그렇겠지."

"갈 데도 없고."

"젠장. 넌 혼자서 한참 전에 이미 다 알았잖아. 왜 이제 와서 그래?"

"내가 자게 놔둘 수도 있었잖아."

그녀가 씁쓸하게 말했다.

"네가 속닥거렸을 때 나는 잠들락 말락 하고 있었단 말이야."

나는 대답하지 않았다. 사실이었다.

"퍼지 없은 아이스크림선디 먹자는 게, 사실 나쁜 생각은 아니었어. 내 다이어트 망치기."

나는 킬킬댔다.

"웃지 마."

"우리 이제 너네 집으로 돌아갈 수도 있어. 아니면 내 집이나. 잠이나 자러."

"어쩌면. 그치만 못 잘걸. 안 그렇겠어? 아니, 말하지 마. 수면제 먹고 잠들었다가 다섯 시간 뒤에 비명을 지르며 일어나느니 차라리 깨어 있겠어. 적어도 어떻게 될지는 알 테니까."

그렇지만 만약 우리가 수면제를 몽땅 먹는다면……. 그 말은 하지 않았다. 대신에 나는 이렇게 말했다.

"그럼 소풍 어때?"

"어디로?"

"바닷가라든가. 무슨 상관이야? 나중에 결정하면 되지."

4.

가게는 모두 닫혀 있었다. 그래도 레드반 옆의 주류 판매점은 몇 년째 단골인 가게여서 들어갈 수 있었다. 푸아그라, 크래커, 차가운 샴페인 몇 병, 여섯 가지 치즈, 종류별로 하나씩 챙겨 무지하게 많은 견과류를 카트에 담았다. 그리고 또 크래커, 칵테일 얼음 한 팩, 오르되브르용 냉동 루마키, 5분의 1병 분량에 25달러 하는 오래 묵은 브랜디, 레슬리 몫으로 체리 히어링도 5분의 1병만큼, 맥주 여섯 팩이랑 비터 오렌지……

이 모든 걸 깜찍한 사이즈의 매장용 카트에 쌓아 올렸을 땐 비가 내리고 있었다. 강풍 속에서 굵은 빗방울이 가게 맞은편 유리창에 후드득 떨어지더니 사방에 튀었다. 길모퉁이에서 바람이 윙윙 소리를 냈다.

가게 주인은 홀린 듯 활기가 넘쳤다. 그는 밤 내내 달을 지켜보고 있었다.

"게다가 이렇게!"

우리의 전리품을 쇼핑백에 담아 주면서 그가 외쳤다. 어깨와 팔뚝이 굵직한 근육질의 키 작은 노인이었다.

"캘리포니아에선 절대로 이렇게 비가 안 오거든. 온다고 해도 장대비로 오지. 그렇게 되기까지 또 며칠이 걸리고."

"압니다."

죄책감을 느끼면서 수표를 썼다. 나를 믿어 줄 만큼 주인은 나와 오래 알고 지냈다. 유효한 수표이긴 했다. 지불할 만한 잔고는 있었다. 영업시간 전에 수표는 잿가루가 될 것이고, 전 세계의 모든 은행은 태양의 열기 속에서 거품이 일게 되겠지만. 그게 내 탓은 아니잖아.

그는 쇼핑백을 카트에 차곡차곡 쌓고서 문가에 섰다.

"비가 잦아들면 다 같이 이걸 밖으로 나르는 겁니다. 준비됐소?"

나는 문을 열 준비를 했다. 비는 누군가 물을 바가지째 붓는 듯이 내리고 있었다. 이내 비가 그쳤다, 여전히 빗물은 유리를 타고 흘러내리고 있었지만.

"지금!"

가게 주인의 외침에 내가 문을 열어젖히자 모두 뛰쳐나갔다. 우리는 미치광이처럼 웃으며 차에 도착했다. 바람이 우리에게 물보라를 퍼부으며 윙윙거렸다. 주인이 말했다.

"타이밍이 좋았군. 날씨가 이러니 뭐가 떠오르는지 아시오? 캔자스야. 토네이도 속의 캔자스 말이야."

그 순간 갑자기 하늘이 자갈로 가득 찼다! 우리는 악악거리며 몸을 수그렸다. 수십만 번의 자잘한 충돌로 차에서 소리가 울렸다. 나는 차 문을 열고 먼저 들어가 레슬리와 가게 주인을 안으로 끌어당겼다. 우리는 얼얼한 머리통을 어루만지며 온 사방에 흰 자갈이 튀어 다니는 것을 내다보았다.

가게 주인은 옷깃에서 흰 자갈을 집어 들었다. 그걸 레슬리의 손에 놓았고, 레슬리는 놀라서 깩 소리를 내더니 내게 건네주었다. 차가웠다. 가게 주인이 말했다.

"우박이야. 이제 뭐가 뭔지 모르겠군."

나 역시 그랬다. 뭔가 신성과 관련이 있을 것이라는 정도밖에 생각할 수 없었다. 그렇지만 무엇이? 어떻게?

"그럼 돌아가 보겠수다."

그가 말했다. 짧은 강풍에 우박은 절로 사라져 버렸다. 가게 주인은 팔짱을 끼고는 고지를 점령하러 가는 해군인 양 차에서 내렸다. 우리는 그를 다시는 보지 못했다.

저 위에서 구름은 하늘을 마구 휘젓고 있었다. 뭉쳤다 사라졌다 하면서, 어느 때보다도 빠른 속도로 서로를 미끄러져 지나가면서, 구름 아랫부분이 시내의 불빛으로 빛나고 있었다.

"신성이 맞아."

레슬리가 덜덜 떨며 말했다.

"그치만 어떻게? 충격파가 이미 여기까지 당도한 거라면, 우리는 죽었을 거야. 못해도 귀가 먹었겠지. 그런데 우박이라고?"

"무슨 상관이야? 스탠, 우리한텐 시간이 없어!"

나는 머리를 저었다.

"좋아. 지금 당장 제일 하고 싶은 게 뭐야?"

"농구 경기 보기."

"새벽 2시잖아."

내가 지적했다.

"그럼 꽤 오래 버티고 있어야겠네. 그치?"

"맞아. 마지막 주점에 후딱 들렀지. 우리 최후의 연극, 우리 최후의 또렷한 영화도 봤어. 뭐가 남았을까?"

"명품 브랜드 귀금속점 쇼윈도 들여다보기."

"진심으로? 지구에서 보내는 마지막 밤에?"

그녀는 숙고하더니 대답했다.

"어."

이런 젠장맞을. 아무래도 레슬리는 작정한 듯했다. 그보다 더 따분한 일도 없을 것이다.

"웨스트우드로 가, 아니면 베벌리힐스로?"

"둘 다."

"자, 봐 봐……."

"그럼 베벌리힐스."

또 한 번의 우박과 비 세례를 뚫고 운전했다. 폭풍의 축소판 같았다. 티파니 매장에서 반 블록 떨어진 곳에 주차했다.

보도 전부가 하나의 웅덩이가 되어 있었다. 머리 위 갖가지 높이의 건물로부터 빗물이 떨어졌다. 레슬리가 말했다.

"멋지다. 걸어갈 만한 거리에 귀금속점이 여섯 군데는 있을 걸."

"차로 갈 생각이었는데."

"아니, 안 돼. 안 된다고. 기본적인 자세가 안 됐네. 윈도쇼핑은 걸어 다니면서 하는 거야. 그게 규칙이야."

"비가 이렇게 퍼붓는데!"

"폐렴으로 죽진 않아. 그럴 시간도 없겠지."

지나치게 암울하게 그녀가 말했다.

베벌리힐스에는 작은 티파니 매장이 있었지만, 한밤중에는 쇼윈도 자리에 비싼 보석을 내놓지 않았다. 매혹적인 모형이 몇 개 있었고, 그게 다였다.

우리는 로데오 거리에 도착했다. 아주 대박인 동네였다. 티보에서는 끝도 없는 반지 컬렉션을 선보이고 있었다. 온갖 종류의 보석과 준보석으로 만든 화려하고 현대적인 크고 작은 반지들을. 길 건너편 반 클리프 앤 아펠에서는 브로치며 우아한 디자인의 남성용 손목시계, 조그마한 시계가 박힌 팔찌를 전시하고 있었는데 쇼윈도 하나가 온통 다이아몬드였다.

"오, 아름다워라."

다이아몬드의 광채에 사로잡혀 레슬리가 내뱉었다.

"낮에는 어떻게 보일까! 햇살 속에서는⋯⋯, 이런⋯⋯."

"아냐, 좋은 생각인걸. 새벽에 어떨지 상상해 봐. 신성이 뿜는 빛으로 불타오르는 모습. 유리창이 박살 나서 날것 그대로의 햇빛이 드는 동안 말이야. 하나 가질래, 이 목걸이?"

"어머, 괜찮을까요? 야야, 농담이지! 그거 내려놔, 이 바보야. 유리에 도난 경보 장치가 있을 거야."

"봐 봐. 지금부터 아침 사이에 이런 걸 목에 차려는 사람은 없을 거라고. 이걸로 우리가 재미 좀 보면 어때서?"

"잡혀갈 거라고!"

"뭐, 윈도쇼핑을 하고 싶다고 한 건 너니까……."

"마지막 한 시간을 감옥에서 보내고 싶진 않아. 네가 차를 끌고 왔다면 우리한테 어쩌면 기회가……."

"도망칠 기회 말이지? 그래, 나는 차를 가져오고 싶었는데……."

그러나 그 순간 우리는 둘 다 와장창 자빠져 버렸다. 우리는 균형을 잡기 위해 서로를 붙들고 비틀비틀 걸어야 했다.

로데오에는 귀금속점이 족히 여섯은 있었다. 그러고도 더 많은 게 있었다. 장난감, 책, 시대를 앞선 희한한 스타일의 셔츠와 넥타이. 프랜시스 오르 매장에는 신新페니 주화가 가득 든 커다란 플라스틱 큐브, 더 나아가선 몹시 괴상한 시계 한 쌍. 유리창을 부수고 우리가 못내 바라던 것을 뭐든 가져갈 수 있다는 걸 알고 난 뒤로 윈도쇼핑은 더 짜릿해졌다.

우리는 손을 잡고 팔을 흔들며 걸었다. 길은 우리만의 것이었다. 다른 사람들은 모두 광란의 날씨로부터 달아난 뒤였다. 머리 위에선 여전히 구름이 휘몰아치고 있었다.

"이렇게 될 줄 알았으면 하고 싶은 걸 했을 텐데."

문득 레슬리가 말했다.

"프로그램 오류 고치는 데 하루를 다 썼단 말이야. 이제는 작동시키지도 못할 걸 갖고."

"시간이 있었으면 뭐 했을 거 같은데? 농구 경기 보는 거?"

"어쩌면. 아니야, 순위는 이제 아무래도 좋아."

그녀는 쇼윈도 안의 드레스를 보며 인상을 찌푸렸다.

"자기는 뭐 했을 거 같아?"

"블루 스피어에 칵테일 마시러 갔겠지."

내가 재깍 말했다.

"웨이트리스가 반라인 데거든. 가끔씩 들르곤 했는데, 이젠 전라로 바뀌었다고 들었어."

"그런 덴 한 번도 안 가 봤어. 몇 시까지 하는데?"

"관둬. 새벽 2시 반이다."

레슬리는 완구점 쇼윈도 안의 거대한 박제 동물을 바라보며 곰곰이 생각했다.

"죽였을 사람은 없어? 시간이 있었으면 말이야."

"왜 이래? 내 에이전트 뉴욕에 사는 거 알면서."

"왜 에이전트를?"

"레슬리, 왜 작가들은 모두 자기 에이전트를 죽이고 싶을까? 다른 원고 더미 아래 놔둬서 빛을 못 본 원고를 위해서고, 부당하게 벌어 간 10퍼센트를 위해서며, 한참 뒤에 마지못해서 보내 주는 나머지 90퍼센트를 위해서지. 또……."

갑자기 바람이 굉음을 내더니 우리 쪽으로 몰려들었다. 레슬리가 어딘가를 가리켰고, 우리는 깊숙이 난 출입구 쪽으로 내달렸다. 가서 보니 구찌 매장이었다. 우리는 유리창에 붙어 몸을 웅크렸다.

바람에 갑자기 구슬만 한 크기의 우박이 가득 들어찼다. 어딘가에서 유리창이 부서졌고, 바람 속에서 도난 경보 장치가 가늘고 약한 소리를 냈다. 바람 속에는 우박보다 더한 게 있었다. 진짜 돌이었다!

바닷물 냄새와 맛이 느껴졌다.

구찌 매장 앞의 쓸데없이 돈만 쏟은 공간에서 우리는 서로를 부둥켜안고 있었다. 나는 얼마 못 가 사라질 신조어를 외쳤다.

"신성 오는 날씨네! 어쩌다 이런 개차반 같은……."

그러나 내 목소리는 들리지 않았고 레슬리는 내가 소리치는 줄도 몰랐다.

신성 오는 날씨라. 어떻게 이렇게 빨리 당도했을까? 극지방을 넘어올 테니 신성의 충격파는 6,400킬로미터 정도를 건너야 하는데……, 그러면 적어도 다섯 시간이 걸렸다.

아니지 충격파는 성층권에서 이동할 텐데, 음파의 속도가 높고 전파는 떨어지는 곳이었다. 세 시간이면 충분했다. 그렇다고 해도, 바람이 솟구치는 식으로 닥쳐선 안 된다는 생각이 들었다. 지구 반대편에서는 폭발하는 태양이 우리 대기를 찢어발겨서 별들에 내던지고 있을 터였다. 충격은 한 번의 거대한 천둥소리처럼 닥쳐야 했다.

한순간 바람이 잦아들었다. 나는 레슬리를 끌면서 보도를 뛰어 내려갔다. 다시금 바람이 우리를 낚아채려는 순간 다른 출입구를 찾았다. 도난 경보 장치를 확인하러 오는 사이렌 소리가 들린 것 같았다.

바람이 잦아들었을 때 우리는 윌셔 대로를 첨벙첨벙 가로질러 차에 도착했다. 숨을 헐떡이며 자리에 앉아 히터가 데워지기를 기다렸다. 신발이 질척했다. 젖은 옷이 피부에 찰싹 달라붙어 있었다. 레슬리가 외쳤다.

"얼마나 남았어?"

"나도 몰라! 아직 좀 더 있어야 돼."

"소풍은 실내에서 해야겠어!"

"네 집, 아니면 내 집? 네 집인 걸로."

그렇게 정하고 차를 뺐다.

5.

월셔 대로의 거리 곳곳은 자동차 휠 위쪽까지 물이 차 있었다. 솟구치는 우박과 진눈깨비는 비가 되어 좍좍 퍼부었다. 눈앞으로 허리께까지 안개가 자욱이 펼쳐져 있었는데, 차 지붕 위로 소용돌이치다 흩어지며 그 궤적을 우리 뒤로 남겼다. 희한한 날씨였다.

신성 오는 날씨. 델 것처럼 과열된 증기의 충격파는 생기지 않았다. 대신에 성층권에서 뜨뜻미지근한 바람이 굉음을 내고 있었고, 휘몰아치는 난기류가 내려앉으며 지상에 이상한 폭풍을 만들어 내고 있었다.

우리는 주차장 위쪽 구역에 무단 주차를 했다. 흘끗 봐도 낮은 층은 물에 잠겨 있었다. 나는 트렁크를 열고 묵직한 쇼핑백

두 개를 들었다.

"우리 미쳤었나 봐."

고개를 내저으며 레슬리가 말했다.

"다 먹지도 못할 텐데."

"일단 가져가자고."

그녀는 나를 보고 웃었다.

"대체 뭐 하러?"

"기분 내는 거지, 뭐. 나르는 거 도와줄래?"

둘 다 한 아름 짐을 들고 14층까지 올라갔다. 그러고도 쇼핑백 두어 개가 트렁크에 남은 채였다.

"냅둬. 루마키랑 술이랑 견과류도 챙겼잖아. 뭐가 더 필요해?"

"치즈, 크래커, 푸아그라."

"잊어버려."

"싫어."

"너 지금 제정신 아냐."

내가 알아들을 수 있도록 그녀는 천천히 설명해 주었다.

"너 내려가는 길에 쪄 죽을 수도 있어! 이제 우리한텐 몇 분도 안 남았을지도 모르는데, 일주일은 먹을 음식에 욕심을 부려? 대체 뭣 때문에?"

"말 안 할래."

"그럼 가!"

그녀가 엄청난 기세로 문을 쾅 닫았다.

엘리베이터는 수난이었다. 레슬리의 말이 맞았던 걸까 계속 곱씹게 되었다. 여기 건물 중심부에서 날카로운 바람 소리는 먹먹해졌다. 어딘가의 전력 케이블을 뜯어내기 직전일지도 모른다. 그럼 난 컴컴한 상자 안에 고립될 것이다. 하지만 나는 내려오는 데 성공했다.

놀랍게도 주차장은 위쪽 구역도 무릎 높이까지 물이 차 있었다.

두 번째로 놀란 것은 물이 미적지근하다는 것이었다. 받아둔 지 오래된 목욕물처럼, 헤쳐 나가기 불쾌하게. 수면에서 김이 피어올랐다가 바람에 휩쓸려 갔다. 콘크리트로 된 반향실을 관통하는 바람은 저주받은 망령처럼 울부짖었다.

올라가는 것은 또 다른 수난이었다. 내가 생각하고 있던 것이 소망 충족에 불과하다면, 이 순간 우짖는 생증기의 바람에 갇힌다면……, 아주 머저리가 된 기분이 들겠지……. 그러나 문이 열렸고, 전등불은 깜빡대지도 않았다.

레슬리는 나를 들여보내 주지 않았다.

"가 버려!"

잠긴 문 너머로 그녀가 소리쳤다.

"어디 딴 데 가서 치즈니 크래커니 많이 먹으라고!"

"다른 데이트 약속 생겼어?"

그러지 말았어야 했다. 이제 아예 대꾸도 없었다.

레슬리의 입장도 이해가 갔다. 음식이 든 쇼핑백을 더 가져오겠다고 또 왔다 갔다 하는 것은 싸울 만한 일도 아니었다. 그렇지만 안 싸울 이유는 또 뭐란 말인가? 까놓고 이 연애가 얼마나 더 갈 수 있겠는가. 한 시간? 그것도 운이 따른다면 그 정도지. 왜 완벽한 싸움거리가 있는데 부질없는 관계를 유지하려고 손 놓고 있겠냔 말이다.

"원래는 이거 갖고 올 생각 없었어."

문 너머로 들리길 바라며 소리쳤다. 아마도 반대쪽은 바람 소리가 세 배는 더 시끄러울 것이다.

"일주일 분의 식량이 필요할 수도 있어! 숨어 있을 곳도!"

적막. 나는 문을 차서 강제로 열 수 있을지 생각해 보기 시작했다. 복도에서 기다리는 게 더 나을까? 결국엔 그녀도…….

문이 열렸다. 레슬리는 창백했다.

"그건 심했어."

그녀가 조용히 말했다. 나는 입을 열었다.

"난 아무것도 장담할 수 없어. 나는 기다려 보고 싶었는데 네가 밀어붙였지. 나는 태양이 정말로 폭발하긴 했는지 생각해 보고 있었다고."

"잔인하다, 정말. 그 생각에 적응해 가고 있었는데."

그녀는 얼굴을 문설주로 돌렸다. 지쳤어. 그녀는 지쳤다. 내가 너무 늦게까지 그녀를 붙들고 있어서…….

"내 말 좀 들어 봐. 전부 잘못 생각했어."

내가 말했다.

"북극에서 남극까지 밤하늘을 밝히는 북극광이 있어야 했어. 태양에서 터져 나온 입자의 충격파라면 거의 광속에 가까운 속도로 대기를 찢었겠지. 마치……, 그 뭐냐. 우린 푸른 화염에 휩싸인 건물들을 봤을 거라고! 그런데 폭풍이 너무 느리게 왔지."

천둥소리를 뚫고 들릴 수 있도록 내가 소리쳤다.

"신성이라면 이 행성의 하늘이 반절 넘게 찢어졌어야 해. 충격파는 밤 쪽 전역의 창문을 깨뜨릴 굉음을 내면서 쏘다니고. 모두 동시에 말이야! 그리고 콘크리트와 대리석엔 금이 가고. 근데 그런 일이, 사랑하는 레슬리, 전혀 일어나질 않았지. 그래서 생각해 보게 된 거야."

그녀는 웅얼웅얼 말했다.

"그럼 뭔데?"

"플레어. 최악의 경우로는……"

그녀는 규탄하듯 내게 소리를 질렀다.

"플레어라고? 태양 플레어? 넌 태양이 그렇게나 밝아졌던 게……"

"자, 자, 진정하고……"

"……달하고 다른 행성들을 그렇게 뜨겁게 달궈 놓았다가, 아무 일도 없었다는 듯 사라져 버릴 수 있다고 생각한다고? 이 멍청한……"

"들어가도 될까?"

레슬리는 놀란 것처럼 보였다. 그녀가 옆으로 비켜섰고, 나는 몸을 숙여 쇼핑백을 집어 들고 안으로 들어갔다.

거인들이 들이닥치려는 듯 유리문이 진동했다. 갈라진 틈으로 빗물이 새어 들어와 러그에 검은 웅덩이를 이루었다.

나는 쇼핑백을 주방 테이블 위에 두었다. 냉장고에 식빵이

들어 있어서 토스터에 두 조각을 넣었다. 토스트가 구워지는 동안 푸아그라의 포장을 뜯었다.

"망원경이 없어졌어."

그녀가 말했다. 정말 그랬다. 받침대만 한쪽에 덩그러니 놓여 있었다.

나는 샴페인 병마개를 고정하는 철사를 풀었다. 토스트가 튕겨져 나왔고, 레슬리는 버터나이프를 찾아 토스트 두 조각에 모두 푸아그라를 펴 발랐다. 조건반사를 노리고 그녀의 귓가에 샴페인 병을 갖다 댔다.

코르크가 펑 하고 튀자 레슬리가 잠시 미소를 띠었다. 그녀가 말했다.

"여기에 자리를 잡아야겠어. 테이블 뒤쪽에. 조만간 바람에 문이 다 부서지고 유리 파편이 온 사방에 튈 테니까."

좋은 생각이었다. 파티션을 밀어 두고 바닥과 소파에 널린 베개를 쓸어 담아 돌아왔다. 우리는 우리만을 위한 은신처를 만들었다.

그럭저럭 아늑했다. 주방 테이블은 높이가 1미터 정도로 앉으면 머리 바로 위까지 왔고, 주방 벽감 자체는 팔꿈치를 편안히 움직일 만큼 딱 넓었다. 바닥은 전부 베개로 채웠다. 레슬리는 샴페인을 브랜디잔에 찰랑거리도록 가득 따랐다.

건배사를 생각해 보았지만 일어날 만한 일의 가짓수가 너무 많고 하나같이 울적한 것뿐이었다. 우리는 건배하지 않고 마셨다. 그 뒤 잔을 조심스럽게 내려놓고 몸을 서로의 품으로 기울였다. 그렇게 얼굴과 얼굴을 대고, 서로에게 기대어 앉을 수 있었다.

"우린 죽게 되겠지."

그녀가 말했다.

"아닐 수도 있어."

"익숙해져 봐. 난 그랬으니까."

그녀가 말했다.

"자기 좀 봐. 엄청 초조해하고 있잖아. 죽는 게 무서워서. 오늘 밤 멋지지 않았어?"

"독특했지. 좀 더 일찍 알아서 너랑 저녁도 먹을 수 있었으면 좋았으련만."

연달아 여섯 번 우렛소리가 났다. 공습 속 폭탄 소리 같았다.

"나도."

다시 말소리가 들리게 되자 그녀가 말했다.

"어제 오후에 알았으면 좋았을 텐데."

"설탕에 조린 피칸!"

"농산물 시장에. 두 번 볶은 땅콩도. 시간 있었으면 너는 누굴 죽였을 거 같은데?"

"대학교 여학생 클럽에서 안 여자애가 하나 있는데……."

……그 여자가 멤버들을 너무 질투했으므로 유죄라고 레슬리는 주장했다. 나는 생각을 계속 바꾸던 한 편집자 이름을 댔다. 레슬리가 내 예전 여자 친구 중 한 명의 이름을 대서 나는 내가 유일하게 하나 아는 그녀의 예전 남자 친구 이름을 댔고, 이름

이 다 떨어지기 전까지 나름대로 재미있었다. 우리 형 마이크는 내 생일을 까먹었었지. 못된 놈.

불빛이 깜박거리다가 다시 멀쩡해졌다.

너무 평범하게 레슬리가 물었다.

"태양이 정말 원래대로 돌아갈 거라고 생각하는 거야?"

"다시 돌아가는 편이 좋겠지. 안 그러면 어쨌든 우린 죽은 목숨이니까. 목성을 볼 수 있으면 좋겠는데."

"제대로 대답하지 못해? 플레어였다고 생각하는 거냐!"

"응."

"왜?"

"황색왜성은 신성 폭발을 안 하니까."

"우리 태양이 그런 거면?"

"천문학자들은 신성에 대해 많이 알아. 네가 짐작하는 것보다 더 많이. 신성이 생긴다면 몇 달 전부터 알 수 있다고. 태양은 G0 집단에 속하는 황색왜성이야. 이 집단은 아예 신성이 되지 않아. 먼저 주계열을 벗어나야 하는데, 수십만 년이 걸리는 일이지."

그녀는 내 등에 가볍게 주먹을 날렸다. 뺨을 맞대고 있어서 그녀의 얼굴을 볼 수 없었다.

"믿고 싶지 않아. 그럴 엄두가 안 난다고. 스탠, 이런 일은 한 번도 일어나지 않았잖아. 그렇다는 걸 어떻게 알아?"

"일어난 적이 있어."

"뭐? 안 믿어. 기억이 났겠지."

"달에 처음 착륙했을 때 기억나? 올드린하고 암스트롱?"

"물론이지. 얼이 열었던 달 착륙 기념 파티에서 봤잖아."

"비행사들은 달에서 가장 평평하고 넓은 곳에 착륙했어. 화면이 흔들거리는 몇 시간짜리 자체 영상을 보내오고, 선명한 사진도 잔뜩 찍고, 온 사방에 주름진 신발 자국을 남겼지. 그러고는 돌멩이 한 무더기를 들고 돌아왔어. 기억나? 돌 가지러 멀리도 다녀왔다고들 했잖아. 하여튼 그 돌을 본 사람들은 누구든 그것들이 반쯤 녹았다는 걸 알아봤지. 과거에, 음, 몇십만 년 전이라고 하자. 그것보다 더 가까운 시기로 잡을 순 없으니까. 하여튼 그때쯤 플레어가 발생한 거지. 지구에 흔적을 남길 정도로 뜨거웠던 건 아니고 오래 유지된 것도 아니었어. 그치만 달에는 지면을 보호할 대기가 없지. 한쪽 면의 돌이 몽땅 녹은 거야."

공기는 따뜻하고 눅눅했다. 코트를 벗었는데 빗물을 먹어 무거웠다. 주머니에서 담뱃갑과 성냥을 찾아내 담배에 불을 붙이고 레슬리의 귓가에 숨을 내쉬었다.

"그랬으면 기억하고 있겠지. 이렇게 나빴을 리는 없어."

"잘 모르겠어. 태평양 너머에서 일어났다면? 그 정도로 피해를 입지지 않았을걸. 아메리카 대륙 너머라도. 식물이랑 동물 좀 멸종되고, 숲도 많이 타 버리고. 누가 알았겠어? 그때는 태양이 정상으로 돌아갔지. 이번에도 그럴지도. 태양은 4퍼센트 변광성이야. 가끔씩 그보다 약간 더 변광하나 보지. 어쩌다 한 번씩."

침실에서 뭔가 산산조각이 났다. 창문인가? 축축한 바람이 우리를 스쳤고 비명 같은 폭풍 소리가 더 커졌다.

"그럼 여기서 살아남을 수도 있겠네?"

레슬리가 머뭇거리며 말했다.

"가장 곤란한 문제를 콕 집어낸 것 같은데. 건배!"

나는 술잔을 찾아 샴페인을 쭉 들이켰다. 허리케인이 문짝을 두들겨 대는 가운데 새벽 3시가 지나고 있었다.

"그럼 뭔가 해 봐야 하지 않아?"

"하고 있잖아."

"야산 위로 올라간다든가 말이야! 스탠, 홍수가 날 거라고!"

"당연히 그렇겠지만 여기까지 잠기진 않을 거야. 14층이잖아. 들어 봐. 충분히 생각해 봤어. 우린 내진 설계가 된 건물에 있어. 네가 직접 그렇게 말했었잖아. 허리케인 정도로는 쓰러뜨리지 못할걸."

나는 말을 이었다.

"산으로 가는 건에 대해서는, 어느 산으로 가겠어? 오늘 밤 중으로는 멀리 못 가. 이미 도로가 물에 잠겼을 테니까. 산타모니카산맥에 오를 수 있다고 치자. 그럼 어쩌겠어? 진흙 사태에 깔리는 거지. 앞으로 닥칠 재난에 그 동네는 오래 견딜 수 없어. 태양을 또 하나 만들 정도로 막대한 양의 물을 플레어가 증발시켜 버렸을 거야. 40일 밤낮으로 비가 내릴 거라고! 레슬리, 여기가 우리가 오늘 밤 안으로 찾을 수 있었던 가장 안전한 장소야."

"대륙빙이 녹는다면?"

"그래……. 음, 그런다고 해도 우리는 꽤 높은 곳에 있어. 있잖아. 지난번의 플레어가 노아의 대홍수를 일으킨 걸지도 몰라. 그런 일이 다시 일어나고 있는 건지도 모르지. 확실한 건, 지구 상에서 허리케인에 휘말리지 않은 곳은 없다는 거야. 역회전하 는 두 개의 거대한 허리케인에. 지금쯤이면 수백 개의 작은 폭 풍으로 갈라져서……."

유리문이 안쪽으로 터졌고, 우리는 몸을 웅크렸다. 바람이 근처에서 윙윙거리며 빗방울과 유리 조각을 흩뿌렸다.

"적어도 식량은 있잖아!"

내가 소리쳤다.

"폭풍으로 고립되더라도 견딜 수 있을 거야!"

"그치만 동력이 나가면 조리할 수 없잖아! 그리고 냉장고 가……."

"할 수 있는 건 다 조리할 거야. 달걀도 전부 삶고……."

바람이 우리 주위에서 일었다, 나는 말하려는 걸 관뒀다.

뜨뜻한 비가 수평으로 쏟아졌고 우리는 쫄딱 젖어 버렸다. 허리케인 속에서 요리를 해 보겠다고? 내가 너무 멍청했다. 너 무 오래 기다린 것이다. 바람이 끓는 물을 우리 쪽으로 엎을 것 이다. 아니면 뜨거운 기름이든지…….

레슬리가 소리쳤다.

"오븐을 써야 할 거야!"

물론이었다. 오븐은 우리 쪽으로 엎어질 수가 없으니.

물이 든 냄비에 담은 달걀을 200도로 맞춰 둔 오븐에 넣었 다. 육류 칸에서 고기를 몽땅 꺼내 뜨거운 팬에 욱여넣었다. 다른 냄비에는 아티초크 두 덩이. 나머지 채소들은 날것 그대로 먹을 수 있었다.

또 뭐가 남았지? 나는 생각해 보려 했다.

물. 전기가 나가면 수도와 전화선도 무사하지 못할 것이다. 싱크대 수도꼭지를 틀고 물을 채우기 시작했다. 뚜껑이 있는 냄비에, 레슬리가 파티를 할 때 쓰는 서른 컵 분량의 커피 주전 자에, 물 양동이에도. 레슬리는 내가 미쳤다고 생각하는 게 분 명했지만, 나는 수원으로 빗물을 쓰는 건 믿을 수 없었다. 수급 량을 조절할 수 없으니까.

저 소리. 이미 우리는 이 소음을 뚫고 악쓰는 일을 그만두었 다. 40일 밤낮이 이렇다면 우리는 완전히 귀머거리가 될 것이 다. 화장솜? 화장실에 다녀오기엔 너무 늦었다. 키친타월! 뜯어 다가 뭉쳐서 두 쌍의 귀마개를 만들었다.

위생 시설? 내 집이 아닌 레슬리의 집을 고른 또 다른 이유였 다. 배관 설비가 끝장나더라도 발코니가 있었다.

홍수로 14층까지 잠긴다 해도 지붕이 있었다. 20층 위, 거기 까지 물에 잠긴다면, 홍수가 끝났을 땐 남은 사람이 정말 거의 없겠지.

만약 이게 신성이었다면?

레슬리를 좀 더 바싹 끌어안았다. 담배를 한 개비 더 뽑아 한 손으로 불을 붙였다. 전부 쓸데없는 계획이지. 신성이었다면. 그렇더라도 나는 이러고 있었겠지. 사람이 희망이 없다고 해서 계획 짜기를 그만두진 않으니까.

그리고 허리케인이 생증기가 된다 해도 그때도 발코니가 있는 것이다. 전력 질주로 난간을 넘어 버리는 게, 산 채로 삶아지는 쪽보다는…….

그렇지만 지금은 이런 말을 할 때가 아니었다.

어쩌면 레슬리도 혼자 이 생각을 해 봤을 것이다.

4시쯤 전등이 나갔다. 전력이 복구될 때를 대비해 오븐을 껐다. 한 시간 정도 식힌 후 모든 음식을 비닐봉지에 담았다.

레슬리는 앉은 채로 내 팔에 안겨 잠들어 있었다. 어떻게 될지 알지도 못하는데 어떻게 잠이 올까? 그녀 뒤에 베개를 쌓아 받쳐 주고 편히 기대게 해 주었다.

등을 대고 누워서 한동안 담배를 피우고, 번개가 천장에 그림자를 만드는 걸 지켜보았다. 푸아그라는 다 먹어 치웠고 샴페인 한 병도 다 비웠다. 브랜디를 딸까 생각했다가 그러지 않기로 했다. 후회와 함께.

긴 시간이 흘렀다. 내가 무슨 생각을 하는지 잘 분간이 안 됐다. 잠들지는 않았지만 정신이 멍하기만 했다. 번개의 섬광 사이사이에서 천장이 점차 회색이 되어 가는 것만 알아볼 수 있었다.

나는 조심조심, 질척질척해진 몸을 틀었다. 모든 게 축축했다.

시계는 9시 반을 가리키고 있었다.

나는 기어서 파티션을 돌아 거실로 나갔다. 굉음을 오래 무시하고 있었던 나머지 따뜻한 채찍비가 얼굴에 내리치고 나서야 폭풍이 치고 있다는 게 생각났다. 허리케인이 지나가고 있었다. 그러나 회흑색의 광채가 먹구름 속으로 스며들고 있었다.

그러니 브랜디를 아낀 것은 옳은 선택이었다. 홍수, 폭풍, 강렬한 방사선, 플레어에서 비롯된 화염까지, 멸망의 대가가 내 예상만큼 값비싸다면 화폐는 무가치해질 것이다. 우리는 물물교환을 하게 되겠지.

배가 고팠다. 여전히 따끈한 달걀 두 개와 베이컨을 약간 먹고, 나머지 음식을 치우기 시작했다. 일주일 치 식량이 있었다. 아마도……. 그러나 균형 잡힌 식사는 못 됐다. 다른 집과 거래할 수 있을지도 모른다. 커다란 건물이니까. 통조림 수프 따위를 가지고 나올 빈집들도 분명히 있을 것이다. 그리고 물이 더 차오르면 아래층에서 올 난민들도 돌봐야 할 것이고…….

젠장! 신성이 그리웠다. 어젯밤에는 삶이 간단함 그 자체였다. 자……, 약품은 있던가? 건물에 의사는 있을까? 이질 같은 갖가지 전염병이 돌 것이다. 그리고 기근도. 가까이에 슈퍼마켓이 있었다. 건물 안에서 스쿠버 장비를 찾을 수 있을까?

어쨌거나 일단 잠을 좀 자야겠다. 건물 탐험은 나중에도 떠날 수 있으니까. 날은 회흑색에서 더 밝아졌다. 이보다 더 나빴을 수도 있다. 훨씬 더 나빴을 수도. 나는 구대륙에 진눈깨비처럼 내렸을 방사능에 대해 생각하다가, 우리 아이들이 유럽이나 아시아나 아프리카를 개척할 수도 있을까 생각해 보았다.

검은 테두리

1966년 발표.

한 명만 에어로크 안에 서 있었다. 화물칸 에어로크라 큼직해서 두 사람 다 있을 법했는데도. 모래색 머리카락에 마르고 자그마한 체구를 보니 카버 래퍼포트가 확실했다. 덥수룩하게 자란 수염이 얼굴의 반을 덮고 있었다. 그는 이동식 계단이 장착될 때까지 차분히 기다렸다가 내려오기 시작했다.

　아래에서 기다리던 턴불은 커져만 가는 걱정을 내리눌렀다. 뭔가 잘못되었다. 오버시Overcee호가 착륙했다는 소식을 들은 순간부터 느끼고 있었다. 우주선은 몇 시간이나 태양계 내에 있었을 텐데, 왜 그동안 연락해 오지 않았던 거지?

　그리고 윌 카메온은 어디 있단 말인가?

　귀환할 때 우주 비행사들은 이동식 계단을 전력으로 뛰어 내려오는 것이 보통이었다. 믿음직한 콘크리트를 다시금 밟고 싶은 열망으로 말이다. 래퍼포트는 느릿하고 규칙적인 속도로 내려왔다. 가까이서 보니 수염이 들쑥날쑥하고 헝클어져 있었다. 래퍼포트가 지상을 디뎠고, 턴불은 그의 각진 이목구비가 시멘트처럼 굳어 있는 것을 보았다.

래퍼포트는 턴불을 스치듯 지나쳐 계속 걸어갔다.

턴불은 래퍼포트를 쫓아 달려가 보조를 맞추었다. 그 모습이 바보 같아 보였고 스스로도 그렇게 느껴졌다. 래퍼포트는 그보다 머리 하나는 더 컸기에, 래퍼포트가 걷고 있으면 그는 거의 뛰는 격이었다. 우주 공항의 소음 위로 턴불이 외쳤다.

"래퍼포트, 윌 카메온은 어디 있나?"

턴불과 마찬가지로 래퍼포트도 목소리를 높여야 했다.

"죽었어요."

"죽었다고? 우주선인가? 래퍼포트, 우주선이 죽인 거야?"

"아뇨."

"그럼 뭐야? 시체는 실려 있나?"

"턴불, 이 얘기는 하기 싫습니다. 시체는 안 실려 있어요. 윌의……."

래퍼포트가 지끈거리는 두통이 있는 사람처럼 양 손바닥을 눈두덩에 얹었다.

"윌의 무덤은……."

그가 그 단어를 강조하며 말했다.

"……검은 테두리가 근사하게 둘러져 있지. 그 정도까지만 합시다."

물론 둘 다 그럴 순 없었다.

보안 요원 둘이 착륙장 가장자리쯤에서 두 사람을 따라잡았다.

"막으시오."

턴불이 말했고 요원들은 각각 팔을 잡았다. 래퍼포트는 걸음을 멈추고 돌아섰다.

"내가 자폭 캡슐을 소지했다는 걸 잊었소?"

"그게 어쨌다고?"

턴불은 일순 정말로 그 말뜻을 알아듣지 못했다.

"이렇게 계속 참견하면 써 버릴 겁니다. 이해하십쇼, 턴불. 난 더 이상 신경 안 써. 오버시 프로젝트는 끝났소. 여기서 내가 어딜 가는지도 모르겠군. 우리가 할 수 있는 최선은 저 우주선을 폭파시키고 우리 태양계에 머물러 있는 겁니다."

"이봐, 자네 맛이 간 거야? 거기서 대체 뭔 놈의 일이 있었던 거야? 자네 혹시 외계인이라도 만난 건가?"

"할 말 없……, 아냐, 이건 대답하지. 외계인은 안 만났어. 이제 당신 개그맨 친구들한테 관두라고 좀 하쇼."

턴불은 이게 그냥 허세가 아니라는 것을 깨달았다. 래퍼포트는 자폭할 준비가 되어 있었다. 직감적인 정치가인 턴불은 가능성을 가늠해 보고 도박을 걸었다.

"지금부터 24시간 동안 말하기로 결정하지 않는다면 자네를 보내 주겠네. 그건 내가 약속하지. 그때까지는 자네를 여기에 둘 거야. 필요하다면 무력을 동원해서라도. 자네가 마음을 바꿀 기회만 주려는 거야."

래퍼포트는 곰곰이 생각해 보았다. 요원들은 팔을 붙들고 있긴 했지만, 이제는 래퍼포트의 자폭 캡슐이 터질 경우를 대비해 경계하며 최대한 몸을 뒤로 뺀 채였다.

"공평한 것 같군."

마침내 그가 말했다.

"당신이 올곧은 사람이라면 말이야. 그래, 24시간 기다려 주지."

"좋아."

턴불이 돌아서서 사무실로 돌아가는 길을 이끌었다. 아니, 그보다는 길을 빤히 보고만 있었다.

오버시호의 선수는 시뻘겋게 달아올라 있었고, 선미는 하얗게 빛나고 있었다. 정비공과 기술자들이 사방으로 뛰어다니고 있었다. 턴불이 보고 있는 동안 태양계 최초의 초광속 우주선은 푹 고꾸라져 빛나는 웅덩이로 녹아내렸다.

……이것은 한 세기 전, 최초의 램로봇이 태양계를 떠났을 때 시작된 일이었다. 성간 램스쿱 로봇은 320킬로미터에 걸치는 원뿔형 전자기장으로 성간 우주에서 수소 연료를 퍼 올리는 방식을 이용해 광속에 가까운 속도로 항해할 수 있었다. 그러나 인간이 램로봇에 탑승한 일은 없었다. 앞으로도 없을 것이다. 램스쿱 자기장은 척색 유기체에 대해 끔찍한 영향을 끼쳤다.

각각의 램로봇은 배정된 항성 가까이에서 거주 가능한 곳을 발견할 경우에만 보고하도록 프로그램되어 있었다. 스물여섯 대가 발사되었고, 세 대가 보고해 왔다. 지금까지는.

……이것은 12년 전, 저명한 수학자가 아인슈타인의 4차원 공간을 뛰어넘는 이론적 초공간을 계산해 냈을 때 시작된 일이었다. 계산은 비는 시간에 짬짬이 했단다. 그는 초공간을 장난감으로, 순수한 수학의 예제로 여겼다. 자고로 순수한 수학이야말로 온전한 재미 그 자체 아닌가.

……이것은 10년 전, 에르그스톰 형제 중 카를이 그 장난감 우주의 실험적 현실성을 입증했을 때 시작된 일이었다. 한 달이 되기 전 UN은 윈스턴 턴불을 책임자로 세워 오버시 프로젝트에 자금을 대 주고, 초광속 우주 비행사를 위한 교육기관을 설립했다, 막대한 수의 지원자를 추리고 추려 열 명의 '초우주 비행사'가 선발되었다. 그중 둘은 고리인*이었다. 모두들 숙련된 우주인이었다. 훈련이 본격적으로 시작되었다. 오버시 프로젝트에서 우주선을 건조하는 사이 훈련은 8년간 이어졌다.

……이것은 1년 하고도 한 달 전, 두 사람이 가히 호화스러운 오버시호의 생명유지 장치에 올라타고, 호송 하에 해왕성의 궤도까지 우주선을 몰고 가, 초공간으로 사라졌을 때 시작된

---

* **Belter**. 소행성대 고리에서 살아가기 때문에 이런 이름이 붙었다.

일이었다.

한 명은 돌아왔다.

턴불의 얼굴은 래퍼포트만큼이나 무표정했다. 자신의 지난 10년간의 공로가 녹아 수은처럼 흘러내린 것을 목도한 참이었다. 환장할 노릇이었다. 하지만 머리는 맹렬히 돌아가고 있었다. 머리의 한 부분은 100억 달러에 맞먹는 우주선의 손실을 어떻게 설명할 것인지 궁리하고 있었다. 나머지 부분들은 카버 제프리 래퍼포트와 윌리엄 카메온, 통칭 윌에 대해 기억하고 있는 전부를 검토해 보고 있었다.

사무실에 들어서 턴불은 곧장 책장으로 걸어갔다. 래퍼포트는 따라오고 있을 터였다. 그는 가죽 장정본을 뽑아 표지에 무언가 하더니 종이컵 두 개에 호박색 액체를 가득 따랐다. 액체는 버번위스키로 얼음장보다 차가웠다.

래퍼포트는 이 책장을 전에 본 적이 있긴 했지만, 컵을 받아 들 때는 어리둥절한 듯 살짝 얼굴을 찡그렸다. 그가 말했다.

"다시 고대할 게 생길 줄이야."

"버번 말인가?"

래퍼포트는 대답하지 않았다. 첫 모금부터 한입 가득 꿀꺽 삼켰다.

"자네가 우주선을 파괴했나?"

"그렇소. 그냥 녹기만 하게끔 장치를 설정했지. 누구라도 다치는 건 원치 않았거든."

"갸륵하구먼. 그럼 오버시호의 모터는? 궤도에 놔두고 왔나?"

"위성에 경착륙시켰소. 이젠 없어."

"끝내주는구먼. 아주 그냥 끝내줘. 래퍼포트, 그 우주선을 만드는 데 100억 달러가 들었어. 아마 네 개쯤은 복제할 수 있겠지. 내 생각으론. 왜냐하면 시작부터 실패하게 놔두진 않을 거니까 말이야. 그런데 자네가……."

"실패하게 놔두지 않을 거라니, 바보 같은 소리를."

래퍼포트가 컵에 담긴 버번을 휘휘 흔들더니 자그마한 소용돌이를 들여다보았다. 그는 1년여 전보다 10킬로그램 정도 체중이 빠진 듯했다.

"오버시호 같은 걸 또 만들면 당신네들은 시작부터 어마어마한 실패를 자초하는 거야. 우리가 틀렸던 거야, 턴불. 거긴 우리 우주가 아냐. 저 바깥에 우리를 위한 건 아무것도 없어."

"우리 우주 맞네만."

턴불이 정치인다운 목소리로 조용한 확신을 내비쳤다. 그는 말싸움 판을 벌여야 했다. 래퍼포트가 말하게끔 만들어야 했다. 하지만 그 확신은 진심이었고, 언제나 그래 왔다. 그곳은 인류의 우주로, 차지하기만 하면 되는 곳이었다.

컵 너머로 래퍼포트가 격분한 연민의 눈빛을 보냈다.

"턴불, 내 말을 그대로 납득할 수는 절대 없소? 우리 우주가 아니라니까. 그리고 하여간에 가질 가치가 없어. 저 바깥에 있는 건……."

그는 입을 꾹 다물더니 방문객용 의자 쪽으로 돌아섰다.

턴불은 침묵의 긴장을 고조시키기 위해 10여 초간 기다렸다. 그러고는 물었다.

"자네가 카메온을 죽였나?"

"월을 죽여? 당신 정신이 나갔군!"

"살릴 수 있었어?"

래퍼포트는 돌아서다 굳어 버렸다.

"아니."

그가 말하더니, 다시금 반복했다.

"아니. 움직이게끔 하려고 노력했지만 움직이질……. 그만! 내 신경 긁지 마쇼. 난 언제든 나갈 수 있고, 당신이라도 날 막을 순 없어."

"이미 늦었어. 자네가 내 호기심에 불을 댕겼다네. 카메온의 검은 테두리 무덤이라니 그게 뭔가?"

대답은 없었다.

"래퍼포트, UN이 자네 말을 곧이곧대로 믿고 오버시 프로젝트를 파기해 줄 것으로 생각하나 본데, 가망 없는 소리지. 가능성 0퍼센트야. 지난 한 세기 동안 우리는 수백억 달러를 램로봇과 오버시호에 쏟아부었고, 앞으로도 네 대나 더 만들 수 있다네. 그걸 막을 길은 UN에 왜 그래서는 안 되는지를 정확히 알려 주는 방법밖에 없어."

래퍼포트는 대답하지 않았고, 턴불은 다시 말하지 않았다. 그는 재떨이에 깔린 젖은 휴지 위에서 래퍼포트의 담배가 그을음을 남기며 혼자 타들어 가는 것을 보고 있었다. 타고 있는 담배를 까먹는 것도, 수염을 다듬지 않고 덥수룩하게 기른 것도, 머리를 너절하게 깎은 것도 예전의 래퍼포트답지 않았다. 예전의 그는 언제나 말끔히 면도를 했다. 또한 밤마다 하루도 빼놓지 않고 자기 신발을 가지런히 정리해 두었는데, 몸을 가누지 못할 만큼 취했을 때도 그랬다.

카메온이 너저분하다고 죽였을 수도 있을까. 그러고서 자긍심을 잃어서 엉망진창의 모습이 된 거지. 화성까지 여덟 달이 걸리던 시절에는 더 희한한 일들도 있었던 것을……. 아냐, 래퍼포트는 살인하지 않았다. 턴불은 장담할 수 있었다. 그리고 정면 승부였다면 뭐든 카메온이 이겼을 거야. 그가 베를린에서 나치의 보초를 맡고 있을 때 기자들은 장벽과 같다고 '월'이라는 별명을 붙였더랬지.

"당신 말이 맞아. 어디서부터 시작하지?"

턴불은 정신이 팔려 있다가 화들짝 돌아왔다.

"처음부터 시작하게. 초우주에 진입했을 때부터."

"거기선 문제가 없었어. 창문을 빼면 말이야. 당신들은 오버시호에 창문을 달아선 안 됐어."

"왜지? 무얼 봤지?"

"아무것도."

"말인즉슨?"

"맹점을 찾으려고 해 본 적 있소? 종이에 한 2.5센티미터쯤 띄워서 점 두 개를 찍고, 한쪽 눈은 감고, 점 하나에 초점을 맞추고 천천히 종이를 얼굴 쪽으로 들어 올리는 거요. 어느 순간에 이르면 다른 점이 사라져. 오버시호 안에서 창밖을 본다는 건 그 맹점이 모서리가 둥근 20제곱센티미터만큼 팽창되어 있는 것과 같지."

"창문을 모두 가렸겠구먼."

"물론이지. 우리가 그 창문을 찾는 데 애를 먹었다고 하면 믿겠소? 보려고 하니 볼 수가 없었지. 담요로 가렸소. 그러고 났더니 그 담요 밑을 들여다보는 걸 서로한테 종종 들켰지. 나보다도 월이 더 심하게 신경을 썼어. 여섯 달 걸릴 여정을 다섯 달로 줄일 수는 있었지만, 우리는 계속 거길 살펴보러 가야 했다고."

"우주가 여전히 있는지 그거 하나 확신하기 위해서 말이지?"

"그래."

"시리우스성에 도착하긴 했지 않은가."

"그래, 도착했지……."

반세기 전, 시리우스B성으로부터 램로봇 6호의 보고가 왔다. 시리우스A성과 시리우스B성은 모두 청백거성으로 거주 가능한 세계 탐색에 적합하지 않은 곳이었다. 그렇긴 해도 램로봇들은 과도한 자외선을 검사해 보도록 프로그램되어 있었다. 시리우스B성은 확인해 볼 만했다.

우주선은 시리우스성이 두 개의 밝은 별인 곳으로 나왔다. 오버시호는 묵직한 전자기장 모터가 박혀 있는 거대하고 볼썽사나운 요람에 담긴 은색 어뢰 모양이었다. 우주선은 둘 중 어둑한 별을 향해 날렵한 선수를 틀더니 20분간 그대로 멈춰 있었다. 그러곤 다시 사라졌다.

시리우스B성은 홧홧하게 타오르는 빛의 구였다. 우주선은 바람 냄새를 맡는 사냥개처럼, 그러나 느릿하고 육중하게 이리저리 기웃거리기 시작했다.

"우리는 행성 네 개를 찾았소. 더 있었는지도 모르지만 살펴보지 않았어. 네 번째 것이 우리가 원하던 곳이었지. 화성의 두 배쯤 되는 크기에 달은 없고, 구름이 많이 껴 있는 행성이었소. 우리는 그 별을 찾아내면 축하를 하려고 기다렸더랬지."

"샴페인으로?"

"하! 시가와 취기 알약으로. 그리고 나서 윌은 지저분한 수염을 밀어 버렸소. 맙소사. 우리는 다시금 우주에 있게 된 것이 기뻤던 거야! 막판에 이르러서는 그 맹점이 담요 끄트머리를 에우며 자라나는 것처럼 보였소. 우리는 시가를 피우고, 알약을 빨고, 우리가 알던 여자들에 대해 나불거렸지, 그런 일을 전에는 안 했다는 건 아니지만. 그리고 나서 우리는 한숨 자고 일어나 다시 일에 착수했고……."

●

구름은 끊어진 곳이 거의 없이 행성을 뒤덮고 있었다. 간간이 카브는 틈을 찾아보기 위해 망원경을 약간씩 움직였다. 몇 군데 발견했지만 무언가 보일 만큼 넓은 틈은 없었다.

"적외선으로 시도해 보지."

그가 말했다.

"그냥 내려가자."

월이 짜증스럽게 말했다. 최근 들어 그는 언제나 신경질이 나 있었다.

"작업 시작하고 싶다고."

"나는 착륙할 육지가 있는지 확실히 하고 싶고."

카브는 우주선 일을 맡고 있었다. 그는 조종을 하고, 우주 항행을 유도하고, 우주선의 수리도 했다. 요리만 빼고 뭐든 했다. 요리사는 월이었다. 월은 또한 지질학자, 천체물리학자, 생물학자, 그리고 화학자로서 거주 가능한 행성의 전문가였다. 이론상으로는. 두 사람은 각각 9년을 훈련받았고 각기 예비 인력으로서 서로의 분야를 약간 훈련받았다. 그리고 매 분야마다 훈련은 어림짐작에 크게 기대고 있었다.

카브가 적외선으로 전환하자 망원경 스크린의 화상은 형체 없는 원반에서 무늬가 있는 공 모양으로 변했다.

"어디가 물이지?"

카브가 궁금해했다.

"물은 밤인 쪽에서는 밝고 낮인 쪽에서는 어둡게 나타나. 보여?"

어깨 너머로 월이 보고 있었다.

"한 40퍼센트가 육지 같네. 카브, 저 구름은 사람이 살 수 있을 만큼 자외선을 충분히 차단할 수도 있겠어."

"누가 그러고 싶겠어? 별을 볼 수가 없잖아."

카브는 둥근 스위치를 돌려 배율을 높였다.

"그대로 둬 봐, 카브. 봐 봐. 저 대륙 가장자리를 따라 흰 선이 있어."

"말라붙은 모래인가?"

"아니. 둘러싼 곳보다 따뜻한 거야. 게다가 낮인 쪽만큼이나 밤인 쪽에서도 밝게 나타나."

"가까이 살펴보러 가자고."

오버시호는 행성으로부터 480킬로미터 위 궤도에 있었다. 이제 '뜨거운' 테두리를 지닌 대륙은 거의 전부 그림자 속에 있었다. 세 개의 초대륙 중 하나만이 적외선 하에서 흰 테두리를 보였다.

월은 창문에 매달려 아래를 내려다보고 있었다. 카브에게 월은 덩치 큰 유인원처럼 보였다.

"재진입 활공할 수 있어?"

"이 우주선으로? 오버시호가 유성 쪼가리처럼 산산조각 날걸. 대기 위에서 완전히 멈추도록 제동을 걸어야 할 거야. 안전띠 맬래?"

월은 그렇게 했고, 그가 앞장서서 오버시호의 구동장치를 떨어뜨리진 않을까, 카브는 그가 안전띠를 매는 것을 지켜봤다.

'여기서 나갈 수 있다면 기쁠 거야. 서로 꼴도 보기 싫은 지경이 되어 가고 있으니.'

그는 생각했다. 월이 안전띠를 매는 태평스럽고 무신경한 방식에 이가 갈렸다. 월이 자신을 두고 까탈스럽기가 정신쇠약 수준이라고 생각하는 것은 알고 있었다.

핵융합 구동장치가 기동하며 속력은 1G로 높아졌다. 카브는 선체를 이리저리 틀었다. 아래로는 뒤덮인 구름을 은은하게 빛내는 시리우스A성의 파란빛과 함께 행성의 밤인 면이 보였다. 그러더니 여명이 푸르스름한 구름 틈으로 찾아왔다. 카브는 구름의 둑에 생긴 거대한 틈을 보았고, 그곳을 건너기 위해 선체를 돌렸다.

산과 계곡, 그리고 드넓은 강…… 몇 가닥의 구름 조각들이 휙휙 지나가며 광경을 가렸지만 두 사람은 아래를 내려다볼 수 있었다. 갑자기 검은 선이, 먹물로 그린 듯 삐뚤빼뚤한 띠가 나타났고, 그 너머에는 대양이 있었다.

일순 바다가 보였다가, 구름의 틈이 동쪽으로 흘러가 보이지 않게 되었다. 그 바다는 에메랄드처럼 푸른색이었다.

경탄에 잠겨 월의 목소리는 부드러웠다.

"카브, 저 물 속에 생명이 있어."

"확실해?"

"아니. 구리염 같은 걸 수도 있어. 카브, 우린 저기로 내려가야 한다니까!"

"차례를 기다리셔야죠. 네가 말한 뜨거운 테두리가 가시광선에서는 검은색인 거 봤어?"

"어. 설명은 못 하겠지만. 네가 속력을 줄인 후에 돌아와 볼 만한 델까?"

카브는 끝을 뾰족하게 다듬은 반다이크식 수염을 만지작거렸다.

"거기로 돌아가기 전에 대륙 전체가 밤이 될 거야. 몇 시간 정도 그 초록 바다를 둘러보자고."

오버시호는 선미로, 천천히, 조심스러운 게처럼 내려섰다. 겹겹이 층진 구름이 흔적 없이 선체를 집어삼켰고, 우주선이 하강하자 어둠이 내려앉았다. 이 세계의 핵심은 달이 없다는 데 있었다. 시리우스B-IV성에는 대기를 벗겨 낼 거대한 달이 없었다. 해수면의 기압은 쾌적한 수준이겠지만, 그건 다만 공기를 붙들고 있기에는 행성이 너무 작기 때문일 것이다. 기압만큼 약한 중력은 더욱 완만한 기압 경도를 생성해서, 행성의 대기는 지구보다 세 배 더 높은 곳까지 형성될 수 있었다. 구름의 층은 지상으로부터 130킬로미터는 올라가야 만날 수 있었다.

오버시호는 가장 작은 대륙 서쪽에 위치한 너른 해안에 착륙했다. 월이 먼저 나왔고, 카브는 본인만 한 장방형의 금속품을 내린 뒤 자신도 따라 내려갔다. 둘은 살짝 압박감이 있는 진공 우주복을 입고 있었다. 월이 박스를 납작하게 펼치고 조심스럽게 포장된 장치를 홈과 새김눈에 장착하는 20분 동안 카브는 아무것도 하지 않았다. 마침내 월이 강경한 동작으로 신호를 보냈다. 바로 헬멧을 벗는 것이었다.

카브는 몇 초 기다렸다가 그를 따라 벗었다.

월이 물었다.

"내가 급사하나 기다려 본 거야?"

"나보단 자네가 죽는 게 낫지."

카브는 바람 냄새를 맡아 보았다. 공기는 서늘하고 습했지만 희박했다.

"냄새는 괜찮은 거 같네. 아니, 아냐, 취소. 뭔가 썩는 냄새가 나."

"그럼 내가 맞았네. 생명이 있는 거야. 해변으로 내려가 보자."

하늘은 폭풍이 몰아치는 것처럼 보였다. 번개일지도 모르는 새파란 섬광이 이따금 번쩍였다. 그 빛은 겹겹이 쌓인 구름을 뚫고 들어오는 햇빛의 섬광이었다. 변모하는 빛 속에서 카브와 윌은 우주복을 벗고 바다를 보기 위해 아래로 내려갔다. 약한 중력 때문에 발을 질질 끄는 걸음걸이로.

바다는 해초로 뒤덮여 있었다. 해초는 거품이 이는 초록색 담요였다. 밀려오는 잔물결을 따라 숨을 쉬듯 솟았다가 사그라지는 담요. 채소 썩는 냄새는 0.4킬로미터 뒤에서 맡았던 것보다 여기서 훨씬 심하게 진동하고 있었다. 어쩌면 이 악취는 행성 전체에 배어 있을지도 모른다. 해안은 모래와 녹색 거품이 섞여, 작물을 심어도 될 만큼 비옥했다.

윌이 말했다.

"내가 일하러 갔을 때 잡일 맡아 줄 생각 있어?"

"나중에 봐서. 지금 당장은 더 좋은 생각이 있어. 한 시간 동안 떨어져서 서로의 근처에 얼씬도 말자고."

"정말 좋은 생각이네. 그래도 무기는 챙겨."

"분개한 해초라도 물리치게?"

"무기 챙겨."

카브는 약속한 한 시간이 되었을 때 돌아왔다. 풍경은 극도로 단조로웠다. 초록색 찌꺼기 담요 밑으로 15센티미터 깊이의 물이 있었다. 양질의 사토가 있었고 그 아래는 마른 모래였다. 그리고 해변 뒤쪽으로 수많은 강우 속에 깎인 듯 매끄럽고 하얀 절벽이 있었다. 레이저 커터를 쓸 목표물은 찾아내지 못했다.

월은 쌍안현미경에서 고개를 들더니, 카브를 보고 씩 웃었다. 그는 거의 빈 담뱃갑을 던졌다.

"착생 식물 걱정은 말라고!"

월이 활기차게 외쳤다.

카브가 그의 곁으로 다가가며 물었다.

"무슨 말이야?"

"해초야. 품종명은 못 대겠지만, 이거나 지구상의 어느 해초나 별 차이가 없어. 이 표본이 모두 같은 종이라는 것만 빼면."

"그건 특이한 경우야?"

카브는 신기해하는 얼굴로 그를 뜯어보고 있었다. 월의 새로운 면모가 보였다. 오버시호 내에서 월은 위험하다 싶을 정도로 지저분했다. 적어도 카브 같은 고리인의 시각에서는. 그러나 지금 그는 일터에 있었다. 월의 자그마한 도구들은 휴대용 탁자 위에 깔끔하게 열을 맞추어 놓여 있었다. 그보다 덩치가 크고 다리가 달린 장비들은 평평한 바위 위에 있었고, 다리는 받침대가 정확히 수평을 이루도록 세심하게 조정되어 있었다. 월은 쌍안현

미경을 손이 닿으면 녹기라도 하는 양 조심스럽게 다루었다.

"특이해."

월이 말했다.

"섬유 사이에서 움직이는 극미동물이 하나도 없어. 구조상 변이도 없어. 180센티미터 아래에서부터 표본을 채취했는데, 이 해초 한 종류만 나왔어. 그 외에는, 프로틴하고 당분이 있는지도 검사했고. 먹어도 돼. 우린 둥둥 뜬 해감이나 찾으려고 이 멀리를 온 거야."

둘은 서쪽으로 800킬로미터 떨어진 섬으로 내려왔다. 이번에는 카브가 채집을 도왔다. 그러자 일은 더 빨리 진행됐지만, 서로와 계속 마주치게 되었다. 작은 방 두 칸에서 보낸 여섯 달 동안 성질을 돋운 일이 너무 많았다. 뭍에서 팔꿈치가 부딪혀도 싸우지 않을 수 있을 때까지 적잖은 시간이 걸릴 것이다.

월이 자기만의 일과를 해 나가는 것을 카브는 다시금 지켜보았다. 그는 목소리가 겨우 닿을 거리, 한 45미터쯤 떨어져 서 있었다. 그토록 넓은 곳에 있다는 게 너무 기분이 좋아서였다. 월이 섬세하게 장비를 다루던 모습이 여전히 새삼스러웠다. 월의 해진 손톱이나 서른 시간은 내버려둔 수염과 그런 섬세함을 어떻게 조화시킬 수 있겠는가?

뭐, 월은 평지인*이었다. 인산인해로 숨 막히는 돔이나 우주

---

* 지구인을 가리키는 용어. 우주에 나가 본 적이 없는 사람을 가리키기도 한다.

선의 선실이 아니라, 흥청망청 망쳐도 되는 온전한 행성 덩어리에서 평생을 지냈던 것이다. 평지인들은 누구든 진정한 깔끔함을 배울 수 없었다.

"같은 종이야."

월이 외쳤다.

"방사선 검사는 했어?"

"아니. 왜?"

"이 텁텁한 공기는 감마선을 상당량 차단할 거야. 그렇다는 건 네 해초가 지면에서 나오는 현지 방사선 없이는 돌연변이를 일으킬 수 없다는 거지."

"카브, 얘네가 지금 이 형태에 이르려면 변이가 일어나야 했어. 어떻게 친척들이 갑자기 그냥 다 없어졌겠어?"

"그건 네 전문 분야고."

잠시 뒤 월이 말했다.

"내가 여기서 권위 있는 참고 자료를 얻을 순 없잖아. 자네 말이 맞지만, 그걸로는 아무것도 해명되지 않아."

"딴 데 갈까?"

"그러지, 뭐."

그들은 깊은 바다에 내렸다. 기우뚱거리던 우주선이 멈추자 카브가 에어로크에서 나왔다. 유리 양동이와 함께.

"저긴 두께가 30센티미터쯤 돼."

그가 보고했다.

"디즈니랜드 세울 장소는 아니군. 여기 정착하고 싶지도 않을 거 같아."

월이 동의의 의미로 한숨을 쉬었다. 초록색 찌꺼기는 에어로크 문턱에서 1.8미터 아래, 은은하게 빛나는 오버시호의 금속 선체에 두껍게 달라붙어 있었다.

"많은 행성들이 이런 식이겠지."

카브가 말했다.

"거주는 가능하다지만, 누가 필요하겠어?"

"나는 최초로 성간 식민지를 찾아낸 인간이 되고 싶었는데."

"뉴스 테이프랑 역사책에 네 이름이 실리고 말이지."

"거기에 내 얼굴도 온 태양계의 트리비스에 실려서 길이길이 전해지고. 말해 봐, 동료 선원 나리. 매스컴의 관심이 정말로 싫었으면 콧수염은 왜 그렇게 예쁘장하게 다듬은 거야?"

"찔리는군. 유명해지는 거 좋아. 너만큼은 아니겠지만."

"그럼 힘 좀 내. 아직 영웅 대접을 실컷 받을 수 있을지도 모르니. 새로운 식민지보다 더 대박일지도 몰라."

"그보다 더 대박인 게 뭐가 있다고?"

"육지에 착륙해. 그러면 말해 주지."

섬이라고 불러도 될 만큼 큰 바윗덩어리 위에, 월은 자기 장비를 마지막으로 설치했다. 그러고는 카브의 양동이에 담긴 심해 해초를 건져 펼쳐 놓고는 다시금 그 성분을 확인하고 있었다.

카브는 먼발치에 멀뚱히 서서 구름이 이상하게 변하는 것을 바라보고 있었다. 가장 높은 구름은 휘몰아치는 바람에 매분 매초 모습을 바꾸며 엄청난 속도로 하늘을 가로지르고 있었다. 정오의 햇살은 진줏빛으로 차분했다. 시리우스B–IV성의 하늘이 장엄한 것은 의심할 여지 없는 사실이었다.

"좋아. 준비됐어."

월이 일어나 기지개를 켰다.

"이 녀석은 먹을 수 있기만 한 게 아냐. 번식법으로 인구를 적정 수준으로 줄이기 이전에 배급됐던 식량 식물만큼 맛도 좋을 것 같거든. 지금 먹어 보려고."

마지막 말이 전기 충격처럼 카브를 덮쳤다. 그 말이 끝나기 무섭게 그는 내달렸지만, 그의 정신 나간 동료는 카브가 도착하기 한참 전에 초록색 해감을 입에 넣고, 씹고, 삼켜 버렸다.

"맛 좋네."

그가 말했다.

"이……, 완전히……, 글러 먹은……, 또라이가."

"그렇지 않아. 안전하다는 거 알고 있었는걸. 이 녀석 거의 치즈 맛 같은 게 나. 넌 얼마 안 돼 물리겠다. 내 생각이지만, 사사건건 맞는 말이지."

"검증하려는 게 대체 뭔데?"

"생물공학자들이 이 해초를 식량 식물로 설계했다는 거지. 카브, 내 생각에 우린 누군가의 개인 소유 농장에 착륙한 거 같아."

카브는 빗물에 하얗게 씻긴 바위에 털썩 주저앉았다.

"그거 자세히 설명하는 게 좋을걸."

그가 말했다. 스스로의 귀에 들린 목소리는 쉬어 있었다.

"그러려고 했어. 값싸고 빠른 성간 여행 수단이 있는 문명이 있다고 가정해 봐. 거기서 찾은 거주 가능 행성 대부분은 불모지 아닐까? 내 말은, 생명이 우연히 발생하긴 어렵다는 거야."

"얼마나 어려운 건지 우린 아는 것도 없는데."

"알겠어, 그건 넘어가고. 누군가 이 행성, 시리우스B-IV성을 찾아내서는 양식장 행성으로 좋겠다는 결정을 내렸다고 해 봐. 다른 용도로는 쓸모가 없지. 주된 이유로는 채광의 변동 때문에 말이야. 그렇지만 이 바다에 특별히 개량한 식량 해초를 떨어뜨리면, 자그맣고 말쑥한 농장이 되지. 10년 내로 수월하게 운반이 가능한 해초의 바다가 될 거야. 나중에 가서, 정말로 여길 개척하기로 한다면, 이 녀석들을 내륙으로 나르고 비료로 쓸 수 있겠지. 무엇보다 좋은 점은 변이를 일으키지 않을 거라는 점이지. 여기에서는 말이야."

카브는 머리를 비우려 고개를 흔들었다.

"너 우주에 너무 오래 있었어."

"카브, 이 행성은 길러진 것처럼 보여. 분홍색 자몽처럼 말이야. 그럼 친척들은 다 어디로 갔냐고? 이제 말해 줄 수 있어. 적합하지 않아서 번식 용기에서 버려진 거지."

얕은 파도가 바다로부터 밀려들었다. 얕고 넓게, 치즈 맛이 나는 초록 찌꺼기 담요 아래로.

"알겠어."

카브가 말했다.

"그걸 어떻게 반증한다?"

월은 아연하여 바라봤다.

"반증을 해? 우리가 왜?"

"그 의기양양한 태도 좀 접어 보라고. 네 말이 맞는다면, 우리는 여기 주인에 대해선 아무것도 모르는 채로 사유지를 무단 침입하고 있는 거잖아. 한 가지 아는 건 그자가 아주 값싼 성간 여행 수단이 있다는 건데, 그러니 상대하기 힘든 적이겠지. 우리는 그자의 순종 식용 해초 재배지에다가 신체 박테리아를 퍼뜨리고 있고. 만약 지금 그자가 갑자기 나타난다면 우리가 어떻게 설명해야 할까?"

"그런 식으로는 생각 안 해 봤는데."

"싹 다 멈추고 지금 당장 튀어야 한다고. 행성이 쓸모라도 있다면 모를까."

"아니, 안 돼, 그렇겐 못 해."

"왜?"

대답은 월의 눈 속에서 반짝였다.

●

한 손으로 턱을 괸 채 책상에 앉아 이야기를 듣던 턴불이 몇 분 만에 처음으로 끼어들었다.

"좋은 질문이군. 나라면 그때 바로 떠났을 텐데."

"담요 주위로 만물의 종말이 기어 나오는 방 두 칸짜리 감옥에서 막 여섯 달을 지낸 참이 아니었다면 말이지."

"알겠어."

틴불의 손이 미미하게 움직이며 '오버시2호에는 창문 없애기! 특대 모니터?'라고 끼적였다.

"그렇게까지 충격적인 건 아니었소. 월의 말이 맞았다는 걸 확신하게 되면 그때 이륙해도 된다고 생각했으니까. 물론 그럴 순 없었지. 그땐 집으로 돌아간다는 생각만으로도 월은 동요할 만했어. 떠나야 할 때가 되면 내가 월의 머리를 내려쳐야 할지도 모르는 상황이었소. 만약을 위해서 동면 유도약이 늘 선상에 있었지."

그가 말을 멈췄다. 으레 그랬듯, 틴불은 래퍼포트를 기다렸다.

"하지만 그러고 나면 나는 내내 혼자였겠지."

래퍼포트는 종이컵에 든 버번을 비우고, 한 컵을 더 따라 비우고, 다시 세 번째로 컵을 채웠다. 버번으론 그를 취하게 만들수 없는 모양이었다.

"그래서 우리는 그 돌투성이 해변에 서 있었소. 둘 다 떠나기도 머무르기도 두려워하며……."

●

돌연 월이 일어서더니 장비를 치우기 시작했다.

"반증할 수는 없지만 검증은 쉽게 할 수 있지. 농장주들은 뭔가 가공품을 남겨 뒀을 게 분명해. 하나라도 나오면 도망치는 거야. 약속할게."

"찾아볼 지역이 넓어. 우리한테 상식이란 게 있으면 지금 도망칠 텐데."

"그만 좀 할래? 우리가 할 일은 램로봇 탐사기 찾는 게 다야. 누구든 이곳을 지켜보고 있었다면 그 탐사기가 내려오는 걸 봤을 거야. 그 주변에 발자국이 잔뜩 있겠지."

"발자국이 하나도 없으면? 이 행성 전체에 아무도 없는 게 돼?"

월은 달칵하고 케이스를 닫았다. 그러더니 일어섰다. 꿈쩍도 하지 않고, 무척 놀란 듯이.

"방금 떠올랐는데……."

그가 말했다.

"또 시작이네."

"아니, 이번엔 진짜야, 카브. 농장주들은 오래전에 떠난 게 틀림없어."

"왜?"

"해초가 식량 공급용으로 쓰기 충분해질 때까지 수천 년이 걸렸을 거야. 우리가 도착했을 때 이륙하거나 착륙하는 우주선들을 못 봤잖아. 만약 개척하려고 했다면 그들도 정착촌을 꾸리기 시작했겠지. 그 시기는 한참 지났어. 이 행성은 걸쭉한 바다에서 뭔가 썩는 냄새만 나고 살아가기에 전혀 적합하지 않아."

"아냐."

"제장, 말 되잖아!"

"얄팍해. 나한테조차 얘기가 얄팍하게 들린다고. 정말로 믿고 싶은데도. 게다가 너무 시기적절하고. 뭐랄까. 우리가 상상해 낼 수 있는 최선의 해결책에 너무 가깝잖아. 그런 거에 목숨 걸고 도박하고 싶어?"

월은 케이스를 들어 올리더니 우주선 쪽으로 움직였다. 그는 푸른 광선이 현란하게 빛나는 폭풍의 밤을 헤쳐 나가는 인간 전차처럼 보였다. 갑자기 그가 말했다.

"요점은 하나 더 있어. 저 검은 테두리. 오염된 해초일 수밖에 없어. 육지에서 자라게 된 돌연변이일지도 모르지. 그래서 바다를 가로질러 퍼지지 않은 거야. 농장주들이 여전히 신경 쓰고 있었으면 싹 치워 버렸겠지."

"알았다고. 장비 챙겨. 타자."

"뭐라고?"

"드디어 확인해 볼 수 있는 걸 말했잖아. 동쪽 해안은 이제 낮이 됐을 거야. 우주선에 타자고."

우주의 가장자리에서 그들은 맴돌았고, 태양은 지평선에서 조그맣고 새하얗게 빛나고 있었다. 시리우스A성 쪽으로는 광채를 뿜어내는 작은 점이 있었다. 그 아래, 구름막의 틈새들이 지면까지 관통한 곳에, 머리카락처럼 가느다란 검은 선이 구불구불한 시리우스B-IV성에서 가장 큰 대륙의 가장자리를 타고 이어지고 있었다. 주 하천의 은빛 타래는 갈래갈래 삼각주로 확 넓어졌고, 삼각주는 은빛 도는 초록색 선이 섞인 검은색 삼각형 모양이었다.

"망원경 쓸 거야?"

카브가 고개를 저었다.

"몇 분 내로 가까이서 보게 될 거야."

"꽤 서두르네, 카브."

"물론이지. 네 말마따나 저 검은 게 어떤 생명체라면, 이 농장은 적어도 몇천 년은 버려져 있었다는 거잖아. 그렇지 않다면 뭐야? 자연적인 형성물이라기엔 너무 일정해. 컨베이어 벨트일지도 몰라."

"맞아. 나 좀 진정시켜 줄래? 안심 좀 시켜 줘."

"만약 그렇다면, 잽싸게 올라타서 집까지 곧바로 튀는 거야."

카브가 레버를 당기자 우주선이 아래로 하강했다. 그들은 빠르게 내려갔다. 주의를 반쯤만 기울이며 카브가 말을 이었다.

"우린 다른 지적 생명체를 딱 한 종 만나 봤는데 손 같은 건 없고, 기계 문명도 없었어. 딱히 불평하는 건 아니고. 세상은 돌고래를 벗 삼지 않고는 살기에 적합하지 않다는 거지. 그렇지만 우리가 두 번씩이나 운이 좋을 수 있을까? 뭐, 나는 농장주를 만나고 싶지 않아."

구름이 우주선을 뒤덮었다. 오버시호는 매 킬로미터마다 속도를 늦추며 하강했다. 10킬로미터 상공에서 오버시호는 거의 맴을 도는 수준이었다. 해안선은 그들 아래로 펼쳐져 있었다. 검은 테두리는 층이 져 있었다. 바다를 따라 명왕성의 밤처럼 까맣게 보이던 것이 육지 쪽으로 갈수록 흰 모래나 바위 색으로 변해 갔다.

월이 말했다.

"조류가 죽은 해초를 내륙 쪽으로 나른 걸지도 몰라. 저기선 썩을 거야. 아냐, 그렇겐 안 되겠군. 달이 없으니. 태양의 조석 뿐이지."

그들은 1킬로미터 상공에 있었다. 그리고 낮게 더 낮게 내려 갔다.

검은색은 추진기의 융합염으로부터 멀어지며, 타르같이 흐르듯 움직이고 있었다.

●

래퍼포트는 컵에 대고 깔보듯 말하고 있었는데, 말투는 험하고 강제적이었다. 턴불과 눈을 마주치려고 하지도 않았다. 이제 그는 목소리를 높였다. 그 눈빛에는 뭔가 도발적인 데가 있었다.

턴불은 이해했다.

"나더러 맞혀 보라는 건가? 사양하지. 그 검은 건 뭐였소?"

"당신을 각오시키고 싶은 건지 아닌지 잘 모르겠어. 월이랑 나는, 우리는 마음의 준비가 되어 있지 않았거든. 그럴 필요가 뭐 있었겠소?"

"잘 알았네, 래퍼포트. 어서 날 놀라게 해 봐."

"사람들이었소."

턴불은 멍하니 바라보고 있을 뿐이었다.

"우린 거의 땅에 내려가 있었소. 그들이 하강풍에 흩어지기 시작했지. 그때까진 그냥 검기만 한 영역이었는데, 흩어지기 시작하니 개미 떼 같은 점들이 움직이는 게 보였소. 우린 급하게 방향을 틀었고 그 앞바다에 착수했지. 거기서 그들을 볼 수 있었어."

"래퍼포트, 좀 전에 사람들이라고 했는데. 사람 말하는 건가? 인간?"

"그래, 인간. 물론 썩 인간처럼 굴진 않았지만……."

육지로부터 90미터 떨어져, 오버시호는 기수를 올린 채 떠 있었다. 에어로크에서 봐도 원주민들은 분명 인간이었다. 망원경 스크린은 더 상세한 걸 알려 주었다.

그들은 지구인 종이 아니었다. 키는 270센티미터 정도에, 남녀 모두 눈썹부터 척추의 반절까지 곱슬거리는 검은 털이 나 있었는데, 거의 무릎께까지 내려왔다. 가장 짙은 피부색의 흑인만큼이나 어두운 피부였지만, 깎은 듯한 코에 두상은 길고 입은 작았으며 입술이 얇았다.

그들은 우주선을 신경도 쓰지 않았다. 그들은 자기들 자리에서 서 있거나 앉아 있거나 누워 있었다. 남자와 여자와 아이들이 말 그대로 어깨에 어깨를 대고 빽빽하게 붙어 있었다. 바닷가에 있는 대부분은 남자가 큰 원을 이뤄 여자와 아이들을 감싸고 있었다.

"대륙 전역이 사람으로 빼곡해."

월이 말했다.

카브는 대답을 할 수도 망원경 화면에서 눈을 뗄 수도 없었다.

뒤쪽 멀리에 있던 몇몇 무리가 식량이 있는 해변에 도달하기 위해 앞으로 나아가느라 몇 분마다 군중이 북적북적 들끓었다. 그러면 군중이 뒤로 다시 밀었다. 원의 가장자리에서는 혈투가 있었다. 규칙이 있을 리 만무한 느린 싸움이.

"어떻게?"

카브가 말했다.

"어쩌다?"

월이 말했다.

"우주선이 추락했다거나. 농장주의 가족이 여기 있었는데 아무도 찾아오지 않았다거나. 분명 그들의 자손일 거야, 카브."

"얼마나 오래 여기 있었던 거야?"

"적어도 수천 년. 어쩌면 수만 년이나 수십만 년."

월은 화면으로부터 멍한 눈을 돌렸다. 그는 선실의 뒤쪽 벽을 바라볼 수 있게 소파를 회전시켰다.

"상상해 봐, 카브. 해초의 바다와 사람 몇 명 말고는 아무것도 없는 세상. 그 사람이 몇백 명으로, 다시 몇천 명으로 늘어나. 몸에서 박테리아를 박멸해서 해초가 오염되지 않도록 하지 않는 한 이 근처에 오는 게 허가된 적이 없었겠지. 돌과 뼈 말고는 도구를 만들어 낼 것도 없어. 광석을 용해할 방법도 없어. 불조차 없으니까. 애초에 태울 게 없어. 병도 없고, 피임 기구도 없고, 생식 말고는 오락거리도 없어. 인구는 폭탄이 터지듯 폭발적으로 늘었을 거야. 아무도 굶어 죽지 않았을 테니까, 카브. 시리우스B−IV성에서는 몇천 년 동안 누구도 굶지 않은 거야."

"지금은 굶고 있잖아."

"몇몇은 그렇지. 해안에 도달하지 못한 자들은."

월은 망원경 화면으로 돌아왔다.

"하나의 끝없는 전쟁."

잠시 뒤 그는 말을 이었다.

"자연 선택의 결과로 저런 키가 됐겠지."

카브는 오랫동안 움직이지 않았다. 그는 항상 남자 몇 명은 보호 원 안에 있다는 것, 그리고 항상 밖에 있다 들어가는 남자와 안에 있다 나가는 남자가 있다는 것을 발견했다. 원을 지키기 위해 더 많은 사람을 번식시키기. 시리우스B−IV성을 위한 더 많은 인가

해안은 들끓는 암흑이었다. 적외선 속에선 밝게 나타났을 것이다. 섭씨 36.5도의 온도로.

"집으로 가자."

월이 말했다.

"알겠어."

"그렇게 했나?"

"아뇨."

"도대체 왜?"

"그럴 수 없었소. 그걸 전부 봐야 했으니까, 턴불. 이해할 수는 없는데, 그랬소. 우리 둘 다. 그래서 나는 우주선을 띄워서 해안 안쪽 1킬로미터 지점에 착륙한 뒤, 밖으로 나가 바다 쪽으로 걷기 시작했소. 곧바로 우리는 해골을 발견하기 시작했지. 어떤 것들은 깨끗했소. 대부분은 바싹 마른 검은 피부가 뼈 위로 빠듯하게 늘려진 해골로 이집트 미라 같아 보였고. 끊임없이 낮게 수런수런하는 소리가 항상 들렸는데, 음, 내 생각엔 대화였던 것 같소. 바닷가에서 그들이 얘기할 만한 게 뭐가 있을지는 모르겠지만."

래퍼포트는 잠시 멈추었다가 다시 입을 열었다.

"해골은 갈수록 굵어졌소. 몇몇은 쪼갠 뼈로 만든 단검을 들고 있었고. 하나는 돌을 깎아 만든 손도끼를 가지고 있었지. 알아듣겠소, 턴불? 그들은 지능이 있었어. 도구를 만들 재료를 뭐든 찾을 수 있다면 도구를 만들 수 있었지. 어느 정도 걸은 뒤 우리는 몇몇 해골이 살아 있는 걸 보았소. 우중충하고 푸르딩딩한 하늘 아래 말라붙어 죽어 가던. 그 하늘이 한때는 예쁘다고 생각했소. 이제 이건……, 끔찍했어. 현란한 파란 광선이 모래 위를 찌르고 그 위를 스포트라이트처럼 미라를 잡아낼 때까지 휩쓸고 다니지. 가끔 그 미라는 돌아눕거나 눈을 가리고."

말은 계속 이어졌다.

"월의 얼굴은 시체처럼 창백했소. 단순히 빛 때문이 아니라는 걸 알았지. 5분쯤 걷다 보니, 죽은 해골과 산 해골이 우리를 둘러싸고 있었소. 산 자들은 모두 다 우리를 뚫어져라 봤소. 무표정이었지만, 쳐다보는 건 여전했지. 우리가 이 세상에서 쳐다볼 만한 유일한 것인 듯. 그들이 상상할 만한 게 있었다면, 저 움직일 수 있으면서 사람은 아닌 것이 무얼까 상상하고 있었을 거요. 그들에게 우리는 인간으로 보일 리 없었소. 우리는 신발을 신고 우주복도 입은 데다 너무 작았어."

래퍼포트는 잠시 생각에 잠겼다.

"월이 그러더군. 깨끗한 해골에 대해 상상해 보고 있었다고. 이곳엔 부식 박테리아가 있을 수 없다면서. 나는 대답하지 않았소. 그 모든 게 지옥을 조던 벨슨*의 작품과 섞어 놓은 상태 같다고 생각하고 있었지. 그런 풍경을 그나마 견딜 만하게 만든 게 있다면 초현실적인 푸른빛뿐이었소. 우리가 보고 있는 걸 도무지 믿을 수가 없었으니까."

이야기가 이어졌다.

"해초에는 충분한 지방이 없다고 월이 말했다오. 다른 영양분은 모두 충분하지만 지방은 없다고. 우린 점점 해변에 가까워졌소. 미라 중 몇몇은 삐그덕거리기 시작했지. 나는 언덕 너머로 서로를 죽이려고 하는 듯이 보이는 한 쌍을 지켜보다가, 갑자기 월의 말뜻을 깨달았소. 월의 팔을 잡고 돌아가려 몸을 틀었지. 기다란 해골 몇이 일어나려고 하고 있었고, 그들이 무

---

* Jordan Belson(1926~2011) 미국의 예술가. 추상영화 감독으로 유명하다.

슨 생각을 하고 있는지 알았지. '저 말랑한 껍질 밑에 고기가 있을 거야. 즙이 든 촉촉한 고기. 그럴 것만 같아.' 나는 월을 잡아당겨 달리기 시작했고, 월은 달리질 않았소. 팔을 빼내려고 했지. 월을 팽개칠 수밖에 없었소. 그들이 나를 잡을 순 없었어. 그들은 너무 굶었고, 나는 메뚜기처럼 뛰고 있었으니까. 하지만 월은 잡았지. 그래, 이 자폭 캡슐이 작동하는 걸 들었어. 먹먹한 펑 소리뿐이었지."

"그렇게 돌아왔군."

"그래."

래퍼포트가 악몽에서 깨어나는 사람처럼 위를 올려다봤다.

"일곱 달 걸렸지. 나 홀로."

"월이 왜 자폭했는지 짐작 가는 것 있나?"

"맛이 갔소? 먹히기 싫었으니까."

"그럼 왜 달리질 않았고?"

"자폭하고 싶었던 게 아니오, 턴불. 월은 그저 자신을 살리는 게 가치 있지 않다고 판단한 거요. 오버시호에서 또 여섯 달이라니. 눈길을 묶는 맹점과 마음속에 끊임없이 떠오르는 그 세계에 대한 악몽으로 지새는 여섯 달. 그럴 가치가 없지."

"자네가 날려 버리기 전의 오버시호는 돼지우리였겠군."

래퍼포트의 얼굴이 붉어졌다.

"당신한텐 뭐였는데?"

"자넨 오버시호도 가치가 없다고 생각한 거야. 고리인이 깔끔하길 관두는 건 죽기를 바라기 때문이지. 더러운 우주선은 치명적이야. 착생 식물은 썩게 되지. 잡동사니가 풀려 떠다니고. 구동장치가 작동 중일 때 자네 뇌를 깨 버릴 준비를 만반으로 했겠지. 유성 패치를 어디다 뒀는지도 잊고…….”

“그래. 근데 살았지. 아닌가?”

“그리고 이젠 우리가 우주를 포기해야 한다고 생각하고.”

래퍼포트의 목소리는 감정이 들어가 깩깩거렸다.

“턴불, 아직도 납득을 못 했소? 여기에 낙원이 있는데 여길 놔두고……, 왜 그런 델 원하는 겁니까? 대체 왜?”

“또 다른 낙원을 짓고 싶은지도. 이 생각은 우연히 생긴 게 아냐. 우리 조상도 다 겪은 일이지. 시리우스B–IV성에 있던 것보다 별로 많지도 않은 곳에서 시작하면서 말이야.”

“그 작자들은 후얼씬 더 많았어.”

약간 어눌해진 말투가 래퍼포트에게 드디어 버번이 먹혔다는 것을 말해 주었다.

“그건 그랬는지도 모르지. 그렇지만 이제는 더 나은 이유가 있다네. 자네가 해변에 남겨 두고 온 그 사람들 말일세. 그들은 우리 도움이 필요해. 그리고 새 오버시호로 그들을 도울 수 있어. 그들에게뭐가 가장 필요할까, 래퍼포트? 나무? 아니면 고기 동물?”

“동물.”

래퍼포트는 몸서리치더니 버번을 들이켰다.

“뭐, 논쟁의 여지가 있지만 넘어가자고. 일단 토양을 만들어야 할 거야.”

턴불이 의자에 등을 기대더니 얼굴이 밝아져서는 반쯤 혼잣말을 했다.

"부순 바위랑 섞은 해초. 바위를 부술 박테리아. 지렁이. 그런 다음 잔다……."

"계획을 세심하게도 짰군그래. UN도 끌어들일 테지. 턴불, 당신은 좋은 사람이오. 하지만 놓친 게 있지."

"그렇다면 지금 말하는 게 좋을 거야."

래퍼포트는 조심스럽게 두 발로 섰다. 그는 아주 약간 비틀거리며 책상으로 다가가더니 30센티미터 너머에서 기댄 채 턴불의 두 눈을 가만히 내려다보았다.

"당신은 해변의 그 사람들이 정말로 농장주의 자손이라고 추측하고 있지. 그 시리우스B-IV성은 오래오래 버려져 있었소. 만약 어떤 육식동물 같은 것이 그 행성에 씨를 뿌린 거면? 그럼 뭐야? 해초는 그들을 위한 게 아니겠지. 그들이 해초를 심어 두고, 식량 동물을 기른 거야. 그 동물들이 해안선을 따라 어깨와 어깨를 맞대고 들어찰 때까지 떠나 있는 거지. 식량 동물이야! 이해했소, 턴불?"

"그래, 그 생각은 못 했어. 그럼 누군가 그들이 커다랗다는 이유로 기른 건데……."

방은 쥐 죽은 듯 조용했다.

"그래서?"

"그렇다면 우리도 그 기회를 잡아 보는 수밖에 없지. 안 그런가?"

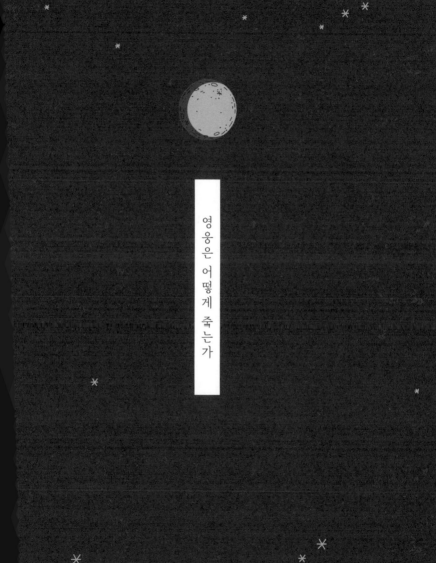

영웅은 어떻게 죽는가

1966년 발표.

오로지 무자비한 마음가짐 하나만이 그가 살아서 도시를 빠져나갈 길이었다. 카터를 쫓는 무리는 화성삼륜차를 사수하려 하지 않았다 차량용 에어로크를 통과해 삼륜차를 탈취하기엔 시간이 너무 오래 걸릴 것이라고 생각했던 것이다. 그곳에서 카터를 잡을 수도 있었다는 걸 그들도 알았다.

몇몇은 대원용 로크를 지키고 서 있었다. 카터가 오기를 바라면서 말이다. 그랬을지도 모르는 일이었다. 카터가 문 하나를 그들 면전에서 닫아 버리고 다음 문을 열 수만 있었다면, 그 다음 세 번째와 네 번째 문을 거쳐 바깥으로 나갈 때까지 안전장치가 그를 보호했을 테니까.

카터는 화성삼륜차에 올라탄 채 아직 거품도시 안에 있었다.

에둘러 갈 만한 공간이 있었다. 조립식 가옥은 지금껏 전체의 반 정도도 지어지지 않았다. 거품도시의 나머지 바닥은 융합 모래로 평평했고, 발포 플라스틱 벽과 천장, 그리고 바닥판이 무더기로 여기저기 쌓여 있을 뿐 텅 비어 있었다. 그러니까 결국엔 추격자 무리가 그를 따라잡을 것이다. 대원들이 이미 삼륜차에 시동을 걸고 있었다.

그러나 추격자 무리는 카터가 거품 벽을 뚫고 삼륜차를 몰 것이라고는 전혀 예상치 못했다.

화성삼륜차는 기우뚱하더니 제자리로 돌아왔다. 호흡할 수 있는 공기가 주변에서 굉음을 내며 몰아쳤고, 고운 모래 구름이 일었다가 독성을 띤 희박한 대기 속에 폭발적으로 쏟아졌다. 카터는 뒤를 보며 씩 웃었다. 놈들은 이제 죽었을 터였다. 놈들 모두가. 압력복을 입은 것은 자신뿐이었으니까. 한 시간이면 돌아와서 거품 벽에 난 흠집을 보수할 수 있다. 이제 다음 우주선이 도착할 때 늘어놓을 그럴싸한 이야기를 준비해 둬야겠지……

카터가 얼굴을 찌푸렸다. 대체 무슨…….

적어도 열 사람이 바람에 맞서며 조립식 가옥의 벽과 씨름하고 있었다. 얼핏 보니 그들은 융합 모래 바닥에서 벽을 들어 올려, 수직에 가깝게 균형을 맞추었다가 손에서 놔 버렸다. 발포 플라스틱 벽은 바람 속으로 떠올랐다가 3미터가 넘게 찢긴 거품 벽에 철썩 들러붙었다.

카터는 무슨 일이 일어나는지 보려고 삼륜차를 세웠다.

죽은 사람은 없었다. 공기는 비명을 내지르며 빠져나가는 게 아니라 색색 새어 나가고 있었다. 천천히, 정연하게, 일렬로 선 사람들이 각자 자신의 압력복을 착용했고, 대원용 로크를 지나 거품 벽을 보수하기 위해 행진했다.

삼륜차 한 대가 차량용 로크에 들어갔다. 세 번째와 마지막 문이 작동하기 시작했다. 카터는 자신의 차를 돌려 그곳을 떠났다.

화성삼륜차의 최고 속력은 시속 40킬로미터였다. 삼륜차에는 폭이 넓은 벌룬타이어* 세 개가 1.5미터짜리 로봇 팔 끝에 달려 있었고, 그 바퀴로 넘어가지 못하는 곳이라도 대부분 차체 바닥에 탑재된 압축공기 제트 장치를 써서 뛰어넘을 수 있었다. 엔진과 압축공기 제트 장치는 히로시마 원자폭탄 열 배의 에너지가 담기는 리튬 배터리로 작동되었다.

카터는 신중하게 행동해 왔다. 그럴 만한 시간이 있었던 만큼 신중해 왔다. 좌석 뒤 사소통 보과함에는 24시가은 거뜬히 버틸 정도의 산소통을 가득 채워 놓았고, 여분의 통도 무릎 위에 올려 두었다. 배터리는 거의 가득 충전돼 있었다. 동력이 떨어지기 한참 전에 산소가 먼저 바닥나게 될 터였다. 저 삼륜차들이 추적을 포기했을 때, 카터는 여분의 산소통이 벌어 줄 시간 안에 유턴하여 거품도시로 돌아갈 수 있을 것이다.

카터가 탄 것과 그 뒤를 쫓는 두 대가 화성에 있는 삼륜차 전부였다. 시속 40킬로미터로 그는 도망쳤고, 시속 40킬로미터로

---

* 험난한 노면을 달리는 데 이용되는 저압 타이어.

그들은 쫓아왔다. 가장 가까운 차량은 800미터 뒤에 있었다.

카터는 오디오를 켰다. 대화의 도중부터 듣게 되었다.

— ……그럴 처지는 안 돼. 제군들 중 한 사람은 돌아와야 한다. 두 대는 포기한다 해도, 삼륜차 세 대 전부를 잃을 순 없다.

마이클 슈트 대위의 목소리였는데, 그는 거품도시의 연구부장이자 유일한 군인이었다. 뒤따르는 낮고 냉소적인 목소리는 생화학자 루페 둘리틀이었다.

— 그럼 어떡할까요. 동전이라도 던져서 정해요?

— 날 보내.

세 번째 목소리가 엄중히 말했다.

— 이 일하고 사연이 있어서 말이야.

카터는 뒷덜미에 서리는 불안을 느꼈다.

— 알겠네, 알프. 행운을 빌지.

둘리틀이 말했다.

— 성공적인 사냥이 되기를.

그가 악의적으로 덧붙였다. 카터가 듣고 있다는 걸 안다는 듯.

— 너는 돌아가서 거품 벽 보수하는 데 집중해. 나는 카터가 절대 돌아올 수 없게 처리할 테니.

카터 뒤로, 가장 뒤쪽에 있던 삼륜차가 도시 쪽으로 크게 원을 그리며 방향을 틀었다. 다른 한 대는 계속 따라왔다. 언어학자 알프 하니스가 모는 차였다.

거품도시의 열두 사람 대부분은 3미터나 찢긴 틈을 히터와 플라스틱 시트로 보수하느라 바빴다. 슈트의 명령으로 거품이 수축되어 있었기에, 시간이 오래 걸리긴 해도 쉬운 작업이 될 터였다. 투명한 플라스틱은 서로 연결된 천막처럼 주름이 잡힌 채 조립식 가옥을 가로질러 늘어져 있었다. 그 아래로 어렵사리 다닐 수는 있었다.

슈트는 일터에서 대원들을 지켜보고 그들이 명령을 잘 따르고 있다고 판단했다. 늘어진 주름 아래를 지날 때도 몸을 최대한 편 채로, 그는 행진하는 군인처럼 걸어갔다.

슈트는 멈추어서 곤도가 공기생성기를 작동시키는 것을 바라보았다. 곤도는 슈트를 눈치채고는 쳐다보지도 않고 말했다.

"시장님, 왜 알프 혼자 카터를 쫓게 했습니까?"

'시장님'은 슈트를 부르는 별명이었다.

"삼륜차 두 대를 다 잃을 수는 없어."

"그냥 둘 다 이틀 동안 부초 임무에 올리시지."

"그랬다가 카터가 보초 일을 마친 뒤에는? 그 녀석은 돔을 부수려고 아주 작정했어. 갑자기 기습해서 덮칠 테지. 우리 중에 압력복을 입는 데 성공하는 사람이 있다 해도 거품 벽이 한 번 더 찢긴다면 우리가 버틸 수 있을 것 같나?"

곤도는 손을 뻗어 짧은 수염을 긁었다. 손끝으로 헬멧 플라스틱을 톡톡 두드렸다. 짜증스러워 보였다.

"못 버틸지도요. 시장님이 준비되었다면야 거품은 언제든 부풀릴 수 있지만, 그때쯤이면 공기생성기가 텅 비겠죠. 다른 대원들이 보수를 끝냈을 때쯤 통에 비축되어 있던 공기는 거의 바닥날 겁니다. 이러거나 저러거나 우린 다 끝난 거고요."

슈트는 고개를 끄덕이고는 돌아섰다. 누구든 사용할 수 있는, 수 톤의 질소와 산소로 구성된 공기가 바로 저 바깥에 널려 있다. 하지만 이산화질소가스 형태로 있었다. 공기생성기는 사람들이 그 공기를 소모하는 것보다 세 배는 빠르게 변환할 수 있다. 하지만 카터가 돔을 또 찢는다면, 때는 너무 늦게 될 것이다.

그러나 그런 일은 일어나지 않을 것이다. 알프가 그를 처리할 테니. 긴급 상황은 끝났다. 이번에는 말이다.

그리하여 슈트는 이번 긴급 상황 밑바닥에 깔린 원인에 대해 다시 고심해 볼 수 있게 되었다.

그 원인에 대한 보고서 작성은 한 달 전에 끝난 일이었다. 슈트는 그 이후 몇 번이나 다시 읽어 보았고, 읽을 때마다 완벽하고 명료하게 보였다. 그러면서도 더 잘 쓸 수 있었다는 느낌을 받았다. 그는 그 보고서를 최대한 효율적으로 만들어야 했다. 그가 말하려 했던 것을 말할 기회는 단 한 번이었고, 그런 뒤 그의 경력은 끝장날 것이며 그의 발언도 묵살될 것이다.

커즌즈는 취미로 글을 써서 한때 소설을 좀 팔았다. 그가 도와주는 것도 괜찮은 방안일 것이다. 그러나 슈트는 자기만의 반란에 다른 사람을 연루시키는 게 내키지 않았다.

그렇긴 해도……, 그는 보고서를 당장 다시 쓰거나, 못해도 내용을 추가해야 할 터였다. 류 하니스는 살해당했다. 잭 카터도 이틀 내로 죽을 것이다. 모두 지휘권자인 그의 책임. 모든 관련자가…….

급히 내려야 할 결정은 아니었다. 보고는 지구가 거품도시 송신국 범위 내로 진입하기 한 달 전에 있을 테니.

소행성 대다수는 화성과 목성 사이에서 대부분의 시간을 보내는데, 예전에는 행성 궤도만 가로지르던 소행성이 행성 자체를 가로지르는 일도 종종 생긴다. 나이 많고 침식된 것들, 날카롭고 새로운 것들, 커다란 것들, 작은 것들, 나달거리거나 부드러운 것들이 말이다. 거품도시는 비교적 최근에 생긴 직경 6킬로미터의 커다란 크레이터 가운데에 있었다. 불그스름한 모래 위에 버려진, 형편없이 주조된 거대 재떨이처럼.

삼륜차는 부서진 유리 위를 내달렸다. 기울어진 덩어리를 가끔 피하면서, 크레이터의 부서진 테두리 쪽으로 향하는 비탈을 올랐다. 정수리 바로 위에서 찬란하고 조그마한 일몰이 생겨 핏빛의 하늘을 휩쌌다.

점차 알프가 가까워지고 있었다. 테두리를 건너고 내리막길에 접어들었을 때 둘 다 그만뒀어야 했다. 긴 추격전이 될 터였다.

이제 후회의 때였다. 그럴 만한 시간이 있기나 하다면 말이다. 하지만 카터는 후회하는 부류가 아니었고, 창피할 일은 어쨌거나 하나도 없었다. 류 하니스는 죽어야 했고, 죽음을 자초했던 것이나 다름없었다. 그가 죽었다고 이렇게나 과격한 반응이 돌아왔다는 게 당황스러울 따름이었다. 대원들 전부가……,

류의 전철을 밟았나? 그럴 순 없었다. 카터가 남아서 설명했었더라면…….

대원들은 그를 찢어발겼을 것이다. 그 간사한 낯짝, 벌름거리던 코와 날이 선 치아!

그리고 이제 한 남자가 그를 쫓고 있었다. 그런데 그 남자는 류의 형이었다.

크레이터 테두리에 다 왔을 때도 알프는 여전히 뒤처진 상태였다. 카터는 내리막길이 더 거칠다는 것을 알기에 속도를 줄였다. 멀리 9미터쯤 떨어져 있는 바위가 하얀 불꽃 속에 폭발했을 때 카터는 막 크레이터의 끄트머리를 지나는 중이었다.

'알프는 플레어 권총이 있었지.'

카터는 바위틈에 숨으려고 삼륜차에서 허둥지둥 빠져나오려다 멈칫했다. 차가 갑자기 아래쪽으로 쏠렸고, 좋든 싫든 차량을 똑바르게 유지하기 위해 공포는 잊어야만 했다.

크레이터의 테두리 주변 잡석 때문에 속도가 더욱 늦추어졌다. 카터는 가장 가까운 모래언덕 오르막으로 삼륜차를 꺾었다. 카터가 언덕에 도착했을 때, 알프는 테두리를 넘어 1.6킬로미터 뒤에 있었다. 그 실루엣이 핏빛 하늘을 등진 채 잠시 멈춰 있더니, 또 다른 불꽃이 튀었다. 눈부시게 밝고 공포스럽도록 가까웠다.

카터는 쭉 뻗은 길을 달렸다. 완전히 평평한 지평선을 향해 모래언덕을 굴러 내려가는 중이었다.

오디오에서 말이 들렸다.

— 길어지겠군, 잭.

카터는 송신을 위해 버튼을 눌렀다.

"그러게. 플레어탄은 얼마나 남았어?"

— 그건 걱정 마.

"그렇더라. 쏘는 씀씀이를 보니까."

알프는 대답하지 않았다. 카터는 무전 주파수 채널을 열어 둔 채로 두었다. 죽여야 할 자에게 알프가 언젠가는 말을 걸어야 한다는 것을 알기에.

기지가 있던 크레이터는 시야에서 뒤처지다 사라졌다. 끝없이 펼쳐진 사막이 두 삼륜차 앞에 솟아났고, 모래가 특대형 바퀴 아래로 흘러들어 갔다가 후방으로 떨어졌다. 완만한 초승달 모양 사구가 무늬를 이루고 있었지만, 삼륜차의 걸림돌이 될 수는 없었다.

한번은 화성 우물을 맞닥뜨리기도 했다. 모래 위에 덩그러니 놓인 채였다. 원통형의 닳아빠진 벽은 높이가 2미터에 직경이 3미터였는데, 세공된 다이아몬드 벽돌로 만들어진 것이었다. 이런 벽돌 우물, 그리고 그 '헌정 벽돌'에 기울임체로 깊이 새겨진 문자는, 화성에 도시가 존재했다는 방증이 되었다. 지금껏 발견된 유일한 화성인은 적어도 몇 세기 전에 죽은 걸로 추정되는 미라 형태였는데, 그 미라가 물에 닿자 폭발했기 때문에 우물은 일반적으로 화장터로 추정되었다. 그러나 확실한 건 아니었다. 화성에 대해 확실한 것이라곤 없었다.

오디오에선 스산한 침묵이 이어졌다. 시간은 잘도 흘러갔다.

태양이 진홍색 지평선 쪽으로 미끄러졌지만 알프는 여전히 말이 없었다. 말하고 싶었던 모든 것을 다 말했기에 더 이상 할 말이 없는 것 같았다. 그러나 그건 틀린 생각이었다. 알프는 스스로를 정당화해야만 했다!

한숨을 쉬고 포기한 것은 카터였다.

"날 잡을 순 없어, 알프."

— 맞아. 그치만 내가 내가 질릴 때까지 이 뒤에서 버티고 있을 순 있지.

"그것도 24시간 동안만이지. 네가 가진 산소통으로는 최대 48시간밖에 못 버티잖아. 날 죽이자고 자살할 리는 없고."

— 너무 확신하지 마. 하긴 그럴 필요도 없겠지. 내일 정오면 네가 날 쫓고 있을 거다. 너도 숨을 쉬어야 하니까. 나처럼 말이야.

"이걸 봐."

카터가 말했다. 무릎에 올려 두었던 산소통은 비어 있었다. 한쪽으로 밀어 버리고는 산소통이 삼륜차 밖으로 굴러가는 것을 지켜보았다.

"나한텐 여분의 산소통이 있어."

카터는 더럽게 무거운 산소통이 사라져 후련한 미소를 지었다.

"너보다 네 시간 더 살 수 있다는 거야. 돌아가고 싶어졌어, 알프?"

— 아니.

"그놈은 이럴 만한 가치가 없다니까, 알프. 그 자식은 호모일 뿐이었다고."

— 그러면 죽어야만 한다는 소리인가?

"만약 그 개자식이 같이 자자고 하면 그렇지. 너도 살짝 그쪽인가?"

— 아니. 그리고 류는 여기 왔을 때까지는 호모가 아니었어. 대원을 보낼 때 남자 반 여자 반으로 보냈어야지.

"아멘."

— 너도 알겠지만, 동성애자에 관해선 꽤 많이들 불편해하지. 나도 그랬으니까. 류가 그렇게 되는 걸 보는 것도 속이 상했어. 하지만 그런 자를 두들겨 패려고 찾아다니는 부류는 딱 하나 있지.

카터는 얼굴을 찡그렸다.

— 잠재적 동성애자들 말이야, 호모들에게 기회를 주면 자기네들이 그렇게 될지도 모른다고 생각하는 놈들. 호모가 유혹적이니까 주변에 호모가 있다는 걸 견딜 수 없는 거야.

"네가 당한 대로 돌려주고 싶은 건 아니고?"

— 그럴지도.

"아무튼 우리 도시는 그런……, 그렇게 되어 가는 일 따위 말고도 문제가 많아. 이 모든 프로젝트가 네 동생 같은 놈 때문에 다 물거품이 될 수도 있어."

— 살인자가 필요하면 얼마나 필요하다고?

"꽤 절박하지. 이번에는."

문득 카터는 자기가 스스로를 변호하게 됐다는 것을 깨달았다. 만약 자신이 추방되어선 안 되는 이유를 알프에게 납득시킬 수 있다면, 나머지도 납득시킬 수 있을 터였다. 만약 실패한다면……, 그러면 거품도시를 파괴하든가 죽어야만 했다. 그는 최대한 설득력 있게 말을 이었다.

"너도 알지, 알프? 우리 도시에는 두 가지 목표가 있다는 거. 하나는 우리가 이곳처럼 열악한 환경 속에서 살아갈 수 있나 알아내는 것. 다른 하나는 화성인과 접촉하는 것이지. 도시엔 우리 열다섯 명만 있고……."

— 열둘. 내가 돌아가면 열셋.

"우리 둘 다 돌아가면 열넷. 좋아. 도시가 돌아가려면 우리들 한 사람 한 사람이 어느 정도는 필요하지. 근데 그 두 영역 모두가 나를 필요로 해. 나는 생태학자잖아, 알프. 나는 불균형 같은 문제 때문에 도시가 붕괴되지 않게 지킬 뿐만 아니라, 화성인들이 어떻게 사는지, 뭘 먹고 사는지, 화성 생명체들끼리는 어떻게 서로를 신뢰하는지 밝혀내야 해. 알겠어?"

— 물론이지. 류는 어땠지? 필요한 대원이었나?

"걔 없이도 잘 지낼 수 있었지. 무선 기사였잖아. 두엇 정도는 소통 쪽을 맡을 만큼 충분한 훈련을 받았지."

— 그렇게 말해 주니 너무 기쁘군. 자네 경우도 마찬가지 아닌가?

카터는 골똘히, 그리고 재빨리 머리를 굴렸다. 그래, 특히 곤도는 약간의 도움만 받으면 도시의 생명유지 장치가 계속 작동하게 할 수 있을 것이다. 그렇지만…….

"화성 생태 분야는 못 하지. 왜냐하면……."

— 왜냐하면 화성 생태랄 게 없으니까. 잭, 그때 그 인간 형상의 미라 빼고, 누군가 한 번이라도 화성에서 생명체를 찾아낸 일이 있었나? 추론을 내릴 대상이 없다면 생태학자도 있으나 마나지. 조사할 대상이 아무것도 없잖아. 그러니 자네가 무슨 쓸모인가?

그 이후로도 카터는 계속 말했다. 모래의 바다 속으로 해가 저물고 갑작스럽게 어둠에 잠겼을 때도 그는 말씨름하고 있었다. 그렇지만 이제는 헛된 일이었다는 걸 알았다. 알프의 마음은 닫혀 있었다.

해 질 녘쯤 되자 거품은 팽팽해졌고, 호흡 공기가 유입되며 나던 비명 소리는 지친 듯한 한숨 소리로 사그라졌다. 슈트 대위는 양어깨의 클램프를 풀고 헬멧을 들어 올려 보았다. 공기가 너무 희박하면 얼굴을 빠르게 욱여넣으려 했다. 희박하지 않았다. 그는 헬멧을 내려놓고 자신을 지켜보고 있는 사람들에게 엄지를 들어 올려 사인을 보냈다.

의식. 열두 명은 공기가 괜찮으리라는 것을 알고 있었다. 하지만 우주에서 일하는 인간들 사이에서는 여러 의식들이 빠르게 생겨났고, 그중 가장 엄격한 의식은 책임자가 헬멧을 가장 마지막으로 고정하고 가장 처음으로 푸는 것이었다.

압력복이 치워졌다. 사람들은 자기 일을 하기 위해 이리저리 움직였다. 몇몇은 진공이 유발한 잔해를 치우고는 저녁을 먹기 위해 식당으로 향했다.

슈트가 지나가던 리 커즌즈를 불러 세웠다.

"리, 잠깐 볼 수 있나?"

"물론이죠, 시장님."

거품도시 전체에서 슈트는 '시장님'이었다.

"작가로서 자네의 도움이 필요해."

슈트가 말했다.

"약간 논란의 여지가 있는 보고서를 지구 범위 내에 들어설 때 부치려고 하는데, 그럴싸하게 손보는 것 좀 도와줬으면 하네만."

"좋아요. 한번 보겠습니다."

열 개의 가로등이 켜져 갑작스럽게 엄습했던 어둠을 떨쳐 냈다. 슈트는 자신의 조립식 방갈로에 가는 길을 앞장섰고, 금고를 열어 커즌즈에게 서류를 건네주었다. 커즌즈는 손으로 무게를 어림해 보았다.

"양이 꽤 많네요."

그가 말했다.

"쳐 내는 데 보수를 받아야 할지도 모르겠어요."

"주고말고. 뭐든 불필요한 곳을 찾으면 말이야."

"찾아낼 거라고 장담하죠."

커즌즈가 씩 웃었다. 그는 침대에 털썩 앉아 보고서를 읽기 시작했다.

10분 뒤 그가 물었다.

"근데 대체 해군 내 동성애 발생률이 얼마나 되는데요?"

"전혀 모르겠어."

"그렇다면 강력한 증거는 아니군요. 유행하는 시를 인용해서 이 문제가 심각하다는 걸 보여 주는 것도 괜찮겠어요. 몇 개 압니다."

"좋네."

조금 뒤 커즌즈가 말했다.

"영국 학교들은 남녀공학인 데가 많아요. 매해 늘고 있죠."

"알고 있다네. 한데 지금 문제는 훨씬 어렸을 적에 남학교를 졸업한 자들 사이에 있어."

"그걸 더 확실하게 명시합시다. 말이 난 김에 말인데, 남녀 공학 고등학교 나오셨습니까?"

"아니."

"호모는 있었어요?"

"몇 명쯤. 한 반에 적어도 한 명씩은. 발각되면 선배한테 매를 맞았어."

"해결이 됐나요?"

"아니. 물론 아니었지."

"좋아요. 높은 확률로 동성애가 발생하는 정황 두 가지가 있군요. 두 경우 모두 세 가지 조건이 있었고요. 여가 시간이 꽤 있음, 여자 없음, 그리고 군기 잡는 서열 문화. 세 번째의 예시가 필요해요."

"생각이 안 나는데."

"나치 조직."

"오호?"

"자세히 써드리죠."

커즌즈는 계속 읽어 나갔다. 보고서를 다 읽고는 한쪽으로 치웠다. 그가 말했다.

"이거 때문에 큰 소동이 나겠네요."

"나도 알아."

"여기서 최악인 부분은 이 일을 다 언론에 던져 주겠다는 협박이에요. 나라면 그건 빼겠어요."

"자네가 나라면 안 그럴걸. 일전에 있었던 온갖 일을 자기네가 감수하고 있다는 걸 WARGOD 단체와 엮인 자는 전부 알았어. 선취권이 있던 놈들은 우리가 그 위험을 무릅쓰게 시켰지. 자기네가 직접 여론을 감당하기보다 말이야. 품위 연맹은 미국에 수백 개나 있어. 모르지. 수천 개일지도. 혼성 대원을 화성이든 그 밖의 우주 어디든 보내려는 자가 있기만 해도 연맹 놈들이 전부 하피 떼처럼 정부를 쪼아 댈 거야. 내가 정부를 움직이려면 더 심한 위협을 주는 방법밖엔 없어."

"제가 졌네요. 확실히 이게 더 심한 위협이죠."

"쳐 낼 부분은 또 있나?"

"엄청 있죠. 빨간 펜 들고 다시 꼼꼼히 읽어 볼게요. 시장님은 말이 너무 많고, 어렵고 긴 단어를 꽤 많이 쓰는 데다, 지나치게 일반화하고 있어요. 구체적인 예를 들어 줘야지, 안 그러면 영향력을 잃을 겁니다."

"어쩔 수 없어. 화성에는 여자들이 있어야 한다고. 그것도 지금 당장 필요해. 루페와 티미의 설전이 날로 심해지고 있어. 루페는 자기가 류를 떠나서 죽게 된 거라고 생각해. 그걸 갖고 티미는 계속 조롱하고 있고."

"시장님 말씀의 요지는 저도 알고 있어요."

"좋아, 그런데……."

슈트가 말했다. 그는 일어섰다. 토론하는 내내 그는 차렷 자세로 앉은 듯 똑바로 앉아 있었다.

"삼륜차는 아직 무전 범위 내인가?"

"그쪽으로 송신은 안 되지만 우리 쪽으로 수신은 됩니다. 티미가 무전 작업 하는 중이에요."

"좋아. 범위를 벗어나게 될 때까지 티미는 계속 진행하게 둠세. 저녁 들겠나?"

포보스는 태양이 진 자리에서 떠올랐다. 흐릿한 별들로 이루어진 초승달처럼, 빛나는 점들이 산란하고 있었다. 떠오르면서 점점 밝아졌다. 몇 시간 만에 초승달은 반달이 되었다. 그 뒤엔 너무 높아져서 바라볼 수 없었다. 카터는 전조등 빛에 비치는 삼각형의 사막에 눈을 고정해야 했다. 전조등 빛은 지구의 햇빛과 색이 같았지만, 화성에 맞춰 개조된 카터의 눈에는 모든 게 파랗게 비쳐 보였다.

카터는 경로를 잘 잡았다. 평평한 사막이 1,000킬로미터는 더 펼쳐져 있었다. 갑작스럽게 둔덕이 나타나 희미한 달빛 속에서 수직 이륙해야 한다거나, 알프에게 따라잡힐 때까지 기다려야 하는 불상사는 생기지 않을 터였다. 알프가 돌아서야 할 전환점은 내일 정오에 찾아올 터였고, 그러면 카터는 이기는 것이다.

알프는 거품도시로 돌아갈 것이고 카터는 사막 속으로 계속 갈 것이므로. 알프가 무사히 지평선을 넘었을 때, 카터는 왼쪽이나 오른쪽으로 틀어 한 시간을 달린 뒤 알프와 평행하게 경로를 따라갈 것이다. 계획상 세 시간 내로, 알프보다 한 시간 정도 뒤에 거품도시가 시야에 들어올 것이다.

그다음이 가장 어려운 부분이었다. 분명 보초를 서는 사람이 있을 테니까. 카터는 플레어 권총으로 무장했을지 모르는 보초를 지나 돌격해서, 거품 벽을 찢어 입구를 내고, 어떻게든 산소통을 몰수해야 했다. 거품 벽을 찢으면 그 안에 있던 모두는 아마 죽게 되겠지만, 압력복을 입고 바깥에 있는 대원도 있을 터였다. 산소통 몇 개쯤을 삼륜차에 싣고 나머지는 마개를 열어 놔야 할 것이다. 그리고 이 모든 일을 붙잡히기 전에 해야만 했다.

신경이 쓰이는 것은 플레어 권총을 장전하는 상황이었다. 그러나 삼륜차만 노리고 빠져나오는 것도 가능할 것이다. 직면해 봐야 알 수 있을 테지만.

눈꺼풀이 무거워졌고 손에서는 쥐가 났다. 그러나 속도를 줄일 엄두가 나지 않았고, 감히 잠을 청할 생각도 없었다.

몇 번인가 그는 압력복 무선 장비 속 신호 장치를 부숴 버리는 일을 생각했다. 끊임없이 삑삑 소리를 내니 알프는 내킬 때마다 그를 찾을 수 있었다. 하지만 그러지 않더라도 알프는 그를 찾아낼 것이다. 알프의 전조등은 따라잡는 일도, 뒤처지는 일도 없이 언제나 그의 뒤에 있었다. 만약 그가 알프의 시야에서 벗어나기라도 하면 신호 장치는 없애 버려야 할 것이다. 하지만 알프가 그걸 눈치채게 돼 봐야 좋을 게 없었다. 아직은 말이다.

캄캄한 서쪽 지평선으로 별들이 떨어졌다. 포보스는 다시 떠올랐는데, 이번엔 더욱 밝았고, 마찬가지로 너무 높아져서 쳐다볼 수 없었다. 일관되게 밝은 알프의 전조등 위로 이제 데이모스가 보였다.

갑자기 낮이 찾아왔고, 노란 지평선을 가리키는 얇고 검은 그림자들이 생겼다. 별들은 검붉은 하늘 속에서 여전히 빛나고 있었다. 전방에는 크레이터가 있었다. 에둘러 가기에는 그다지 크지 않은, 사막의 유리 접시 세트가. 카터는 위쪽으로 방향을 틀었다. 카터 뒤의 삼륜차도 틀었다. 이렇게 계속 꺾으면 결국 알프에게 따라잡히게 될 뿐이었다. 카터는 헬멧에 달린 고무 꼭지로 물과 양액을 빨고는 조종하는 데 집중했다. 눈이 꺼끌꺼끌했고, 입은 화성인 미라처럼 말라붙어 있었다.

— 좋은 아침.

알프가 말했다.

"좋은 아침. 푹 잤어?"

— 별로. 짬짬이 여섯 시간 정도 잤어. 자네가 길을 벗어나서 놓치진 않을까 내내 걱정했네.

카터는 잠시 오한을 느꼈다. 그리고 알프가 자신의 신경을 긁고 있다는 것을 깨달았다. 그가 자신보다 더 잤을 리 없었다.

— 오른쪽을 봐.

알프가 말했다.

그들 오른편에는 크레이터 벽이 있었다. 카터는 확실히 하기 위해 다시 한번 쳐다봤다. 테두리 위에 한 실루엣이 있었는데, 붉은 하늘을 등진 사람 모습의 그림자였다. 그는 한 손으로 뭔가 가늘고 긴 것을 균형 맞춰 잡고 있었다.

"화성인이야."

카터가 살며시 말했다. 생각해 보지도 않고 벽을 오르기 위해 삼륜차를 틀었다. 두 발의 플레어탄이 발사돼 그 앞에서 터졌고, 세 번째는 좀 더 멀리에서 터졌다. 카터는 방향 제어봉을 미친 듯이 왼쪽 끝까지 밀어붙였다.

"맙소사! 알프, 화성인이었다고! 저자를 쫓아야 해!"

실루엣은 사라졌다. 플레어 권총을 보고 목숨을 건지려 달아난 것이 틀림없었다.

알프는 아무 말이 없었다. 아예 아무 말도. 카터는 크레이터를 지나 계속 달렸다. 자라나는 살기등등한 분노를 품고.

11시 정각이었다. 언덕 줄기의 꼭대기들이 서쪽 지평선 위로 솟아올랐다.

— 그냥 궁금해서 물어보는 건데 말이야.

알프가 말했다.

— 그 화성인한테 뭐라고 말하려 했지?

카터의 목소리는 날카롭고 쓸쓸했다.

"의미 있나?"

— 맞아. 잘해 봐야 겁이나 줬겠지. 우리가 화성인들과 접촉하게 되면 우린 그냥 계획대로 처리할 거야.

카터는 이를 갈았다. 류 하니스가 죽는 사고가 없었더라도 번역 계획이 얼마나 오래 걸릴지는 알 길이 없었다. 계획에는 세 단계가 포함되어 있었다. 화장용 우물과 다른 유물에 적힌 문자의 사진을 지구로 보내서 컴퓨터가 언어를 번역하게 하는 것. 그 언어로 메시지를 써서 화성인들이 찾을 수 있게 우물 근처에 두는 것. 그런 뒤 화성인들의 반응을 기다리는 것.

그러나 우물에 쓰인 글이 하나 이상의 언어에서, 또는 수천 년 동안 변해 온 것과 같은 언어에서 유래한 게 아니라는 것을 확증할 근거가 없었다. 이름만 그럴싸하지 끽해야 풍선 속에 사는 낯선 이들에게 화성인들이 관심이 있을 것이라고 여길 만한 근거도 없었다. 침입자들이 글을 쓸 줄 알건 모르건 말이다. 더군다나 그 화성인들이 자기들 조상의 글을 읽을 수는 있을까?

한 가지 생각이……

"넌 언어학자잖아."

카터가 말했다.

답은 없었다.

"알프, 우리 도시에 류가 필요했는지에 대해 얘기했었잖아. 도시에 내가 필요한지에 대해서도 얘기했고. 너는 어떤데? 너

없이는 깔끔한 번역본이 절대 나오지 않을 거야."

― 아닐걸. 칼텍 컴퓨터가 대부분의 일을 하고 있거든. 그래도 내가 주석을 남기긴 하지만. 그래서 뭐?

"날 계속 따라오면 결국 내가 널 죽이는 꼴이 될 텐데. 도시는 네가 없으면 안 되잖아?"

― 넌 못 해. 그치만 네가 원한다면 거래를 하지. 이제 11시야. 산소통 두 개를 내게 넘기고 둘 다 도시로 돌아가자. 도시에서 두 시간 거리에서 멈춰 서서, 네 삼륜차는 놔두고 너는 묶인 채로 산소통 보관함 안에 실려 돌아가는 거다. 그럼 재판에 출석할 수 있겠지.

"그 작자들이 날 봐줄 거라고 생각해?"

― 나가는 길에 거품 벽을 찢어발겼으니 아니겠지. 그건 큰 실수였어, 잭.

"그냥 산소통 하나 가져가는 게 어때?"

알프가 그렇게 한다면 카터는 두 시간의 여유를 두고 돌아갈 수 있을 터였다. 이제 그는 알았다. 자신이 거품도시를 파괴해야만 한다는 것을. 다른 대안은 없었다. 하지만 바로 뒤에서 알프가 플레어 권총을 들고 있을 텐데…….

― 거절하지. 우리가 도착하기 두 시간 전에 네 공기가 다 떨어졌는지 알 수 없다면 안심이 되지 않아. 내가 안심하길 바라잖아. 그렇지?

다른 길을 택하는 게 더 나았다. 알프가 한 시간 안에 돌아서게 만드는 것. 카터가 거품 벽을 찢으려고 돌아갔을 때 알프가 거품도시 안에 들어가 있는 것.

"카터가 거절했군요."

티미가 말했다. 그는 무선 장비 쪽으로 몸을 굽혔다. 양손으로 이어폰을 잡고, 거리가 멀어져 거의 꺼져 가는 목소리에 온 정신을 집중해 귀 기울이고 있었다.

"뭔가 계획하고 있어."

곤도가 거북한 듯 말했다.

"예상대로군."

슈트가 말했다.

"알프를 따돌리고 이곳으로 돌아와 거품 벽을 찢어 버리려는 거지, 달리 뭐겠어?"

"그럼 자기도 죽을 텐데요."

티미가 말했다.

"꼭 그렇진 않지. 카터가 우리 모두를 죽인다면, 우리가 남겨 놓은 산소통으로 생존하면서 거품 벽을 보수할 수 있어. 카터라면 한 사람 정도는 거뜬히 지낼 만큼의 보수 상태를 유지할 수 있다고 본다."

"하느님! 우린 어쩌죠?"

"진정해, 티미. 간단한 수학이야."

슈트는 밝고 침착한 목소리로 조곤조곤 말하며, 티미가 공황에 빠지지 않길 바랐다.

"만약 알프가 정오에 돌아온다면, 내일 카터는 정오 전에 도착할 수 없어. 4시에는 공기가 다 떨어지겠지. 네 시간 동안 다들 압력복을 입고 있으면 돼."

슈트는 열두 명이 산소통에 든 공기를 다 소모하기 전에 아주 작은 흠집이라도 보수할 수 있을지 혼자 생각해 보았다. 매 12분마다 산소통 하나가 소모될 것이다……. 하지만 어쩌면 그런 시련에 들지 않아도 될지 모른다.

"12시까지 5분 남았어."

카터가 말했다.

"돌아가, 알프. 10분 빠듯이 남기고 도착하게 될 거야."

알프는 클클 웃었다. 400미터 뒤에서, 삼륜차의 파란 점이 움직이지 않았다.

"산수하고 싸울 순 없는 거야, 알프. 돌아가."

— 너무 늦었어.

"5분 뒤면 그렇게 되지."

— 나는 산소통이 부족한 채로 이 여정에 나섰어. 두 시간 전에 돌아갔어야 했지.

카터는 대답하기에 앞서 고무 꼭지로 물을 빨아 입술을 축여야 했다.

"거짓말하는 거잖아. 나 좀 그만 괴롭히지? 그만 좀!"

알프가 웃었다.

— 자, 나 돌아간다.

그의 삼륜차는 계속 따라왔다.

시각은 정오였고, 상황은 계속 유지될 것이었다. 시속 40킬로미터의 속도로, 400미터의 거리를 두고 화성삼륜차 두 대가 주황색 사막을 유유히 지나고 있었다. 초록색의 화학적 변색물이 전방에서 솟아올랐다가 후방으로 떨어졌다. 초승달 모양 둔덕이 바다의 파도처럼 규칙적으로 곁에서 흘러갔다. 유령 같은 운석의 궤적은 한순간의 흰 섬광과 함께 북쪽 지평선에 닿았다. 언덕은 이제 더 높아져 있었다. 지평선 너머에 잠들어 있는, 반질반질한 바위를 닮은 동물의 혹들처럼. 태양은 이산화질소로 붉어진 하늘 속에서 조그맣고 밝게 타올랐고, 지평선 가까이는 그 희박한 대기 때문에 핏빛이 도는 먹색으로 어두워졌다.

이 추격전이 정말 정오에 시작됐던가? 정확히 정오에? 그러나 이제 12시 반이었고, 너무 늦었다는 것을 카터는 확실히 알았다.

알프는 스스로를 파멸시켰던 것이다. 그를 파멸시키기 위해.

그렇지만 그럴 리가 없잖아.

"위대한 지성은 엇비슷하게 사고하지."

카터가 오디오에 대고 말했다.

— 그런가?

알프의 어조에서 조금도 신경 쓰지 않는다는 것이 느껴졌다.

"자네는 여분의 산소통을 챙겼어. 나랑 똑같이."

— 그러지 않았는데, 잭.

"분명히 챙겼어. 내 인생에서 한 가지 단언할 수 있는 게 있다면, 그건 자네만큼은 자살할 부류가 아니라는 거야. 알겠어, 알프. 관둘게. 돌아가자."

— 돌아가지 말자.

"세 시간 동안 그 화성인을 추적할 수 있을 거야."

플레어탄이 카터의 삼륜차 뒤쪽에서 터졌다. 카터는 허름하게 한숨을 쉬었다. 2시에는 삼륜차 두 대가 모두 거품도시로 돌아갈 터였고, 그곳에서 그는 십중팔구 처형될 것이다.

'그렇지만 지금 되돌아간다고 하면?'

카터는 생각해 보았다.

'쉬운 문제네. 알프가 플레어 권총으로 날 쏘겠지.'

또 다른 생각이 끼어들었다.

'못 맞힐 수도 있잖아. 알프가 계속 날 따라오게 두면, 난 분명히 죽게 된다고.'

카터는 땀이 났다. 스스로에게 욕을 퍼부었지만, 도무지 할 수가 없었다. 의도적으로 알프의 총구 쪽으로 돌아설 수가 없었다.

2시에 산맥의 기슭은 지평선을 넘어왔다. 언덕들은 믿기지 않을 만큼 또렷했다. 달에 있던 게 아니었을까 싶도록. 하지만 그 언덕들은 끔찍하리만치 바싹 말라붙어, 모래의 바다에 둘러싸여 있었다. 언덕을 무너뜨리려 안달이라도 난 듯 아래로 끌어당기는 모래 속에.

카터는 뒤를 돌아보며 삼륜차를 몰았다. 시곗바늘은 매분 매초 꾸준히 움직였고, 카터는 불신에 찬 눈으로 알프의 차량이 계속 따라오는 것을 확인했다. 이윽고 2시 반이 되었을 때, 카터의 불신은 사라졌다. 알프에게 산소가 얼마나 남았는지 이제는 상관없게 되었다. 두 사람은 카터의 반환점을 지나쳤다.

"넌 날 죽이고 있는 거야."

카터가 말했다.

대답은 없었다.

"나는 주먹다짐을 하다 류를 죽였을 뿐이야. 그런데 지금 네가 저지르고 있는 일은 훨씬 잔인한 짓이야. 느려터진 고문으로 날 죽이고 있는 거야. 알프, 넌 악마 같은 놈이야."

— 주먹다짐은 무슨 시퍼런 견공 같은 소리를. 넌 류의 목을 쳤고, 그 녀석이 자기 피 웅덩이에 잠겨 있는 걸 봤잖아. 무슨 일이 있었는지 모른다는 소리 하기만 해 봐. 네가 가라테를 할 줄 안다는 건 온 도시가 알고 있다고.

"그 자식은 몇 분 만에 죽었어. 난 하루 종일이 걸릴 거고!"

— 그게 싫어? 그럼 삼륜차 돌려서 내 총구를 향해 돌진해 봐. 바로 여기서 대기 중이니까.

"남은 시간 동안에 아까 그 크레이터로 돌아가서 화성인을 찾아볼 수 있을 거야. 난 그러려고 화성에 온 거라고. 이곳에 뭐가 있는지 알려고. 너도 마찬가지잖아, 알프. 자, 돌아가자."

— 자네 먼저.

그러나 그럴 순 없었다. 그럴 수가 없었다. 가라테로는 육척봉을 제외한 모든 근접전 무기를 물리칠 수 있었고, 카터는 육척봉 훈련도 받았었다. 그러나 플레어 권총을 대적할 수는 없었다! 알프가 되돌아가려고 작정을 했더라도 불가능했다. 그리고 알프는 되돌아가지 않았다.

거품 벽을 뚫고 희미하게 앵앵거리는 소리가 진동했다. 모래 폭풍의 높이는 그 격렬함에 걸맞게 격분한 애벌레만큼 위험해졌다. 심할 때는 눈엣가시 정도였다. 미약하게 잉잉거리는 새된 소리는 사람의 신경을 긁어 놓았으며, 밀려드는 어둠 때문에 가로등이 꼭 필요하게 됐다. 내일 거품 벽은 마치 달 표면처럼 2밀리미터 두께의 곱디고운 바싹 마른 유사로 덮일 것이다. 누군가 산소통으로 유사를 거둬 내기 전까지 거품도시 내부는 한밤중보다 어두울 터였다.

슈트에게 모래 폭풍은 힘 빠지는 소식이었다. 슈트 대위, 이곳 화성에서는 인류 탐험의 최전방에서 무시무시한 위험에 맞서는 소년들의 영웅! 모래 폭풍은 어린애도 해치지 못했을 텐데 말이다. 이 곳에서 한 번이라도 위험에 직면했던 사람은 아무도 없었다. 슈트가 초래한 일 빼고는.

영원토록 이런 식일까? 어마어마하게 먼 거리를 떠나와 고작 서로서로 대척하기?

오늘 정오부터는 조금밖에 진척이 없었다. 그 일에 대해서 슈트는 포기한 상태였다. 쌓아 놓은 벽 위에는 티미가 앉아 있었다. 좀 과장해서 말하면 삼륜차 오디오에 둘러싸인 채. 나중에 가서는 거품도시 내 대원들에 둘러싸여서.

모여 있는 무리로 슈트가 다가오자 티미가 일어났다.

"통신이 두절됐습니다."

무척 피곤한 목소리로 그가 공표했다. 그는 오디오를 껐다. 서로를 쳐다보는 사람도 있었고, 발을 내려다보는 사람도 있었다.

"티미! 두절됐다니 무슨 소린가?"

티미가 그에게 알려 주었다.

"너무 멀리 갔어요, 시장님."

"차를 돌리지 않았다고?"

"돌리지 않았어요. 사막 속으로 그냥 계속 들어갔습니다. 알프는 미쳐 버린 거예요. 카터 같은 놈 때문에 죽음을 감수할 필요는 없는데."

슈트는 생각했다.

'한때는 그럴 만했지.'

카터는 최고의 대원 중 하나였다. 억세고 용감했으며, 총명하면서 열정적이었다. 슈트는 그가 비좁은 선실에서 무료함으로 상태가 악화되는 것을 지켜봐 왔다. 화성에 도착해서 갑자기 모두에게 할 일이 생겼을 때는 회복된 듯 보였다. 그러다가 어제 아침에는……, 살인.

알프. 알프를 잃는 건 힘든 일이었다. 류는 작은 손실이었지만 알프는…….

커즌즈가 슈트 옆으로 비집고 들어왔다.

"교정 다 봤습니다."

"고맙네, 리. 그런데 이제 전부 다시 손봐야 하게 됐어."

"다시 하지 마세요. 부록을 써요. 어떻게, 그리고 왜 세 사람이 죽었는지 보여 주는 식으로요. 그러면 이렇게 말할 수 있게 되는 거죠. 내가 뭐랬냐고."

"그렇게 생각하나?"

"전문가로서의 판단입니다. 장례식은 언제죠?"

"내일모레. 일요일이라네. 적절한 때라고 생각했어."

"세 번 할 연설을 한 번에 끝낼 수 있겠네요. 좋은 타이밍입니다."

거품도시 내의 전 대원에게 있어 잭 카터와 알프 하니스는 죽었다. 하지만 그들은 아직 숨 쉬고 있었다……

둘은 산맥에 가까이 다가갔다. 모래의 바다에 붙박여 있는 단 하나의 장소였다. 알프는 더 가까워져서, 이제 360미터도 안 되는 거리에 있었다. 카터는 5시에 산기슭에 도착했다.

산은 압축공기 제트 장치로 넘어가기엔 너무 높았다. 점프할 일에 대비해 펌프가 제트 탱크를 충전하는 동안 삼륜차를 세워 둘 만한 지점이 보였다. 그러나 이제 뭐 하러?

알프를 기다리는 것이 낫다.

문득 카터는 그것이야말로 알프가 바라마지 않는 일이라는 것을 깨달았다. 이 삼륜차에 탄 채 나타나는 일. 곧 무슨 일이 닥칠지 카터가 정확히 파악하고 있다는 것에 확신이 들 때까지 그 얼굴을 찬찬히 지켜보는 것. 그런 뒤 3미터 뒤에서 카터를 불살라 버리고, 밝은 마그네슘 산화제의 불길이 압력복과 피부와 활기를 태워 버리는 것을 지켜보는 것.

언덕들은 낮고 야트막했다. 몇 미터 너머에서도 이 잠든 짐승의 부드러운 옆구리가 보일 법했다. 이 짐승은 숨을 쉬지 않는 놈이지만. 카터는 숨을 깊게 들이마셨다가, 정화 장치가 작동 중임에도 공기가 심하게 탁해졌다는 것을 깨달았다. 그리고 압축공기 제트 장치를 켰다.

화성의 공기는 심하게 희박했지만 압축될 수는 있었다. 그리고 설령 압축공기 로켓일지라도 로켓은 어디에서나 먹혔다. 카터는 좌석 뒤 빈 산소통으로 손실된 무게를 보충할 수 있도록 자리에서 뒤로 최대한 누운 채 올라갔다. 그래야 비상시에만 회전하도록 되어 있는 자이로스코프에 부하가 덜 걸렸다. 그는 빠르게 일어나, 30도 경사의 언덕 비탈에서 미끄러지도록 삼륜차를 틀었다. 비탈에는 평평한 지점이 있었지만 많지는 않았다. 첫 번째 언덕에 쉽게 도착할 터였다…….

눈앞에서 불꽃이 번쩍 터졌다. 카터는 이를 꽉 물고 뒤를 돌아보고 싶은 충동을 억눌렀다. 삼륜차를 뒤쪽으로 틀어 속도를 줄였다. 제트 탱크의 압력이 떨어지고 있었다.

그는 사막 60미터 상공에 깃털처럼 착륙했다. 제트 장치를 껐을 때 자이로에서 잉잉대는 소음이 나는 것을 들을 수 있었다. 수평 장치를 끄고 장치를 모두 정지시켰다. 이제 압축 장치만이 칙칙거리는 소리를 내고 있었고, 그 진동이 압력복을 뚫고 느껴졌다.

알프는 삼륜차에서 내려 기슭에 선 채로 위를 올려다보고 있었다.

"덤벼. 뭘 망설이는 거냐?"

— 그러고 싶으면 넘어가 봐.

"뭐가 문제야? 네놈 자이로는 망가졌냐?"

— 네 녀석 뇌가 망가졌겠지, 잭. 넘어가 봐.

알프가 한 팔을 뻣뻣하게 내밀었다. 손에서 불꽃이 번쩍였고, 카터는 직감적으로 몸을 수그렸다.

압축 장치는 거의 정지했다. 그건 탱크가 거의 찼다는 뜻이었다. 하지만 완전히 차기 전에 이륙한다면 바보짓을 하는 것이었다. 공기 분사 시 처음 몇 초 동안 가장 강력한 가속을 받는다. 나머지 비행시간 동안은 그냥 쭉 날아갈 만큼의 적당한 압력을 받을 뿐이다.

하지만……, 알프는 삼륜차에 다시 탑승하고 있었다. 차체가 날아올랐다.

카터는 제트 장치를 켜고 산을 올랐다.

91미터 높이에 힘겹게 착륙하고서야 아래를 내려다볼 엄두가 났다. 알프의 비열한 웃음소리가 들렸고, 알프가 여전히 산 아래에 있는 것을 보게 되었다. 허세였던 것이다!

하지만 어째서 뒤쫓지 않는 거지?

세 번째 점프로 산마루에 도착했다. 내리막으로 점프하는 것은 처음 해 본 것이었는데, 거의 죽을 뻔했다. 제트 탱크의 잔여물을 끝까지 쥐어짜내며 감속을 해야 했던 것이다! 카터는 손떨림이 잦아들 때까지 기다렸다가, 바퀴로 나머지 길을 내려갔다. 언덕 줄기 끄트머리에 도착해서 사막을 향해 출발할 때까지 알프의 낌새는 없었다.

벌써 해 질 녘이었다. 검붉은 하늘의 푸르스름하고 희미한 별들이 카터 뒤쪽에 펼쳐진 노란 언덕의 윤곽을 그렸다.

알프는 감감무소식이었다.

알프가 조용히, 하지만 아주 친절한 목소리로 그의 귓가에 말을 걸었다.

— 돌아올 수밖에 없을 거야, 잭.

"숨 참지 마."

— 안 참으려고. 그래서 이 얘기를 해 주는 거야. 시계 봐 봐.

6시 반이 되어 가고 있었다.

— 확인했어? 이제 한번 세어 봐. 나는 44시간을 버틸 분량의 공기를 가지고 출발했어. 너는 52시간이었지. 숨을 쉴 수 있는 시간은 도합 96시간 있었어. 둘 다 그중 61시간을 써 버렸지. 그렇다면 우리에겐 35시간이 남는 거야. 자, 나는 한 시간 전에 멈췄지. 내가 있는 데서 기지까지 돌아가는 데는 거의 30시간이 걸려. 두 시간 30분 안으로 너는 내 산소통을 차지하고 내가 숨 쉬는 것을 막아야만 해. 아니면 내가 그렇게 만들어 줄 테니까.

일리 있는 말이었다. 마침내 아귀가 전부 들어맞았다.

"알프, 듣고 있어? 이거 들어 보라고."

카터가 그렇게 말하고는, 오디오 패널을 열고 손으로 더듬어 가며 오래전에 설치했던 전선을 찾았다. 홱 당겨 헐겁게 만들었다. 귀가 터질 듯이 탁탁 소리가 나다가 멈추었다.

"방금 들었나, 알프? 신호 장치를 고장 내 봤어. 이제 나를 찾고 싶어도 그럴 수 없겠지."

— 바라던 바야.

그제야 카터는 자신이 무슨 짓을 저질렀는지 깨달았다. 이
제 알프가 그를 찾아낼 가능성은 없었다. 그 긴 거리를 달려서
수십 시간을 쫓긴 끝에 이제 그가 알프를 쫓게 됐다. 알프가 할
일은 기다리는 것뿐이었다.

묵직한 커튼처럼 서쪽에 어둠이 내렸다.

카터는 곧장 서쪽으로 향했다. 산맥을 건너려면 한 시간 이
상이 걸렸다. 전조등 하나에 의존해 점프를 거듭하는 식으로
꼭대기에 올라야 할 터였다. 삼륜차의 엔진으로는 그런 비탈을
넘어서 오르막에 도달할 수 없었다. 운이 따른다면야 내리막에
선 바퀴를 쓸 수 있겠지만, 칠흑 같은 어둠 속에서 해야 했다.
데이모스는 아직 떠오르지 않았을 테고, 포보스는 도움이 될
만큼 밝지가 않았다.

정확히 알프가 계획한 대로 흘러갔다. 산맥 쪽으로 카터를
쫓는다. 거기서 공격한다면, 산소통을 뺏고 귀환한다. 넘어가
기로 한다면, 가다가 죽게 될 수도 있다. 산소통을 가져온다.
넘어가는 데 성공한다면, 돌아와야만 하는 이유를 알려 준다.
어둠 속에 돌아올 수밖에 없게 시간을 조절한다. 기적이 일어
나서 이번에도 성공한다면……, 뭐, 플레어 권총은 언제든 있
으니까.

알프를 놀라게 할 방법은 한 가지뿐이었다. 예상했던 곳에서

부터 10킬로미터 서쪽을 건너서, 남동쪽에서부터 알프의 삼륜
차로 접근한다.

알프가 그것도 이미 예상했을까?

상관없었다. 카터에게 자유의지란 이미 의미가 없었다.

첫 번째 점프는 우주선 에어로크에서 안대를 한 채 뛰어내리
는 것과 같았다. 수직으로 아래쪽을 전조등으로 비추었다. 비
탈을 오르면서 그 동그란 빛이 커지고 침침해지는 것을 지켜보
았다. 동쪽으로 차를 틀었다. 처음에 카터는 움직이지도 않았
다. 그러다 비탈이 그를 향해 미끄러졌다. 너무나도 빠르게. 아
무 일도 일어나지 않은 듯했다. 그를 내리누르던 압력이 차츰
사그라졌지만, 아직 진행 중이었으며, 비탈은 어둠에 휩싸인
채 흐리멍덩하게 흔들리고 있었다.

빠르게 또렷해지며 지면이 올라왔다.

꼬리뼈부터 머리뼈까지 온몸이 뻐근한 착륙이었다. 뻣뻣이
몸을 굳힌 채, 카터는 역으로 삼륜차가 굴러떨어지길 기다렸
다. 하지만 오싹할 정도의 각도로 기울어져 있기는 해도 삼륜
차는 버티고 있었다.

카터는 맥이 빠져 헬멧을 양팔에 묻었다. 저중력으로 인해
눈물이 구슬처럼 그렁그렁 맺혀 면판에 떨어졌다가 퍼져 나갔
다. 처음으로 모든 일이 후회스러웠다. 류를 죽인 일이, 슬개
골을 찬 일로 류가 옴짝달싹 못 하게 되어 영원토록 잊히지 않
을 교훈을 남긴 순간이, 잘못을 인정하고 재판에 넘겨지는 대
신 삼륜차를 탈취한 일이, 거품 벽을 뚫고 운전한 일이, 그렇게

화성의 모든 인간을 숙적으로 만든 일이, 어떻게 되나 서성거리며 구경한 일이……. 그리고 알프가 차량용 에어로크에서 나오기 전에 지평선 너머로 달아날 수 있었던 순간이. 차에 앉아 알프의 삼륜차가 에어로크 속으로 굴러가는 것을 안온하게 구경했던 기억이 떠올라 카터는 양손으로 주먹을 꾹 쥐고 면판을 짓눌렀다.

출발해야지. 카터는 점프할 마음의 준비를 했다. 이번 점프는 끔찍할 터였다. 삼륜차를 30도 뒤쪽으로 기울인 채 지면을 뜰 테니…….

잠깐만.

기억 속 알프의 삼륜차가 뭔가 이상했다. 속보로 달리는 사람들로 둘러싸여 에어로크를 향해 굴러가던 차. 뭔가 단단히 잘못되었다. 근데 뭐지?

생각나게 될 것이다. 카터는 한 손으로 제트 스로틀 레버를 쥐었다. 다른 손은 공중에 붕 떴을 때 자이로를 잽싸게 켤 수 있게 대기했다.

……알프는 계획을 세심하게도 짰더랬다. 양도 적은 산소통 하나만 들고 어떻게 여기까지 왔을까?

게다가……, 만약 알프가 정말 모든 것을 계획했다면, 그가 충돌했을 때 산소통을 어떻게 빼어 갈 생각이었던 걸까?

카터는 언덕에 삼륜차를 갖다 박는다고 가정해 보았다.

바로 지금, 두 번째 점프에서. 알프는 어떻게 그 사실을 알 수 있을까? 알지 못하겠지. 9시가 되었는데도 그가 나타나지 않을 때까지는. 그제야 알프는 그가 어딘가에서 충돌했다는 걸 알게 될 것이다. 하지만 그때면 너무 늦었겠지!

알프가 거짓말을 한 게 아니라면 말이다.

그것이었다. 그 점이 차량용 에어로크 안에 있던 알프의 삼륜차 장면의 이상한 부분이었다. 산소통 보관함에 산소통을 하나만 담고 있었다면 너무 이상해서 분명히 알아차렸을 것이다. 산소통 보관함을 가득 채운 다음에 산소통을 하나 치우면 늘어선 육각형 배열에 생긴 구멍이 마치 베를린 나치 축구팀의 새미 데이비스3세*처럼 눈에 확 띄었겠지! 그런 구멍은 애초에 없었던 것이다.

그럼 이대로 삼륜차가 충돌하게 해 볼까. 그럼 알프는 네 시간 안에 내 삼륜차를 발견하겠지.

카터는 전조등을 통상적인 위치로 쳐올린 뒤, 대단히 느린 속도로 반원을 그려 차를 거꾸로 돌렸다. 차가 요동쳤지만 고꾸라지지는 않았다. 이제 전조등을 비추면서 내려갈 수 있었다…….

9시. 그가 틀렸다면 그는 죽은 목숨이었다. 지금까지도 알프는 헬멧조차 쓰지 않은 채 극한의 절망으로 텅 빈 눈을 하고 그가 어디까지 갔나 생각해 보고 있을지 모른다. 하지만 만약 그가 맞았다면…….

그때 알프는 혼자 고개를 끄덕이며, 웃음기 없이, 그저 자신의 추측을 확신하고 있을 뿐이었다. 이제 그는 카터가 늦는 경

---

* 영화배우 새미 데이비스2세는 흑인에 유대인이었다.

우를 생각해 5분 더 기다려 볼지, 지금부터 수색을 시작할지 갈등하고 있었다. 카터는 검은 산 아래 어두운 차 안에 앉아 있었다. 왼손으로는 렌치를 꽉 붙들고 있었고, 두 눈은 경로 탐색기의 야광침에 고정되어 있었다.

렌치는 도구함에 든 것 중 가장 무거운 공구였다. 스크루드라이버보다 날카로운 것은 찾을 수 없었는데, 드라이버로는 압력복을 뚫을 수 없을 터였다.

탐색기의 야광침은 알프 쪽을 똑바로 가리켰다.

침은 움직이지 않고 있었다.

알프는 기다리기로 결정한 것이다.

얼마나 더 기다릴까?

카터는 자기가 혼잣말을 속삭이고 있다는 걸 깨달았다. 크지 않은 소리로.

'움직여, 멍청아. 산맥 양쪽을 다 살펴봐야 할 거 아냐. 양쪽하고 꼭대기도. 움직여. 움직이라고!'

신이시여! 그가 오디오를 꺼 버렸나이까? 그렇다. 스위치는 꺼져 있었다.

'움직이라고.'

침이 움직였다. 아주 미세하게 한 번 흔들리더니 잠잠해졌다.

꽤 시간이 걸렸다. 7~8분쯤 지났을까, 침이 반대쪽으로 확 돌아갔다. 알프는 언덕의 다른 쪽을 찾고 있었다!

그제야 카터는 자기 계획의 결점을 알게 됐다. 알프는 당연히 그가 죽었을 거라고 추정할 것이다. 그리고 그가 죽었기 때문에, 공기가 소모되지 않으리라고 생각할 것이다. 그러니까 알프는 네 시간의 여분이 있다고 생각하고 있을 것이다. 하지만 그는 살아 있으니 두 시간밖에 여분이 없는 셈이었다.

침이 움찔거리더니 움직였다. ……꽤 멀었다. 카터는 한숨을 내쉬고 눈을 감았다. 알프는 돌아오고 있었다. 그는 현명하게도 이쪽을 먼저 수색하기로 결정했다. 만약 카터가 이쪽에 있었다면, 알프는 귀환하기 위해 산맥을 건너야 했을 테니까.

움찔.

또 움찔.

정상에 있는 게 분명했다.

그러더니 길고 느릿하지만 꾸준하게 내려가는 움직임.

전조등이, 아주 희미하게, 북쪽으로. 알프가 북쪽으로 방향을 틀 것인가?

그는 서쪽으로 틀었다. 완벽해. 전조등은 점점 더 밝아졌고……, 앞유리를 모래로 파묻은 삼륜차와 함께 기슭에서 카터는 기다렸다.

알프는 여전히 플레어 권총을 가지고 있었다. 카터가 죽었을 것이라고 100퍼센트 확신했더라도 총을 손에 쥐고 있을 인물이었다. 하지만 전조등을 켜고 있는 데다, 시속 24킬로미터 정도로 느릿느릿 움직이고 있었다.

서쪽으로……, 18미터쯤 지났을 것이다…….

카터는 렌치를 움켜쥐었다.

'온다.'

눈에 빛이 들어왔다.

'발견하지 마라.'

그러자 빛이 사라졌다. 카터는 삼륜차에서 허겁지겁 빠져나와 모래 비탈 아래로 내려갔다. 전조등이 지나가자 카터는 그 빛을 쫓아 월면보행을 하듯 뛰어다녔다. 양발로 동시에 모래 바닥을 밀어내고 날아가는 몇 초 동안 다리를 앞뒤로 벌렸다가 양발을 앞으로 뻗어 착지하고 다시 도약했다.

마지막으로 캥거루같이 힘차게 점프하여 금속이 부딪히는 소리가 나지 않게 발을 높이 쳐든 채 양손과 무릎으로 산소통 위에 착지했다. 하필이면 텅 빈 산소통을 빼 버린 곳을 팔 한쪽이 짚었다. 몸이 모래 쪽으로 굴러떨어질 뻔했다. 그럴 수는 없었다.

알프의 투명한 헬멧이 카터의 눈앞에 있었다. 전조등이 만든 삼각형 빛을 훑으며 헬멧 안에 든 머리가 앞뒤로 까딱거렸다.

카터는 앞으로 기어갔다. 알프의 머리를 노리고 렌치를 높이 들어 올렸다가, 온 힘을 실어 내리쳤다.

플라스틱에 금이 별빛처럼 퍼져 나갔다. 눈이 휘둥그레진 알프는 입을 쩍 벌린 채, 분노로 또는 공포로 완전히 경악하여 위를 올려다봤다. 카터는 다시금 무게를 실어 힘껏 내리쳤다.

금이 더 생겼다. 이번 것은 더 길게 갈라졌다. 알프는 얼굴을 찡그리더니 드디어 플레어 권총을 꺼내 들었다. 그 무시무시한 총구를 들여다본 순간 카터의 근육은 얼어붙었다. 재빨리 렌치를 들어 올려 마지막으로 휘둘렀다.

렌치가 투명한 플라스틱을 뚫고 두피와 두개골을 박살 냈다. 자신이 저지른 불쾌한 광경을 바라보며 카터는 잠시 동안 산소통 위에 무릎을 대고 앉아 있었다. 그런 뒤 시체를 짊어져 어깨를 잡아 바깥으로 동댕이치고는, 삼륜차 안으로 기어들어 가 엔진을 멈추었다.

모래 속에 묻힌 자신의 삼륜차를 찾는 데 몇 분인가 걸렸다. 파내는 데는 더 걸렸다. 다 괜찮았다. 시간은 충분했다. 12시 30분까지 산맥을 건넌다면 마지막 남은 공기로 거품도시에 도착할 것이다.

기교를 부릴 수 있는 여지는 얼마 없을 것이다. 특별한 변수만 없다면 아마 새벽이 되기 한 시간 전에 도착할 수 있을 것이다. 대원들에게 절대 발각되지 않을 것이다. 내일 정오쯤에는 모두 자신이든 알프든 기대를 접을 터였다……. 알프가 돌아가지 않기로 했다는 걸 모르다손 치더라도.

누구든 압력복을 착용하기 전에 거품 벽을 찢어 공기가 빠져나가게 할 것이다.

그 뒤에 거품 벽을 보수하고 다시 공기를 채우면 된다. 한 달내로 지구는 화성에서 생긴 재앙에 대한 소식을 듣게 되겠지. 운석이 어쩌다 돔 모서리에 떨어졌고, 그때 잭 카터는 어쩌다 보니 유일하게 압력복을 입고 바깥에 있었다는 소식을. 책임자들이 그를 집으로 보내 줄 것이고, 그는 있었던 일을 잊으려 애쓰며 여생을 보낼 수 있을 것이다.

카터는 자신이 비운 것이 어떤 통이었는지 알았다. 다른 대원들과 마찬가지로 카터에게도 산소통 보관함에 통을 배치하는 자신만의 버릇이 있었다. 여섯 개를 버리고 관두었다. 비었다고 버리는 것은 아까운 일이었다. 새 걸 구하기엔 너무 어려운 물건이었다.

카터는 알프의 배치 방식을 알지 못했다. 통이 비었는지 일일이 확인해야 했다.

알프는 이미 몇 개를 버린 상태였다. 하나씩 차근차근, 카터는 각각의 산소통 밸브를 열어 보았다. 쉿 하는 소리가 나면 자신의 산소통 보관함에 집어넣었다. 소리가 나지 않는 통은 손에서 놔 버렸다.

하나에서 쉿 소리가 났다. 딱 하나에서만.

산소통은 총 다섯 개. 다섯 개로는 서른 시간의 여정을 완수할 수 없었다.

어딘가에, 알프가 산소통 세 개를 숨겼다. 어딘가 자신만이 다시 찾을 수 있는 곳에. 혹시 모르니까 말이다. 뭔가 일이 심각하게 잘못됐을 때나 그가 자신의 삼륜차를 차지할 것을 대비해서. 분명 이 근처에 두었을 것이다. 그가 산을 넘기 전까지 알프는 항상 그의 시야 안에 있었고, 더군다나 그의 삼륜차를 찾으려 산소통을 달랑 하나만 챙겨 뒀으니. 산소통들은 가까이에 있고, 찾을 시간은 딱 두 시간 남았다.

산소통은 산 반대편에 있는 게 분명하다는 걸 그는 깨달았다. 알프는 이쪽에서는 어디에서도 멈춰 선 일이 없었으니까.

하지만 꼭대기로 점프해 올라가던 중 경사면에 놔뒀을 가능성도 있었다.

갑작스럽게 부산을 떨며, 카터는 자기 삼륜차에 올라타 비탈을 올랐다. 전조등이 그의 앞길을 비추었다.

동이 트는 첫 붉은빛 속에서 리 커즌즈와 루페 둘리틀은 이미 거품도시 바깥에 있었다. 둘은 무덤을 파고 있었다. 커즌즈는 말 한마디 없이 묵묵히 땅을 팠다. 딱하기도 하고 넌더리도 나는 복잡한 기분 속에서 커즌즈는 둘리틀이 강박적으로 끊임없이 주절거리는 것을 인내하고 있었다.

"……다른 행성에 묻히게 되는 최초의 인간이라니. 류가 좋아했을 거라고 생각해? 아냐, 아주 많이 질색을 했겠지. 죽을 만한 가치가 없다고 말했을 거야. 류는 집으로 가고 싶어 했으니까 말이야. 정말로 돌아갔을 텐데. 다음 우주선으로……."

모래는 푸석푸석 말라 한 삽 가득 담겼다. 삽질을 계속해 나가려면 요령이 필요했다. 모래가 찐득찐득한 액체처럼 흘러내리려 했기 때문이다.

"류는 번듯한 장례를 치르고 싶었을 거라고 시장님한테 말하려고 했거든. 근데 시장님이 듣질 않는 거야. 그게 화성인들이 어쩌면……. 이봐!"

커즌즈의 눈이 홱 치켜 올라갔고, 움직이는 뭔가가 두 사람의 시선을 사로잡았다. 크레이터 벽을 따라 꾸준하게 움직이는 점들이. 화성인이다! 커즌즈에게 처음 떠오른 생각이었다. 그런 곳에서 움직일 게 화성인 말고 뭐가 있겠는가. 잠시 뒤에야 커즈즈는 그것이 삼륜차임을 알았다.

커즈즈에게 그 삼륜차는 무덤을 뚫고 나온 시체 같았다. 눈이 먼 것처럼 삼륜차는 기울어진 오래된 유리 덩어리도 아랑곳하지 않고 내려와, 크레이터 바닥에서 이리저리 흘러 다니는 모래를 디뎠다. 그동안 커즈즈는 미동도 없이 서 있었다. 시야 가장자리에서 둘리틀이 거품도시 안으로 내빼는 바람에 그의 삽이 멀리 날아가는 것이 보였다.

삼륜차는 모래를 스치고만 있다가 크레이터를 다시 오르기 시작했다. 커즈즈의 마비가 풀렸고 그는 도시에 남아 있는 삼륜차로 달려갔다.

유령 같은 삼륜차는 절반 정도의 속력으로 움직이고 있었다. 커즈즈는 그 유령을 크레이터 테두리 1.6킬로미터 너머에서 따라잡았다. 카터가 좌석에 있었다. 그의 헬멧은 무릎 위에 놓인 채 사후경직된 굳은 손에 꽉 쥐어져 있었다.

커즈즈가 보고했다.

"공기가 얼마 남지 않았다고 느꼈을 때, 경로 탐색기를 따라가도록 차를 설정했을 겁니다. 그 공은 인정해 주시죠."

그가 덧붙이고는 두 번째 무덤에서 한 삽을 퍼냈다.

"그 정도는 했으니까요. 삼륜차를 돌려보내지 않았습니까."

새벽이 막 지나고 두 발이 달린 자그마한 형체가 동쪽으로 뻗은 언덕을 찾아왔다. 그것은 너부러진 알프 하니스의 시체로 곧장 걸어가, 섬세하게 생긴 양손으로 발 한쪽을 집어 올리고는 모래사장을 가로질러 시체를 끌고 가기 시작했다. 그 모습은 마치 개미가 묵직한 빵 부스러기를 끌고 가는 것처럼 보였다. 20분 안에 알프의 삼륜차를 손에 넣어야 했기에 형체는 쉬지를 않았다.

보물을 내려놓은 화성인은 빈 산소통 더미를 기어 올라가 산소통 보관함 안을 빤히 들여다보더니 시체 쪽으로 내려갔다. 하지만 그렇게 자그맣고 약한 존재가 그런 덩치를 들 수 있을 리 없었다.

화성인은 무언가를 기억해 낸 듯싶었다. 허둥지둥 산소통을 흩뜨리며 차체 밑바닥으로 기어갔다.

몇 분 뒤 그것은 긴 나일론 끈을 끄집어내며 모습을 드러냈다. 양끝을 알프의 발목에 하나씩 묶고는, 삼륜차에 달린 트레일러 연결 걸쇠에 그 고리를 내려놓았다.

한동안 그 형체는 알프의 부서진 헬멧 위에 가만히 선 채, 그 용도를 생각해 보았다. 그런 식으로 엎혀 있으면 알프의 머리가 손상될지도 모른다. 하지만 표본으로 쓰기에는 알프의 머리는 쓸모가 없었다. 이산화질소가스가 수분에 닿을 때마다 붉은 발연질산이 형성되었다. 이제쯤 나머지 신체는 단단하고 건조하게, 꽤 잘 보존이 되었다.

화성인은 삼륜차에 기어올랐다. 약간 만지작거렸더니, 놀랍도록 금방 삼륜차가 굴러가게 되었다. 차는 18미터쯤에서 급정지했다. 화성인은 기어 내려와 뒤쪽으로 걸어갔다. 세 개의 산소통 옆에 무릎을 꿇고 앉았다. 아까 꺼내 간 나일론 끈으로 삼륜차 밑에 묶여 있었던 것이었다. 형체는 하나씩 차례차례 마개를 열어 보았다. 유독한 가스가 새어 나오기 시작하자 형체는 무섭도록 잽싸게 뒤로 점프했다.

몇 분 뒤 삼륜차는 서쪽으로 움직이고 있었다. 산소통은 잠시 동안 쉿 소리를 내다가 잠잠해졌다.

홀*
의
바
닥
에

1966년 발표. 〈영웅은 어떻게 죽는가〉 속편.

옥상 정원에서 12층 아래에는 감귤 과수원, 방목 목초지, 그리고 트럭 농장이 있었다. 이들은 반듯하고 작은 사각형들로 이루어진 호텔 기지에서 곡선을 그리며 뻗어 나와, 굽이굽이 위로, 위로, 그리고 그 너머로 뻗어 있었다. 8킬로미터 상공에는 약간 불룩한 실린더 모양으로 이어지는 융합 태양광 튜브가 있었는데, 농부의 소행성Farmer's Asteroid이라 불리는 것이었다. 그 태양광 튜브로부터 8킬로미터 위의 하늘은 작은 사각형 조각으로 누벼져 있었다. 중앙의 반지 모양 호수와 거기서 갈라져 나온 지천들로 쪼개진 채, 자동운전 트랙터의 자그맣고 빨간 불빛으로 생동하는 하늘.

루카스 가너는 반쯤 공상에 잠긴 채, 눈을 굴려 이 단단한 하늘을 살펴보고 있었다. 소행성대 정부의 초대로 그는 난생처음으로 거품세계bubbleworld에 들어오게 됐다. UN 업무에서 벗어날 수 있는 휴가와 완전히 새로운 경험의 기회를 겸사겸사. 나이를 170살쯤 먹은 사람에게는 드문 일이었다. 퓨즈를 단 바위와 수입해 온 표토의 휘어진 하늘 속을 올려다보자니 재미나다는 생각이 들었다.

"밀수는 부도덕한 게 아니라니까요."

리트 섀퍼가 말했다.

상공의 표면엔 호텔들이 점점이 놓여 있었다. 거품세계가 도시화되고 있다는 양. 가너는 그렇지 않다는 것을 알았다. 저 호텔들은 고리인이라면 이따금 필요하게 되는 토양적 환경을 제공해 주는 용도였다. 다른 거품세계에 산재하는 호텔들도 그렇고. 고리인은 집을 필요로 하지 않았다. 고리인에게 집이란 자기 압력복 속이었다.

가너는 자신을 초대한 사람에게 주의를 돌렸다.

"밀수가 지구의 소매치기랑 같다는 뜻입니까?"

"바로 그것만큼은 아니란 얘기였는데."

리트가 말했다. 고리인은 작업복 주머니에 손을 뻗더니 납작하고 까만 무언가를 꺼내 테이블 위에 놓았다.

"곧 이걸 틀게 될 것 같군요. 가너, 소매치기는 지구에서 불법이 아니죠. 그럴 수밖에. 그렇게 붐비는데, 소매치기를 규제하는 법을 강화할 순 없잖소. 소행성대에서는 밀수가 법에 어긋나지만, 부도덕한 건 아니지. 평지인이 주차료 징수기에 돈넣는 걸 까먹는 거랑 같아요. 자존감 상할 일이 아니지. 걸리면

벌금 내고 잊어버리면 되는 거요."

"오."

"어떤 사람이 케레스*를 통해서 수입금을 보내고 싶다면, 이제 그 사람한테 달린 거죠. 칼같이 30퍼센트를 떼이지. 그런데 이 사람이 골드스킨**을 통과해 보겠다고 한다면, 그것도 그의 선택이죠. 그치만 우리가 그를 잡는다, 그러면 그의 화물을 몰수할 거고, 모두들 그를 비웃게 되겠죠. 어리바리한 밀수꾼을 동정하는 사람은 아무도 없으니까 말입니다."

"뮬러가 시도한 것도 그런 일이었습니까?"

"예. 값나가는 화물이 있었죠. 순수한 자북극*** 20킬로그램. 유혹이 너무 강했던 거예요. 우릴 지나가려고 했지만, 레이더가 잡아냈죠. 그러고서 바보짓을 했어. 홀 쪽으로 획 방향을 틀려고 한 겁니다."

리트는 말을 이었다,

"우리가 발견했을 때는 틀림없이 루나로 가는 노선상이었을 겁니다. 뮬러 뒤로는 레이더와 함께 케레스가 있었죠. 우리 우주선들은 2G로 운행 중이서 뮬러보다 앞서 있었고. 그 채굴선은 0.5G보다 속도를 더 낼 수가 없어서, 뮬러가 뭘 했든 결국 우리 쪽이 양옆에 끼고 연행했을 겁니다. 그때 뮬러는 자기 바

---

* 소행성대의 수도.

** 소행성대의 법 집행관. 황금색 스킨 슈트를 입기 때문에 이런 이름이 붙었다.

*** 고리인들이 채취하는 희귀 에너지원으로 자기장을 발생시키는 광물.

로 앞에 화성이 있다는 걸 안 거죠."

"홀 말이군요."

가녀는 알고 지내는 고리인이 있어 그들의 은어 몇 가지는 배웠더랬다.

"바로 그거죠. 맨 처음에 경로를 바꿔야 한다는 직감이 들었겠지. 고리인들은 홀, 그러니까 구덩이와 같은 중력 우물을 피하도록 배우거든. 홀에 너무 가까워지면 사람은 여섯 가지 방식으로 죽을 수 있습니다. 품질 좋은 자동조종장치가 안전히 우회시켜 주거나, 진입 및 이탈 회전 프로그램을 짜 주거나, 정 안 되면 밑바닥에 착륙시켜 주겠죠. 그런 일만은 일어나지 않기를. 그치만 광부들은 좋은 자동조종장치를 안 쓰죠. 싼 것을 장착하고, 홀 주변엔 얼씬도 않지."

"얘기가 어쩐지 저의가 있는 거 같은데."

가녀가 후회스럽게 말했다.

"일 얘깁니까?"

"선생은 속여먹기엔 너무 나이가 많다니까요."

가녀도 종종 그렇게 생각했다. 1차 세계대전과 2차 거품세계 성형 사이 어느 즈음*에 가녀는 인쇄물을 읽는 것만큼 정확하게 표정을 읽는 법을 배웠더랬다. 대개는 시간을 절약해 주었다. 그리고 가녀에게 시간은 아낄 만한 것이었다.

"계속 말씀하시죠."

---

* 가녀는 1939년 태어난 인물로 22세기까지 생존했다.

그가 말했다.

"뮬러의 두 번째 생각은 홀을 이용하는 거였습니다. 진입 및 이탈 회전을 쓰면 엔진에 운을 맡기는 것보다 코스를 확실히 바꿀 수 있거든요. 뮬러는 방향을 틀 때 우주선이 화성에 가려져 케레스에서 보이지 않게끔 타이밍을 맞출 수 있었어요. 표면에 닿도록 아주 바싹 접근할 수도 있었지. 화성의 대기란 평지인의 꿈만큼이나 희박하거든."

"고맙습니다그려. 그런데 리트, 화성은 UN 소유지가 아닙니까?"

"우리가 원한 적이 없어서 그렇게 된 거지."

그렇다면 뮬러는 무단 침입을 했던 것이다.

"계속해 보세요. 뮬러에게 무슨 일이 있었던 겁니까?"

"그가 직접 들려주게 해 드리죠. 뮬러의 항해일지입니다."

리트 섀퍼가 납작한 상자를 조작하자 한 남자의 목소리가 흘러나왔다.

●

2112년 4월 20일

하늘은 평평하고, 땅도 평평하고, 그 둘이 무한원점의 원 안에서 맞닿는다. 커다란 별 하나 말고는 다른 별은 보이지도 않는다. 소행성대를 통해 보이던 것보다 약간 큰 정도이지만, 이곳 하늘과 마찬가지로 불그스름하게 어두워졌다.

이곳은 홀의 바닥이고, 이런 모험을 하다니 나는 분명 미쳤던 것 같다. 그래도 나는 여기에 있다. 산 채로 여기까지 왔다. 생각도 못 했다. 막판엔 그마저도 아니었다.

정말이지 정신 나간 착륙이었다.

반절은 황토색 추상화로 대체된 우주를 상상해 보라. 너무 멀고 너무나 거대해서 알아볼 만한 상세한 모습은 보이지 않고, 단숨에 나를 지나쳐 버리는 우주를. 기이한, 노래하는 소리가 벽 너머로 들려온다. 한 번도 들어 본 적 없는 식으로, 죽음의 천사가 날갯짓하는 듯한 소리가. 벽이 따뜻해져 간다. 열 시스템이 윙윙대는 소리가 선체 주위에서 몰아치는 대기의 비명소리마저 뚫고 들린다. 이 정도로는 성에 안 차는지, 우주선마저 치명상을 입은 공룡처럼 몸부림친다.

연료 탱크가 뜯겨 나가고 있는 소리였다. 뭐가 먼저랄 것 없이 네 통이 동시에 계류용 봉에서 벗어나 선홍색으로, 눈앞에서 빙빙 돌며 내려갔다.

그 일로 나쁜 선택지 두 가지만이 남았다. 얼른 결정해야 했다. 쌍곡선 궤도의 비행을 마치면 나는 선내 냉각 탱크에 남은 연료만으로 미지의 항로를 따라 우주로 향하고 있을 것이다. 생명유지 장치로는 2주도 못 버틸 것이다. 그 시간 안에 이렇게나 적은 연료만으로 내가 어딘가에 도착할 확률은 별로 없었고, 골드스킨이 나를 잡으러 올 수도 없게 만든 것만은 확실하다.

그래 봤자 냉각 탱크의 연료가 떨어지면 죽게 되겠지. 지구의 우주선조차도 그들이 예뻐하는 중력 우물을 들락거리는 데엔 아주 적은 연료만을 사용한다. 탑승자가 이리저리 옮겨 다니는 동안 그 연료 대부분이 타 버린다. 그리고 화성은 지구보다 가볍지.

그럼 어쩐단 말인가? 살 날이 아직도 2주나 남았다.

70년 전 버려진 옛 라시스 솔리스 기지가 떠올랐다. 멀쩡한 구식 생명유지 장치 1인분쯤은 얻을 수 있을 것이다. 잘하면 물도 찾아내서 그 일부를 전기 분해하여 수소로 만들 수 있을지도 모른다. 아무 데도 아닌 곳으로 뛰어들기보단 모험을 하는 게 나았다.

맞았든 틀렸든, 나는 내려갔다.

별들은 사라지고, 나를 둘러싼 대지는 얼토당토않기만 하다. 왜들 행성 거주자들을 평지인이라고 부르는지 이제야 알겠다. 탁자 위의 각다귀가 된 기분이 든다.

바깥으로 나가 보기 두려운 마음으로 떨면서 여기 앉아 있다.

검붉은 하늘 아래로 싸구려 유리 재떨이 같은 크레이터들이 먼지의 바다 여기저기에 흩뿌려져 있다. 가장 작은 종류는 항구 바로 바깥에 있는데, 직경이 몇 센티미터쯤 된다. 가장 큰 종류는 몇 킬로미터나 된다. 내려오자 심층 레이더가 먼지 깊숙이 파묻힌 크레이터의 나머지 부분을 보여 주었다. 드러난 것보다 훨씬 커다랬다. 먼지는 부드럽고 고운 게 거의 유사 같다. 나는 깃털처럼 내려왔지만, 우주선은 생명유지 장치 절반까지 묻혀 버렸다.

가장 큰 축에 속하는 크레이터 가장자리 바로 너머에 앉았다. 고대 평지인 기지를 수용했던 바로 그곳이다. 이 위에서 보니 기지는 갈라진 땅바닥에 버려진 거대한 투명 우비 같다.

괴상한 곳이다. 그렇지만 이따금씩은 여기로 나와야만 했을 것이다. 그러지 않고서야 기지의 생명유지 장치를 어떻게 쓰겠는가?

우리 삼촌 배트는 머리가 나쁜 죄는 사형감이라고 말해 주곤 했다.

내일 나가 보겠다.

2112년 4월 21일

시계가 아침을 알리고 있다. 태양은 화성의 반대편 쪽에 있어서, 하늘이 더 이상 핏빛이 아니다. 중력의 존재만 잘 무시하고 있다면, 거의 우주 공간처럼 느껴진다. 별들이 뿌연 플라스틱 너머로 보이는 듯 침침하기는 해도.

커다란 별은 지평선으로 다가와 있고, 돌고 있는 바위처럼 밝아졌다가 어두워졌다가 한다. 일몰 지역에서 나타났으니 포보스가 분명하다.

이제 나간다.

─ 그 이후

융합염이 뿜어져 나온 우주선을 오목한 유리 껍데기 같은 것이 둘러싸고 있다. 우주선의 생명유지 장치는 먼지 위로 반만 보이는데, 해산 소행성 수련잎 위 개구리처럼 한가운데에 놓여 있다. 착수용 외판은 거미줄처럼 실금투성이지만, 딛고 걸을 만큼 단단하다.

먼지는 그렇지 않다.

먼지는 진득한 기름 같다. 한 발짝 내딛자 발부터 잠기기 시작했다. 크레이터 테두리가 섬의 해안처럼 바깥쪽으로 비탈진 곳으로 헤엄을 쳐야 했다. 힘겨운 일이었다. 다행히 착수용 외판이 크레이터 바위 한군데에 이르러서 이 짓을 다시 안 해도 된다.

기이하군. 이 모래. 이런 것은 태양계 내 어디서도 찾을 수 없을 것 같다. 유성 파편인데, 기화된 바위에서 응축된 것이다. 지구에서는 이만큼 고운 먼지는 비에 씻겨 바다로 내려가 천연 시멘트인 퇴적암으로 변했을 것이다. 달에서는 진공 응고 현상이 일어나겠지, 소행성대의 초소형화 산업에서도 골칫거리다. 하지만 여기에는, 먼지 표면에 흡수될 '대기'가 있어서……, 진공 응고 현상을 방지할 만큼은 있고……, 유성을 막기에는 턱없이 모자란다. 그 결과, 어떻게 해도 시멘트처럼 굳어질 수 없다. 그래서 찐득찐득한 유동체처럼 구는 것이다. 단단한 표면은 운석 크레이터와 산맥뿐인 것 같다.

크레이터 가장자리를 오르는 것은 힘든 일이었다. 온통 금이 가고 기울어진 흑요석 덩어리들이었다. 그 끄트머리가 날카로웠다. 이 크레이터들은 지질학적으로 최근에 만들어진 게 분명하다. 바닥에는 거품도시가 얕은 먼지 호수에 반쯤 잠겨 있다.

이 중력에서는 그럭저럭 걸을 수 있다. 내 우주선의 최대 중력보다는 가벼운 듯하다. 그렇긴 해도 그 경사지고 미끄럽고 먼지로 덮인 덩어리를 딛고 내려오다 두어 번 발목이 부러질 뻔했다. 전체적으로 이 크레이터는 박살 난 재떨이 조각을 엉성하게 붙여 놓은 꼴이다. 생각 없이 제멋대로 맞춘 퍼즐처럼.

엎어진 텐트처럼 거품이 기지를 덮고 있고, 거품 바깥쪽에는 공기생성기가 붙어 있다. 공기생성기는 70년 동안 화성 대기에 노출되어 검게 변한 거대한 금속제 큐브 안에 들어 있다. 엄청나게 크다. 올려놓기 욕 나오게 힘들었겠지. 화학물질과 이온 로켓만으로 저 큰 덩어리를 지구에서 화성으로 어떻게 옮겼는지는 영영 모를 것이다. 왜 그랬는지도. 화성에서 원했던 게 대체 뭐였을까?

쓸모없는 세계라는 것이 있다면 바로 이곳일 것이다. 달처럼 지구에 가깝지도 않지. 중력은 불편하도록 강하지. 천연자원도 없지. 우주복 압력을 잃으면 터져 죽든 시뻘건 발연질소가 폐를 파먹어 죽든 시간과의 경주가 될 터였다.

우물 때문이었을까?

화성 어딘가에 우물들이 있다. 1990년대 최초 원정에서 하나를 찾았다. 미라화된 무언가가 근처에 있었지. 물에 닿자 폭발했고, 누구도 그 이상 알아낼 수 있는 게 없었다. 그게 얼마나 오래됐는지마저도.

살아 있는 화성인을 찾을 수 있다고 예상했던 걸까? 그랬다면, 그래서 어쩌겠다고?

거품 바깥에 2인승 화성삼륜차가 두 대 있다. 차축 거리가 엄청나고 바퀴는 폭이 넓고 커다란데, 삼륜차가 이동 중에 먼지 위에서 움직일 수 있도록 하기 위한 조치 같다. 멈춰 선 곳에선 조심해야 할 것이다. 어쨌거나 나는 타지 않을 거지만.

공기생성기는 작동할 것 같다고 생각된다. 우주선 동력 장치에 연결할 수 있다면 말이다. 배터리는 다 소모됐고, 융합 설비는 지금쯤 대부분 납이 됐을 것이다. 이산화질소에 묶여 있는, 호흡 가능한 공기 수천 톤은 전부 내 것이다. 공기생성기는 산소와 질소를 내뿜고, 약간이나마 수증기도 생성할 것이다. 그 물에서 연료로 쓸 수소를 추출할 생각이다. 근데 그럴 동력을 얻을 수 있을까? 기지 안에 케이블이 있을지 모른다.

내가 도움을 요청할 수 없는 건 자명하다. 내려오면서 안테나들이 타 버렸으니.

거품 안을 들여다보다가 몇십 센티미터 떨어진 곳에서 시체를 발견했다. 터져서 죽었을 것이다. 살펴보러 돌아다니면 거품이 찢긴 곳을 발견할 가능성이 높다.

대체 여기서 무슨 일이 일어났던 걸까?

2112년 4월 22일

동이 텄을 때 자러 갔다. 화성의 자전은 우주선의 낮보다 아주 조금 긴 정도라 편리하다. 별들이 보이고 먼지는 보이지 않을 때 일을 할 수 있고, 그러는 편이 제정신을 유지할 수 있을 것이다. 아침도 먹고 선체 청소니 허드렛일도 마쳤는데, 해가

지기까지 여전히 두 시간이나 남는다. 내가 겁쟁이인가? 밝을 때는 저 밖으로 나가질 못하겠다.

태양 가까이의 하늘은 이산화질소로 선혈 같은 색이다. 그 반대쪽은 거의 새까맣다. 별 하나의 자취도 없이. 사막은 평평하다. 크레이터나 초승달 모양 언덕들이 그리는 무늬만이 그 풍경을 깨뜨린다.

언덕들은 너무 나지막한 나머지 지평선 가까이에 있는 것만 눈에 들어온다. 쭉 뻗은 달의 산맥 같은 것이 사막 속으로 구불구불 나아간다. 그런데 마치 오래전에 황폐화된 것처럼 심각하게 풍화되어 있다. 고대 소행성 크레이터의 경사진 가장자리일까? 화성을 소행성대의 한가운데에 놔두다니 신들은 이 행성을 미워한 게 분명하다. 산산이 부서져 가루가 된 이 대지는 세월과 부패의 상징과 같다. 침식이라는 것은 홀 밑바닥에서만 살고 있는 것 같다.

거의 새벽이다. 별들이 붉은색에 씻기는 게 보인다.

일몰 뒤 아직 건재한 에어로크를 통해 기지에 들어갔다. 열구의 시체가 정착촌 광장이었을 곳에 너부러져 있다. 행정부 건물 안에 있던 또 한 구는 반쯤 우주복에 들어 있었고, 열두 번째는 거품 벽으로부터 몇 발짝 안 떨어진 곳에 있었는데, 어제 내가 시체를 본 곳이었다. 총 열두 구의 시체가 있는데, 모두 터져서 죽었다. 전문 용어로는, 폭발적 압력 감소로 사망했다고 하겠다.

거품 아래 둥근 구역은 반 정도만 건물이 세워져 있다. 나머지는 섬세하게 융합된 모래 바닥이다. 다른 건물들은 조립할 준비가 끝난 벽, 천장, 바닥재가 바닥에 차곡차곡 쌓여 있다. 기지 대원들은 지구에서 증원 인력이 올 것을 예상했던 것 같다.

건물 중 하나는 전선 배선이 되어 있다. 케이블 하나를 공기생성기 배터리에 꽂았고, 다른 쪽 끝을 내 융합 설비에 연결할 수 있었다. 스파크가 많이 튀었지만, 공기생성기는 작동한다. 벽 더미에 줄지어 세워져 있던 빈 산소통을 이것으로 채우고 있다. 이산화질소가 거품 속으로 흘러 들어가고 있다.

이제 평지인 기지에서 무슨 일이 일어났는지 알게 되었다.

거품도시는 살인으로 붕괴했다. 의문점은 없다. 이산화질소가 거품 안으로 들이닥치자 도시 가장자리에서 먼지가 바깥으로 쓸려 나가는 것이 보였다. 찢긴 곳이 있었다. 칼로 벤 듯 날카로운 가장자리였다. 거품 보수 키트를 찾는다면 메울 수 있을 것이다. 어딘가에 하나쯤 있겠지.

그 와중에 산소와 물이 생기고 있다. 산소통에 채워지는 대로 생명유지 장치로 보내 비우면 된다. 우주선은 산소통에서 공기를 빼내고 선내에 저장할 것이다. 물을 가져갈 방법을 찾을 수 있다면 변기에 부어 버릴 수도 있을 텐데. 여기 있는 산소통에 담아 갈 수 있을까?

2112년 4월 23일
새벽.
행정부 건물은 테이프 창고이기도 하다. 기지 활동 기록을 보관하고 있는데, 굉장히 꼼꼼하고 아직까지는 굉장히 지루하다. 항해일지 톤으로 음독하는데 더 수다스럽고 더 세세하다. 나중에 모두 읽어 볼 요량이다.

거품 플라스틱과 합성 접착제를 좀 찾아서 찢긴 부분을 덧대는 데 사용했다. 거품은 여전히 부풀지 않는다. 그래서 밖으로 나갔다가 첫 번째 것과 똑같이 찢긴 곳 두 군데를 더 찾았다. 땜질을 하고 더 찾아보았다. 세 군데 찾았다. 그것까지 고치고 나니 거의 일출 때가 됐다.

산소통에는 물이 있지만 빼내려면 물이 끓도록 열을 가해야 한다. 어려운 작업이다. 질문. 그게 쉬울까, 돔을 수리하고 전기 분해를 안에서 하는 게 쉬울까? 찢긴 데는 얼마나 있는 걸까?

여섯 군데 찾았다. 그럼 살인자가 몇이나 있었던 거지? 셋 이하. 안쪽 열둘의 소재는 확인했고, 일지에 따르면 두 번째 원정에는 열다섯 명이 있었다.

골드스킨의 낌새는 없다. 내가 여기 있을 것이라 추측했다면 지금쯤 도착했을 것이다. 생명유지 장치 내에 몇 달 치의 공기가 있으니, 이 홀을 벗어나기만 한다면 성공이다.

2112년 4월 24일

거품에 두 군데 더 찢긴 곳이 있어서 총 여덟 군데가 됐다. 두 곳은 6미터쯤 떨어져 있고, 투명한 플라스틱 직물 테두리에 간격이 균일하게 나 있다. 적어도 한 사람은 돔이 헐거워질 때까지 직물을 베어 대며 그 둘레를 돈 것으로 보인다. 찢긴 곳을 보수해 뒀다. 떠날 때쯤 거품은 공기로 부풀고 있었다.

거품도시 일지는 반쯤 따라잡았고, 아직까지 누구도 화성인을 발견하지 못했다. 내 생각이 맞았다. 이들이 온 이유는 그것이었다.

지금까지 우물을 세 개 더 발견했다. 첫 번째 것과 마찬가지로, 그것들도 연마 다이아몬드 건축 블록으로 만들어졌는데, 꽤 크고, 심하게 닳아빠진, 아마 1만년에서 10만여 년쯤 되어 보이는 유물이다. 우물 네 개 중 두 개는 밑바닥에 오염된 이산화질소가 있었다. 나머지는 말라 있었다. 각 우물마다 '헌정 벽돌'이 있었는데 군데군데 부식된 기묘한 글자가 빼곡히 쓰여 있었다. 그 문구의 부분 분석에 따르면 이 우물들은 사실 화장터였던 것으로 보인다. 사망한 화성인이 바닥의 이산화질소가 든 물에 닿으면 폭발한다는 것이다. 그럴 줄 알았다. 화성인에게는 북이 없다

그들이 왜 왔는지 여전히 모르겠다. 기지의 인간들 말이다. 화성인들이 무슨 쓸모라고? 인간이 아닌 말동무를 원했다면 그네들 바다에 돌고래와 범고래가 떡하니 있지 않았나. 얼마나 사서 고생을 했을지! 감수해야 했던 위험은 어떻고! 고작 홀에서 홀로 옮겨 오겠다고!

— 그 이후

이상하다. 착륙 이래 처음으로 하늘이 밝아지는데도 우주선으로 돌아가지 않았다. 돌아가기 시작했을 때에야 해가 떴다.

해는 내가 테두리를 넘어가고 있을 때 나타났다. 나는 거기서 내 우주선을 내려다보며, 한 쌍의 이빨 같은 흑요석 사이에 서 있었다.

우주선은 해산 소행성의 입구 같아 보였다.

해산 소행성은 임신한 고리인이 가는 곳이다. 길이가 16킬로미터, 지름이 8킬로미터인 바위의 거품이 외력의 1중력을 생성하기 위해 스스로의 축으로 자전한다. 법에 따르면 아이들은 돌까지 그곳에서 지내야 하고, 열다섯 살이 될 때까지 매년 한 달을 그곳에서 보내야 한다.

나에겐 지금 그곳에서 기다리고 있는 레티라는 이름의 아내가 있다. 우리 딸 재니스와 떠날 수 있도록 1년이 지나가길 기다리고 있다.

돈이 있다면 광부들은 대부분 부권비를 일시불로 지불한다. 6만 커머셜 정도가 필요해서, 어떤 사람들은 할부로 내기도 한다. 여자 쪽이 지불하는 경우도 있다. 돈을 내고 나면 보통 잊어버리고 여자가 아이를 기르도록 내버려둔다. 그렇지만 나는 줄곧 레티를 생각해 왔다. 그리고 재니스도. 수중의 자북극으로 레티를 위한 선물을 살 수도 있고, 재니스를 여유롭게 키워서 여행도 시킬 수 있고, 그러고도 재니스의 동생들을 위해 한참 남겨 둘 수 있을 것이다. 레티가 동의한다면 아이를 더 갖고 싶다. 동의해 줄 것 같다고 생각한다.

저기에 어떻게 오른다? 딴 데로 새기 전에 말하고 있던 대로, 내 우주선은 해산 소행성의 입구처럼 보인다. 아니면 농부의 소행성 입구든지 어떤 지하도시 입구처럼.

연료 탱크가 망가지고 나서는 구동장치와 생명유지 장치, 작은 자기 절연 선창船艙밖에는 남은 게 없다. 생명유지 장치의 위쪽 절반만이 모래의 바다 위로 드러나 있다. 지구의 우주선과 달리 유선형이 아닌, 뭉툭한 강철 구형에 두꺼운 문이 달린 형태다. 묵직한 구동장치 튜브는 먼지 저 밑바닥에서부터 이어져 있다. 먼지층이 얼마나 깊을지 궁금하다.

착수용 외판 때문에 생명유지 장치에 응고된 유리 테두리가 남을 것이다. 그게 이륙에 영향을 주려나?

그나저나 대낮에 대한 두려움은 사라지는 중이다.

어저께는 거품이 부풀고 있다고 생각했다. 그렇지 않았다. 먼지 구덩이 아래에 찢긴 곳이 더 숨어 있었고, 압력이 강해지자 먼지가 쓸려 나가 거품이 꺼졌다. 오늘은 햇빛이 비치기 전까지 네 구데를 보수했다.

혼자서 이걸 다 넝마로 만들 순 없다.

이 직물은 튼튼하단 말이다. 칼로 찌르면 뚫릴까? 아니면 전기 조각도라든지 레이저같이 다른 게 필요할까?

2112년 4월 25일

거품도시 일지를 읽는 데 오늘 하루를 거의 다 보냈다.

확실히 살인이 있었다. 남자만 열다섯 명이면 분위기가 험악해질 만했다. 기지 대원 중 카터라는 자가 하니스라는 자를 죽였고, 화성삼륜차를 타고 필사적으로 달아났다. 그리고 피살자의 형이 뒤쫓았다. 둘 다 돌아오지 않았다. 공기를 다 썼던 거겠지.

열다섯 중에 셋이 죽었으면 열둘이 남는다.

시체는 열두 구였으니, 돔을 찢을 수 있었던 자로 누가 남지?

화성인들?

일지를 통틀어 화성의 생명체를 목격했다는 언급은 찾아볼 수 없다. 거품도시 대원들은 우물 말고는 한 번도 화성의 유적을 보지 못했다. 화성인이 있다면, 어디에 있단 말인가? 그들의 도시는 어디란 말인가? 탐사 초창기에 화성 궤도를 돌며 온갖 종류의 정찰을 했다. 거품도시만큼 작더라도 도시가 있었다면 발견됐을 것이다.

도시랄 게 없는지도 모른다. 그렇다면 다이아몬드 벽돌은 어디서 났단 말인가? 우물 자재처럼 커다란 다이아몬드는 자연적으로 형성되지 않는다. 그 정도로 커다랗게 만드는 데엔 상당한 기술력이 필요하다. 도시가 있다는 뜻이다. 내 생각에는.

그 미라. 수십만 살쯤 됐을까? 화성에서 인간은 체내 수분이 주변 이산화질소와 반응하기 때문에 그렇게 오래 남아나지 못한다. 달에서는 수백만 년간 남아 있을 것이다. 물이 닿았을 때 네이팜탄같이 폭발한 것만 빼면 미라화된 화성인의 신체 화학 구조는 완전한 수수께끼였고, 지금도 그렇다. 어쩌면 내구성 자체가 그 정도였을지도 모르고, 아니면 죽게 된 두 대원 중 하나가 대신 돔을 베러 돌아왔을 수도 있고, 그것도 아니라면 내가 허깨비를 보고 있는지도 모른다. 그럴 만한 곳이다. 여기서 나가기만 해 봐라. 근방 홀에선 날 잡을 수 없을걸. 얼씬도 않을 테니까.

2112년 4월 26일

날이 선 지평선 위로 해가 선명하고 환하게 보인다. 나는 주위를 살펴보며 항구에 서 있다. 풍경이 더는 낯설지 않다. 여기선 살 만큼 살았다. 뼛속까지 중력에 익숙해지고 있다. 이제는 크레이터 테두리를 넘어갈 때 비틀거리지 않는다.

통에 든 산소로 어디까지고 갈 수 있다. 수소가 생긴다면 중개인한테 수수료 떼일 것도 없이 달에서 자북극을 팔고 있을 텐데. 그렇지만 그런 날까지는 한참 남았다. 물을 여기 기지 산소 통까지 옮겨 놓은 뒤, 그걸 연료 냉각 탱크 안에서 전기분해를 해야만 수소를 얻을 수 있다.

지평선 한쪽 어귀를 덮은 이상한 장밋빛 구름을 빼면 사막에는 아무것도 없다. 먼지인가? 그럴 것이다. 우주선으로 돌아갔을 때 헬멧 너머로 희미하게 바람이 노래하는 것이 들렸다. 물론 선체까지 뚫고 들리진 않는다.

사막에는 아무것도 없다.

더 이상 거품을 보수할 수가 없다. 찢긴 곳을 네 군데나 더 찾고 포기했다. 그들은 거품을 완전히 포위했던 게 분명하다. 아무리 생각해도 혼자서는 할 수 없다. 아니, 두 사람이어도 못 한다.

화성인들인 것 같다. 하지만 화성인이 어디 있단 말인가?

발이 평평하고 넙데데하고 갈퀴도 달려 있다면 모래 위를 걸을 수도 있을 것이다……. 그러면 발자국도 남지 않겠지. 먼지는 모든 것을 숨긴다. 이곳에 도시가 있었다면 먼지가 몇 세기 전에 덮어 버렸을 것이다. 미라에서는 갈퀴의 흔적이 보이지 않을 것이다. 진작에 닳아 사라졌을 테니.

이제 바깥은 별 한 점 없이 캄캄하다. 바람이 약하니 먼지를 쓸어내기 어려울 게 분명하다. 나까지 파묻지는 못할 것 같다. 어쨌든 우주선은 표면으로 떠오를 테고.

자야겠다.

2112년 4월 27일

시계로는 4시 정각이고 나는 한숨도 자지 못했다. 붉게 갠 하늘에 태양이 눈부시게 빛나며 바로 정수리 위에 떠 있다. 먼지 폭풍은 그쳤다.

화성인들은 존재한다. 확실하다. 화성인 말고는 기지를 찢어 발겼을 자가 없다.

그렇다면 왜 모습을 드러내지 않을까?

나는 이제 기지로 가려 한다. 그리고 일지를 챙겨 올 것이다.

마을 광장이다. 희한하게도 낮에 길을 떠나는 게 더 쉬웠다. 하늘이 돔형 도시의 간접 조명처럼 빛을 약간 산란시키기 때문에, 그늘 속에서도 어디를 딛고 있는지 눈에 보인다. 크레이터 테두리가 사방에서 나를 굽어본다. 잘게 부서진 화산 유리의 파편들이. 하루에 두 번씩 이 여정을 다니는데 아직까지 우주복을 찢어 먹지 않았다는 게 신비롭다.

여기 왜 왔더라? 모르겠다. 눈은 뻑뻑하고 사위는 너무 밝다. 미라들이 나를 둘러싸고 있다. 얼굴은 고통과 절망으로 일그러져 있고, 입가에는 체액이 말라붙은 채로. 터져 죽는 것은 꼴불견이다. 여기 미라가 열 구 있고, 하나는 도시 끄트머리에 있고, 하나는 행정부 건물 안에 있다.

여기서는 크레이터 가장자리가 전부 보인다. 건물은 낮은 방갈로들이고, 광장은 커다랗다. 내려앉은 거품이 도시를 일그러뜨리긴 했지만, 심하진 않다.

그러니 떼 지어 소리를 지르거나 조용하게 날카로운 것을 휘두르면서, 화성인들은 크레이터 테두리를 넘어왔다. 소리를 질렀대도 아무도 듣지 못했을 것이다.

그렇지만 열 명은 그들을 볼 수 있는 위치에 있었다. 아니, 열한 명은 말이다. 끄트머리에 하나 더 있었으니……

어쩌면 다른 쪽에서 왔을지도 모른다. 그래도 열 명인데. 그냥 여기서 기다렸단 말인가? 그렇겐 생각할 수 없다.

열두 번째 사람. 그는 우주복을 반절은 입은 상태였다. 나머지는 보지 못한 무엇을 봤던 것일까?

그를 보러 가겠다.

신이시여. 내가 맞았다. 두 손가락을 지퍼에 올려놨는데, 밑으로 내리고 있다. 우주복을 반절 입은 게 아니라, 반절 벗은 것이다!

더 이상 허깨비는 없다.

그렇다면 누가 돔을 찢었단 말인가?

때려치워. 졸립다.

2112년 4월 28일

일지는 하루 하고도 반절 분량만 읽으면 다 따라잡는다.

냉각 탱크는 다 찼거나 거의 다 차 있다. 골드스킨의 권능을 다시 시험해 볼 준비가 됐다. 여유를 부려도 될 만큼 공기는 충분하고, 천천히 움직인다면 레이더에 발각될 확률도 적어진다. 잘 있어라, 화성아. 조울병자들의 아름다운 낙원이여.

재미없군. 기지에 있었던 사람들을 생각해 보자.

하나, 그런 흠집을 내려면 칼이 많이 필요하다.

하나, 대원은 모두 내부에 있었다.

하나, 화성인은 없다. 있다면 보였을 것이다.

그러므로 흠집은 안쪽에서 생겼다. 누군가 뛰어다니며 거품에 구멍을 내고 있었다면, 왜 그를 말리지 않았을까?

집단 자살처럼 보인다. 실상이 그렇다. 돔을 균등하게 둘러싸고, 칼로 가르고는, 자기들 뒤에서 호흡 공기의 바람결이 매섭게 우짖으며 빠져나가는데 그걸 등지고 광장으로 걸어갔다. 왜? 나야 모르지. 광장에 없던 두 사람은 반대자였을지도 모른다. 그랬다면 별 효과는 없었군.

홀 바닥에 처박혀 있는 건 인간에게 좋지 않다. 지구의 정신 이상 기록을 보라지.

이제 다시 분 단위 일지로 돌린다.

1120

구동장치 충전 준비 완료. 먼지는 융합 튜브를 손상시키지 못할 것이다. 먼지가 아니더라도 그렇겠지만, 우주선의 나머지 부분은 배기될 때 충격으로 망가질 수도 있다. 그쯤은 감수해야지.

1124

플루토늄 첫 발이 폭발하지 않았다. 재충전.

1130

구동장치 다운. 이해가 안 되네. 계기판에서는 융합 차폐 장치가 동력을 끌어다 쓰고 있다고 하고, 맞는 버튼을 눌러도 뜨거운 우라늄 가스가 분사된다. 뭐가 잘못됐지?

뇌관 선 파손일지 모른다. 어떻게 찾아내지? 뇌관 선은 먼지 저 아래에 있다.

1245

핀치 폭탄을 만들기 위해 퓨전 튜브 내에 충분히 우라늄을 분사해 뒀다. 지금쯤이면 먼지층은 워싱턴보다 뜨거울 것이다.

뇌관 선을 어떻게 고친다? 내 강력하고 유능한 두 손으로 우주선을 끌어 올려? 먼지 아래로 헤엄쳐 들어가 더듬어 가며 고쳐? 고운 먼지 3미터 아래에서 용접 작업을 해낼 도구는 가진 게 없다.

예전엔 가지고 있었던 것 같다.

골드스킨에게 신호를 보낼 방법이 있을지도 모른다. 먼지 위에 까만색으로 커다랗게 SOS를 그려서……. 만약 바닥에 펴 바를 검은색의 무언가를 찾을 수 있다면 말이다. 기지를 재탐색해야 한다.

1900

도시엔 아무것도 없다. 우주복에 화성삼륜차, 궤도선까지 신호 전달 장치는 수두룩하나 우주까지 닿게끔 만들어진 것은 그중 레이저뿐이다. 꼬챙이와 철사와 좋은 취지만으로는 70년 묵은 소통 레이저를 고칠 수 없다.

분 단위 기록을 정지한다. 이륙은 없다.

2112년 4월 29일

그간 멍청했다.

열 명의 자살 건. 다 베고 나서 그 칼들을 다들 어쨌을까? 애초에 어디서 났단 말인가? 부엌칼로는 거품 플라스틱을 벨 수 없다. 레이저라면 또 모르겠지만. 기지 내에 휴대용 레이저가 두 개 이상 있을 리는 없었겠지만, 나는 하나도 발견하지 못했다.

게다가 공기생성기의 배터리들은 완전히 다되어 있었다.

화성인들이 동력원을 뺏으려고 죽였는지도 모른다. 그들에겐 불이 없을 터였다. 그렇다면 같은 이유로, 모래 아래에서 뇌관 선을 잘라 자기네 용기에 나르는 식으로 내 우라늄을 뺏어 갔을까?

그렇지만 그 아래까지 어떻게 갔단 말인가? 먼지 아래로 다이빙?

오.

여기서 나간다.

크레이터까지 오는 데 성공했다. 그들이 나를 왜 막지 않았는지는 신만이 아시리라. 신경을 안 써서? 내 뇌관 연료를 이미 차지해서군.

그들은 먼지 아래에 있다. 유성이라든가 극심한 기온 변화에도 무사한 그곳에 사니까 도시도 지은 거다. 어쩌면 먼지보다 묵직한 놈들이라 바닥에서 걸어 다닐 수 있는 건지도 모르겠다.

그래, 이런 완전한 생태계가 그 밑에 있겠지! 아마 단세포 식물이 맨 위에 있어서 태양에서 에너지를 얻고, 먼지의 흐름으로나 먼지 폭풍으로 쓸려 내려가고, 중간 단계 생물의 먹이가 될 거야. 다들 눈을 달고도 왜 그걸 몰랐지? 아, 누군가한테 말이라도 해 줄 수 있으면!

이럴 시간이 없다, 거품도시의 산소통은 내 우주복 밸브와 호환되지 않을 것이다. 그렇다고 우주선으로 돌아갈 수도 없다. 다음 24시간 안에 거품을 보수하고 팽창시키거나 도망을 치다 죽거나 둘 중 하나다.

— 그 이후
다 됐다. 우주복은 벗어 뒀고, 미치광이처럼 보수용품을 문지르고 있다. 다행히 동떨어져 있던 미라를 발견했던 거품 가장자리 쪽엔 한 군데도 찢긴 곳이 없다. 덕분에 앞으로 딱 세 군데만 땜질하면 된다. 그 세 군데를 땜질했고 거품은 즉석 도시처럼 부풀어 올랐다.

물이 넉넉히 흐르면 목욕을 할 거다. 그것도 크레이터 테두리 전체를 볼 수 있는 광장에서.

화성인들이 테두리를 넘어서 여기 거품까지 내려오는 데 얼마나 걸리려나?

궁리하는 건 도움이 안 된다고? 내가 여전히 허깨비를 보는 중일 수도 있다.

2112년 4월 30일

물이 너무 기분 좋다. 먼저 왔던 사람들이 그래도 사치는 좀 누렸구나.

모든 방향을 완벽하게 볼 수 있다. 세월의 더께가 거품을 덮은 상태지만 거슬리지 않을 정도였다. 크레이터 테두리가 울퉁불퉁하게 반을 가른 하늘은 칠흑같이 검다. 기지의 전등이란 전등은 모두 켜 두었다. 크레이터 안쪽을 침침하게나마 비추어서 내 쪽으로 기어오는 것은 뭐든 볼 수 있다. 아쉽게도 불 때문에 별도 침침해졌다.

내가 깨어 있는 동안 허깨비 놈들은 날 잡아갈 수 없다.

그렇지만 점점 졸음이 밀려온다.

방금 우주선인가? 그냥 유성이군. 하늘은 유성으로 드글드글하다. 무슨 일이 일어날 때까지 혼잣말하는 것 말고는 할 일이 없다.

— 그 이후

내 우주선이 아직 그대로 있는지 확인하기 위해 테두리 위를 걸어 올라갔다. 화성인들이 먼지 속으로 끌고 들어갔을지도 모른다. 그러진 않았군. 손댄 흔적도 없다.

내가 허깨비를 보고 있나? 알아낼 수 있다. 기지의 발전소를 들여다보기만 하면 된다. 지금쯤은 대부분 납이 됐겠지만, 원자로가 있든지⋯⋯. 아니면 그 원자로들이 70년 전에 도난당했든지. 어느 쪽이든 내 호기심은 잔여 방사능으로 값을 치를 것이다.

거품 벽을 통해 해가 떠오르는 것을 보고 있다. 이제껏 우주 어디에서도 보지 못한 묘한 아름다움이 있다. 토성의 고리에서 자북극을 뽑아낼 때 무한대의 각도에서 토성을 보았던 적이 있었지만, 이 광경에는 비할 바가 못 된다.

이제 내가 미쳤다는 거 알겠다, 홀이잖아! 나는 형편없는 홀 밑바닥에 있는 건데!

태양은 크레이터 테두리를 따라 흰 선을 들쭉날쭉 그린다. 여기서는 테두리 전부를 볼 수 있고 두려움은 없다. 화성인들이 얼마나 빠르게 움직이든, 나에게 접근하기 전에 우주복을 착용할 수 있다.

적을 볼 수 있다면 좋을 것이다.

여기에 왜 왔던 걸까, 여기서 살다 죽은 열다섯 사람은? 내가 이곳에 온 이유는 안다. 돈을 사랑해서지. 혹시 그들도? 100년 전 인간이 만들 수 있는 가장 커다란 다이아몬드는 큰 모래

알갱이 정도였을 것이다. 고로 다이아몬드 우물을 노리고 왔던 건지도 모른다. 하지만 그땐 비용이 무진장 비쌌다. 이윤을 낼 수 있었을까?

아니면 소행성을 개발했던 것처럼 화성도 개발할 수 있을 거라고 생각했던 걸까? 말도 안 되는 소리! 어쨌든 나처럼 뒤늦은 지혜가 있었던 건 아니니, 어떤 홀도 유용할 수는 있다……. 수성의 새벽녘 초승달 지대에 놓인 납 원석 광맥처럼. 낮 지역의 증기로 응축된 그 순수한 납은 마음대로 캐 가도 된다. 만드는 값이 그렇게 싸지만 않았어도 화성의 다이아몬드도 똑같이 캐 갔을 것이다.

해가 뜬다. 흥이 깬다. 암석 채굴자의 태양보다 어둑한데도 똑바로 쳐다볼 수가 없다. 엽서 같은 풍경은 이젠.

어이쿠.

절대 우주복까지 갈 수 없을 것이다. 한 발짝만 움직이면 거품은 벌집이 될 것이다. 지금 당장은 저들도 나처럼 꼼짝 않고, 눈 없이 나를 응시하고 있다. 날 어떻게 감지하는 걸까? 저들의 창은 날을 세우고 준비되어 있다. 정말 거품 직물을 뚫을 수 있을까? 화성인들은 스스로의 힘을 잘 알 테고 전에도 저지른 적 있는 일일 것이다.

나는 이때껏 저놈들이 테두리를 넘어 몰려오기를 기다리고 있었는데. 놈들은 크레이터 밑바닥 안 모래 웅덩이에서 나왔어. 여느 곳과 마찬가지로 흑요석 저 아래도 심하게 금이 갔을 걸 알아챘어야 했는데.

정말이지 허깨비처럼 보이긴 해.

●

가까이에서 나는 호박벌이 웅웅거리는 소리나 멀리서 들리는 트랙터 소리만이 잠깐씩 침묵을 깼다. 잠시 뒤 리트가 일지를 끄려 손을 뻗었다. 그가 말했다.

"계속 버텼다면 구할 수 있었을 겁니다."

"뮬러가 있는 걸 알았어요?"

"예. 데이모스 망원경이 착륙하는 걸 지켜봤죠. 늘 하듯이 UN 소유지 착륙 허가 요청을 보냈는데, 안타깝게도 평지인은 약 먹은 달팽이만큼 빠릿빠릿하게 움직이질 못했고, 우리로서는 서두를 필요를 몰랐지. 뮬러가 벗어나려고 했다면 망원경이 감지했을 거네."

"그 친구는 머리가 어떻게 됐던 겁니까?"

"아, 화성인은 진짜 있었습니다. 너무 늦을 때까지도 우린 몰랐지만요. 거품이 부풀고 나서 얼마간 그 상태로 유지되는 걸 봤고, 갑자기 주저앉는 것도 봤어요. 뮬러가 사고를 당한 듯싶었죠. 그래서 법을 어기고 우주선을 보냈어요. 아직 뮬러가 살아 있다면 잡아갈 수 있게요. 그리고 그게 이 기나긴 이야기를 들려주게 된 이유입니다, 가너. 소행성대 정치부 제1의장으로서 고백건대 소행성대 우주선 두 대가 UN 소유지를 무단 침입했습니다."

"그럴 만한 이유가 있었잖아요. 계속하세요."

"당신은 뮬러를 훌륭히 생각했을 겁니다, 가너. 그는 우주복을 찾아 달리지 않았어요. 너무 멀리 있다는 것을 제대로 인지했죠. 대신에 그는 물로 가득 찬 산소통을 향해 뛰었어요. 화성인들은 그가 몸을 트는 순간 거품 벽을 베었지만, 뮬러는 통을 잡았고, 구멍 하나로 들어가 화성인 쪽으로 산소통을 틀었어요. 압력이 낮은 데선 소방 호스를 쓰는 것과 비슷했죠. 쓰러지기 전에 여섯을 해치웠습니다."

"화성인이 타 버렸나요?"

"그랬습니다. 완전히는 아니고, 잔여물이 좀 있어요. 창과 함께 사체 세 구를 회수했고, 나머지는 그 자리에 놔뒀죠. 화성인의 사체를 원하십니까?"

"당연한 말을."

"왜요?"

"무슨 뜻이에요, 리트?"

"왜 원하는 거죠? 우리는 유물로 미라 세 구와 창 세 자루를 챙긴 거지만, 당신에겐 유물이 아니잖아요. 거기서 죽은 건 고리인이었어요."

"미안합니다, 리트. 하지만 화성인의 사체는 중요해요. 화성으로 내려가기 전에 화성인에 대해서 알아낼 수 있어요. 확연한 차이가 날 겁니다."

"내려간다고?"

리트가 무례하게 고함쳤다.

"가너, 거기에 왜 내려가고 싶은 겁니까? 화성에 도대체 뭘

176

바랄 수 있습니까. 복수? 먼지 수십만 톤?"

"심오한 지식."

"그걸로 뭘 한다고?"

"리트, 정말 어처구니없군요. 애당초 심오한 지식을 위해서가 아니었으면 왜 지구인들이 우주로 나갔겠습니까?"

수많은 말들이 서로 리트의 입에 오르려고 아웅다웅 들끓었다. 그 말들이 목구멍에서 턱 막혀서 그는 아무 말도 하지 못했다. 리트는 양손을 쫙 펼치고 미친 듯이 바르작거리다가, 두 번 침을 삼키고는 겨우 말했다.

"뻔하잖아!"

"차분히 말해 주시겠습니까. 따라잡질 못해서."

"우주에는 말 그대로 뭐든 있지. 자북극, 금속, 진공 산업을 위한 진공, 갖가지 고정용 대들보 없이 값싸게 건설할 장소, 심장이 약한 사람들을 위한 자유낙하, 폭발할 수도 있는 것들을 시험해 볼 공간, 물리학을 실제로 보면서 배울 공간, 제어 가능한 환경에서……."

"우리가 여기 오기 전엔 모든 게 그렇게 뻔했습니까?"

"당연히 그랬지!"

리트가 방문객을 노려봤다. 매서운 눈길은 가녀의 앙상한 다리로, 늘어지고 검버섯이 핀 피부로, 그의 눈에 비친 기나긴 세월의 흔적으로 향했다. 이윽고 리트는 방문객의 나이를 기억해 냈다.

"……그게, 아니었습니까?"

일면의 세계

1965년 발표.

알람이 울렸다. 오르락내리락 점점 커지는, 공황에 빠진 기계의 비명 소리가. 선체 브레인의 중후한 목소리가 울려 퍼졌다.

— 스트랙 아스트로피지시스트*가 선실에 없습니다! 스트랙 아스트로피지시스트, 즉시 입실 보고하십시오! 호건의 염소 Hogan's Goat호는 60초 내에 점프합니다.

버드는 꼿꼿이 앉아 있다가, 억지로 힘을 주어 도로 누웠다. 호건의 염소호는 버드가 선장을 맡은 2세기 가까이 부주의로 승객을 잃어 본 일이 없었다. 승객이란 부주의하기 마련이었다. 스트랙이 방에 돌아가지 않는다면 버드는 스트랙의 생명을 구

---

* 천체물리학자라는 뜻으로, 여기서는 직업을 의미하는 단어가 성으로 사용되고 있다.

할 수 있게 점프를 연기할 터였다. 중대한 관행 위반일지라도.

버드의 점프용 좌석이었던 녹색 관 위에서 브레인이 말했다.

— 스트랙 아스트로피지시스트가 입실했으며 보호되고 있습니다.

버드는 안심했다. 브레인이 말했다.

— 5, 4, 3……

우주선의 여러 구역에서 스물여덟 명의 몸이 스프링이 튕기듯 덜커덩 움직였다.

"어이쿠."

버드 옆자리 점프 소파에서 투덜거림이 튀어나왔다.

"느낌이 희한하네. 아주 괴상해."

"음."

버드가 말했다. 로디 코스파인더는 자신의 점프석에서 굴러 내려왔다. 로디는 여러 구역 인류의 혼혈로, 섬세함을 간직한 약중력계 태생의 호리호리한 미인이었다. 로디는 버드의 아내였고, 숙련된 여행자였다. 그런 그녀가 지금은 혼란스럽고 동요하는 듯했다.

"점프 때 이런 느낌이 든 적은 없었는데. 왜 이런 거지?"

버드는 기어 나오며 구시렁거렸다. 그는 약간 과체중이었다. 얼굴은 살이 쪄 윤곽이 없이 매끄러웠고, 유행을 따라 제모를 한 채였다. 모발도 마찬가지였는데, 검은 머리칼을 가느다랗게 묶은 한 다발만 미간에서부터 곧게 위로 올린 뒤, 다시 두피를 가로질러 등허리께까지 늘어뜨리고 있었다. 모발 대부분은 외과 시술로 이식한 것이었다. 주름진 피부나 머리가 벗겨진 정도로는 나이를 가늠할 수 없었기에, 외관상 버드는 스무 살부터 400살까지 어느 나이대라고 해도 수긍이 됐다. 그가 움직임을 최소화한 것에서 되레 그의 나이를 짐작할 수 있었다. 그는 쉽고 빠른 방법으로 물건들을 수납했다. 찾는 데 몇 초만 있으면 됐고, 언제나 그 정도만 걸렸다. 몇 세기의 세월이 그를 잘 훈련시켰다.

"모르겠어. 뭐였는지 알아보자고. 브레인!"

그가 득달같이 말했다. 침묵이 팽팽하게 고조됐다.

"브레인?"

벽 하나는 호를 그리며 천장이 되었고, 다른 하나는 안쪽으로 설렁설렁 나아가 전숏변환 구동장치 한 대를 놓을 공간을 남겼다. 세 번째 벽은 우주선 브레인을 위한 제어 장치와 계기로 가득 차 있었다. 이곳은 승무원 휴게실이었다. 넓고 쾌적해서 휴식하기 좋은 곳이었고, 승무원 누구도 이상한 구조를 신경 쓰지 않았다. 평평한 천장은 승객들이나 가지라지.

버드 스페이서캡틴, 로디 코스파인더, 그리고 팔리스 라이프시스템즈가 벽 하나에 따라 앉아 네 번째 승무원을 쳐다보고 있었다.

찬다 메탈마인즈는 굽슬거리는 검은 머리가 가장 매력적인, 키가 크고 평범한 여자였다. 정수리에서부터 자라난 7센티미터 너비의 띠 같은 머리칼은 꼬리뼈 부근까지 내려왔다. 공단 같은 칠흑빛의 매끄러운 머리칼은 그녀가 움직일 때마다 어슴푸레하게 빛을 머금고 찰랑거렸다. 그녀는 가장 큰 브레인 스크린 앞에 서 있었는데, 지금은 호건의 염소호의 설계도가 거기 띄워져 있었고, 그녀는 손가락을 포인터로 썼다.

"바위가 여길 쳤어요."

점퍼 구역을 나타내는 빛이 들어온 동력원과 검고 작은 사각형들과 선들이 미로처럼 얽힌 우주선 등골을 따라 움직이던 찬다의 손가락이 반쯤 꺾였다.

호건의 염소호는 어뢰 같은 형태였고, 점퍼 구역은 그 어뢰의 둥그런 기수이자 굵은 용골이며 늘어진 말벌 같은 가시였다. 설계도를 보면 잘 알아볼 수 있었다. 염소호의 나머지 부분은 점퍼에 맞추어 설계되었다. 그리고 그 점퍼는 찬다의 손끝바로 옆에서, 선명한 붉은색 사선으로 잘려져 있었다.

찬다가 말했다.

"오염된 얼음 덩어리였어요. 흔한 혜성 머리 파편. 유성총銃은 작동될 겨를이 없었죠. 우리가 초우주에서 나왔을 땐 너무 가까웠거든요. 침투한 유성 조각은 충격 때문에 점퍼 내에서 플라스마로 변형됐어요. 플라스마가 부딪치면서 자잘한 금속 부품을 부숴서 헐거워졌고, 여기를 관통한 거예요. 그렇게 금속이 고속 용해되어 우주선 '브레인' 온 사방에 방울방울 떨어진 거죠."

팔리스가 휘파람을 불었다. 그는 옅은 금발에 키가 크고 아주 어렸다.

184

"우리 우주선 씨가 보드라워졌겠네."

쓸데없는 중얼거림이었다. 그는 찬다의 눈길에 움찔하더니 말을 덧붙였다.

"죄송합니다."

찬다는 다시 말을 잇기 전까지 그를 쭉 노려보았다.

"브레인이 자가진단 후 자체 수리를 할 가망도 없고, 우리가 브레인을 수리할 수도 없어요. 손상된 곳이 꽤 많은 데다 대부분이 너무 작아서 찾을 수 없거든요. 다행히도 브레인은 여전히 문제를 해결할 수 있고 명령도 잘 따르고 있어요. 가장 심각한 문제는 이 녀석이 실어증이 된 거 같다는 거예요. 브레인이 윈즐 코드를 쓰도록 지시해서 그쪽은 우회해 뒀어요. 정확한 손상 범위를 모르겠으니, 염소호 단독 착륙이 아니라 예인선을 붙여 착륙시켜야겠어요. 승객들의 안전이 우선이니까요."

버드는 예인선 선장이 뭐라고 할까 생각하다 몸을 움츠렸다.

"꼭 그래야 하나?"

"네, 버드. 브레인이 얼마나 오래 윈즐 코드에 응답할지도 모르겠어요. 처음 해 본 일 중에 하나거든요. 먹힐 거라고는 예상도 안 했고. 사람 환자한테도 안 먹힐걸요."

"고맙네, 찬다."

버드가 일어났고 외과의인 로디가 앉았다.

"제군들, 이번 여행에서 큰 손실을 감수해야 할 거라는 말만 하도록 하지. 브레인 수리에 돈이 많이 들 건 확실하고, 점퍼도 거의 전부 뜯어내야 할 거야. 유성이 충돌했을 때 어마어마한 유출이 발생했고, 상당수의 부품이 용해됐으니까……. 로디, 무슨 일이야? 우리 수리할 돈 있어."

로디는 핏기 없는 얼굴이었다. 외과의로서의 섬세한 그녀의 손가락이 의자 팔걸이를 꽉 움켜쥐었다.

"자, 자."

버드가 온화하게 말했다. 무엇 때문에 로디가 이 지경으로 공포에 질렸을까?

"지구에 착륙한 뒤, 걱정은 궤도상 수리 회사에 맡겨 두고 휴가나 보내자고. 그게 뭐가 어때서?"

로디는 경련처럼 머리를 흔들었다.

"우린 그렇게 못 해. 오, 크답트*의 눈이시여. 믿을 엄두가 나지 않습니다. 버드, 여기서 점퍼 고쳐야 해."

"말도 안 되는 소리. 그치만……."

"그럼 일 났네."

로디는 약간 침착해졌는데, 패배를 마주하는 침착함이었다.

"브레인에게 요청할 수가 없어서 내가 망원경을 써 봤어. 저건 태양계의 태양이 아니야."

다른 사람들이 그녀를 쳐다봤다.

"태양이 아니야. 녹백색왜성, 죽은 별이야. 태양은 찾을 수가 없었어."

---

* 래리 니븐의 소설에 나오는 외계 종족 크진인들이 믿던 종교의 신.

일단 명령이 전달되자 망원경 작업은 로디보다 브레인이 훨씬 빨랐다. 태양이 있어야 하는 자리의 항성에 대한 묘사가 입증되었고, 브레인의 목록에는 없는 항성으로 밝혀졌다. 더군다나 브레인은 그 항성 주변 우주의 형태를 인식하지 못했다. 그 항성의 방위를 찾아내려고 브레인은 계속 주변 별들을 스캔하고 있었다.

　"그치만 우리가 오버−스페이스*를 빠져나온 후에 충돌이 있었잖아. 빠져나온 후에!"

　버드가 이를 꽉 깨물고 말했다.

　"어떻게 딴 곳에 와 있을 수 있냐고!"

　아무도 듣고 있지 않았다.

　다들 승무원 휴게실에서 드루블베리주스와 보드카를 마시고 있었다.

　"승객들한테 뭐라도 말해야 할 거야."

　찬다가 말했다. 아무도 대답하지 않았지만 더할 나위 없이 옳은 말이긴 했다. 성간법에 의해 어떤 시민이든 컴퓨터에 자유롭게 접속할 수 있었다. 우주 공간에서 컴퓨터에 해당하는 것은 우주선 브레인이었다. 승객들도 지금쯤이면 브레인에서 응답이 없다는 것을 알아냈을 것이다.

　로디는 유리잔으로 탁자 위에 둥근 자국을 내다 멈췄다.

　"찬다, 번역 좀 해 줄래?"

---

* 우주선이 점프를 할 때 지나는 초월적 공간을 가리키는 용어.

찬다가 올려다봤다.

"물론이죠."

"브레인한테 이 항성계에서 토성하고 가장 닮은 행성을 찾아 달라고 해 줘."

"토성?"

찬다의 수수한 얼굴에서 희망찬 기운이 가셨다. 그렇지만 일단 첨필 끝으로 브레인 스피커 테를 윈즐 코드의 박자로 두드리기 시작했다.

그와 거의 동시에 브레인 스크린 상단에서 짧거나 긴 흰색 대시 기호가 좌우로 움직이기 시작했다. 스크린이 하얗게 비워졌다가, 토성 사진 같은 것을 띄웠다. 그러나 고리의 간격이 너무 넓어서 윤곽도 더 뚜렷이 보였다. 찬다가 말했다.

"제1성으로부터 다섯 번째 주요 행성. 위성은 여섯 개. 주기는 29.46년. 항성으로부터의 거리는 9.45천문단위. 직경은 115.9킬로미터. 유형은 거대 가스 행성. 그래서요?"

로디가 끄덕였다. 버드와 팔리스는 그녀를 빤히 쳐다보고 있었다.

"두 번째랑 세 번째 행성을 표시해 달라고 요청해 줘."

두 번째 행성은 제2상相에 접어들어 있었다. 브레인 스크린에 나타난 것은 커다란 달처럼 보였지만 울퉁불퉁한 게 덜했고, 무엇보다 다른 점이 있었다. 중간을 가로지르는 구역이 강렬하게 빛나고 있었다. 찬다는 줄지어 행진하는 점들을 해석했다.

"두 번째 행성의 항성으로부터의 거리는 1.18천문단위. 주기는 401.4년. 직경은 1만2742킬로미터. 위성 없음. 대기 없음. 그리고 세 번째 행성은……."

"화성이야."

로디가 말했다.

그랬다.

그리고 두 번째 행성은 지구였다.

"무슨 일이 일어났는지 알겠습니다."

버드는 거의 소리를 치고 있었다. 식당을 가로질러 스물일곱 명의 얼굴이 그를 돌아봤다. 그는 승무원과 승객들을 부르고 있었고, 브레인이 전용실 스피커로 말을 반복해 줄 수 없었기 때문에 그들과 직접 대면해야 했다.

"점퍼가 우주선 인근에서 빛의 속도가 무한대가 되는 오버-스페이스를 생성하는 것 아시죠? 그때……."

"무한대에 가까운 때 말이죠."

승객이 말했다.

"흔한 오해죠."

버드가 쏘아붙였다. 그는 자신이 사람들 앞에서 말하는 것을 좋아하지 않는다는 사실을 깨달았다. 이런 환경에서는 말이다. 안간힘을 들여 연설하는 톤으로 말을 이었다.

"빛의 속도는 무한대까지 뻗어 나갑니다. 우리의 속도는 제동 척추를 통해 유한대로 유지되는데, 이 척추는 유효한 인근 지역 밖으로 돌출하는 식으로 작동됩니다. 그러지 않으면 우리가 동시화되겠죠. 우주의 거대한 원을 따라 한꺼번에 어디에나 존재하게 되는 겁니다. 제동 등골은 우주선 뒤쪽으로 삐죽 튀어나온 기다란 침처럼 생긴 것입니다."

버드는 말을 이었다.

"그런데, 오버—스페이스에서 나왔을 때, 얼음 조각이 우리 항로에, 유성총 사정거리 내에 있었습니다. 그 조각이 점퍼를 관통해서 브레인으로 들어가게 된 겁니다. 브레인이 손상된 건 부차적인 문젭니다. 유성이 점퍼에 들어 있던 동안 뭔가 일이 생겼어요. 어느 금속 부품이 증발해 버려서 합선이 일어난 건지도 모르죠. 아무튼 염소호는 오버—스페이스의 반대쪽으로 점프했습니다."

버드가 말을 멈췄다. 사람들에게 너무 어려운 이야기를 하고 있었나?

"우리가 아인슈타인적 우주의 오버—스페이스를 지난다고 한 게 사실 그 오버—스페이스의 서브스페이스라는 뜻인 건 이해하셨죠?"

스무 사람의 무표정한 얼굴이 그를 돌아봤다. 그는 집요하게 말을 이었다.

"우린 그 서브스페이스의 반대편으로 들어간 겁니다. 빛의 속도는 0이 됐어요."

웅성이는 소리가 커졌다가 잦아들었다. 누구도 웃지 않았다.

"제동 척추가 튀어나오지 않았더라면 우리는 시간이 끝날 때까지 거기 처박혀 있어야 했답니다. 그 다음. 우주선 주변 지역에서 빛의 속도는 0이었습니다. 우리 질량은 무한대였고, 우리 시계라든지 심장 같은 건 멈췄고, 우주선은 무한대로 얇은 원반 모양이 됐죠. 이 상태가 우주선의 시간에서는 전혀 흘러가지 않았지만, 끝났을 때는 수십억 년이 지나갔습니다."

전원 숨이 막혔다가, 혼란의 도가니. 버드는 이 반응을 예상했었다. 그는 웅성거림이 끝나기를 기다렸다.

"수십억?"

"크답트시여 짓밟으소서……."

"맙소사."

"장난치는 거야, 뭐야. 정말이지……."

"닥치고들 끝까지 좀 들읍시다!"

고함 소리는 서서히 잦아들었다. 마지막으로 누군가 외쳤다.

"그치만 우리 질량이 무한대였음……."

"우주선 주변 지역에서만이라고요!"

"아."

검은 막대 같은 자가 말했다. 버드는 그가 스트랙 아스트로피지시스트라는 걸 알아봤다. 척 봐도 그는 항성들과 은하들에 대한 비전을 과소평가했다. 염소호의 무한 중력으로 움츠러든 자기 머리통을 휘어잡은 게 그들인데도.

"제로 이펙트는 전에도 활용된 적이 있습니다."

버드가 상대적으로 조용하게 말을 이었다.

"가사 상태나 초장거리 타임캡슐 등에요. 내가 알기론 우주 비행체에서는 한 번도 일어난 적이 없는 현상입니다. 우리가 대단히 나쁜 상황에 처했습니다. 태양이 녹백색왜성이 돼 버렸고, 지구는 대기가 사라지고 일면의 세계가 됐지요. 영원히 한쪽 면만 태양을 향한 채 돈다는 겁니다. 수성은 더 이상 없고, 달도 사라졌습니다."

버드의 말은 이어졌다.

"집으로 돌아간다는 생각일랑 잊으시고, 누구든 이 우주선에 없는 사람에게 작별 인사 하셔도 좋습니다. 이게 우숩니다. 아무도 없고 우리뿐이고, 우리의 의무는 생존뿐입니다. 새로운 정황이 있을 때마다 공지하겠습니다. 운임료 환불을 원하시는 분 계시면 환영입니다."

작게 클클거리는 웃음소리가 음산한 와중에 버드는 해산의 의미로 머리를 까딱였다.

승객들은 그 제스처를 알아보지 못했다. 선장에게서 직접 말을 듣는 것은 버드에게 그랬던 만큼이나 승객들에게도 특이한 일이었다. 사람들은 서로 쳐다보며 앉아 있었고, 몇 사람이 일어났다가, 마음을 바꿔 다시 앉았다. 한 사람이 소리쳤다.

"이제 어쩌실 겁니까?"

"브레인의 제안을 들어 보려고 합니다. 지금!"

"우리도 남아서 듣고 싶은데."

같은 사람이 말했다. 중력이 강한 행성 쪽에서 왔는지 키가 작고 몸집이 넓으며 발이 컸고, 압축형 전차를 가지고 있었다.

"우린 어느 때든 브레인과 상담할 권리가 있소. 통역사가 필요하다면 통역사도 있어야 하고."

버드가 고개를 끄덕였다.

"맞는 말입니다."

그 말을 끝으로 그는 찬다 쪽으로 돌아섰다.

"최장 기간 생존 가능성을 극대화하려면 어떤 행동을 취해야 하는지 브레인에게 물어봐."

찬다가 브레인 스피커 테두리에 대고 첨필을 박자에 맞춰 두드렸다.

식당 안은 숨소리와 가만히 발을 끄는 소리로 어수선했다. 모두가 앞쪽으로 몸을 기울인 듯했다.

브레인은 쏜살같이 흐르는 점들을 빛내며 답을 내놨다. 찬다가 말했다.

"즉시 교체……. 크답트의 눈이여!"

찬다는 굉장히 놀란 얼굴을 했다가, 버드를 향해 부자연스럽게 웃었다.

"선장님, 미안합니다. 호건의 염소호의 총사령관을 버드 스페이서캡틴에서 스트랙 아스트로피지시스트로 교체하라네요."

뒤따른 혼란 속에서 버드의 목소리는 단연코 가장 컸다.

"모두 나가십쇼! 스트랙 아스트로피지시스트만 빼고 모두."

기적적으로 스트랙은 그 말에 따랐다.

스트랙은 길쭉하고 키가 큰 노인으로, 습관이나 태도나 옷차림새가 모두 늙수그레했다.

초콜릿색 두피가 검은 에나멜을 입힌 강철 직물로 두드러졌고, 귀는 날개인 양 펼쳐져 있었다. 버드는 한때 스트랙이 왜 그

귀를 고치지 않는지가 의문이었다. 나중 가서는 궁금해하길 관뒀다. 스트랙은 타고난 것을 지키는 데 집착하는 게 분명했다. 스트랙의 머리털은 눈 사이가 아니라 이마 저 위에서 시작됐고, 목덜미에서 점차 가늘어졌다. 손톱은 선천적으로 자랐다. 꾸준히 다듬어야 했을 게 분명했다.

스트랙은 승무원들을 마주 보고 앉아 느긋이 기다렸다.

"내 우주선으로 여행한 일이 있죠?"

버드가 물었다.

"호건의 염소호를 지휘하고 싶다는 생각을 브레인이나 승객들에게 심어 줄 만한 발언이나 행동을 한 적이 있습니까?"

"절대 없소!"

버드만큼이나 스트랙도 브레인의 요청이 거슬리는 듯했다.

"브레인이 미친 거야."

버드가 악의에 차서 툴툴거렸다. 그러고는 제 말에 넘어가, 겁에 질려 물었다.

"브레인이 미쳤을 수도 있나?"

"아뇨."

찬다가 대답했다.

"이 기종의 브레인은 손상될 수도 있고 파괴될 수도 있지만, 계산하는 답은 전부 정답이에요. 의심 인자가 내장되어 있어서 모호한 경우엔 불충분 데이터를 보내죠."

"그럼 내 지휘권을 왜 뺏으려고 하지?"

"모르죠. 선장, 말해 드릴 게 있는데."

"뭔데?"

"브레인이 더 이상 질문에 응답하지 않아요. 악화가 점진적으로 진행되고 있는 듯해요. 승객들이 나가기 전부터 멈춰 있었죠. 윈즐로 명령을 내리면 따르겠지만, 응답이 돌아오진 않을 거예요."

"아, 크답트께서 브레인을 거두셨다니!"

버드는 손끝으로 관자놀이를 문질렀다.

"팔리스, 브레인이 스트랙에 대해 뭘 알고 있지?"

"다른 승객들하고 같은 것들이요. 이름, 출신계, 직업, 건강상태와 병력, 질량. 그게 답니다."

"흠. 스트랙, 어디서 태어났죠?"

"캐니언*이오. 관계가 있소?"

"모르죠. 태양계에서 인구수가 300만이면 소소한 편이죠. 하지만 그 이상은 수용할 수 없을 겁니다. 캐니언 바닥보다 위쪽은 공기가 너무 희박해서 숨 쉬기가 어려워요. 난 최대한 빨리 빠져나왔더랬지요. 거의 한 세기 동안 돌아가 본 적이 없어요."

"그랬군요. 하지만 선장, 그건 아닌 거 같소. 캐니언 내에 사람은 충분하오. 적적한 건 그 동네 문화라오. 모두가 다른 사람들과 똑같이 생각하지. 문화가 타가수정 되는 일이 없다고나 할까. 똑같아야 한다는 압박감이 극심하다오."

---

* 크진인들의 전초 기지였던 행성. 지구인의 공격으로 만들어진 커다란 크레이터 밑에 사람들이 거주하게 되면서 붙여진 이름이다.

"재밌군요."

버드의 어조는 화제를 일축하는 투였다.

"스트랙, 브레인을 혹하게 만들어 버린 굉장한 아이디어가 있는 거 아닙니까? 아니면 브레인도 알 만큼 과학계에서 엄청 나게 이름을 날렸다거나?"

"그런 일은 없소."

"그럼 하여튼 뭐라도 아이디어가 있긴 합니까? 아주 간절한 상황인데."

"죄송하지만, 없소. 선장, 우리들은 대체 어떤 상황인 거요? 우리 우주선 말고는 다들 죽은 것 같은데. 그런 위급 상황엔 어떻게 대처하시오?"

"대처 안 하죠. 시간 여행이 되면 모를까 불가능하잖습니까. 그렇죠? 아닙니까? 찬다, 브레인에게 정확히 뭐라고 요청했었나? 그 말을 어떻게 표현했어?"

"우리가 최장 기간 동안 생존할 확률을 극대화할 것. 그게 요청이었잖아요. 선장님, 실례합니다만, 브레인은 '최장 기간'을 '영원'이라고 가정한 게 거의 분명해요."

"알겠네. 팔리스, 우주선에서 우리가 얼마나 오래 살 수 있지?"

팔리스는 서른 살밖에 되지 않았고, 젊은이가 으레 그렇듯 툭하면 불안에 시달렸다. 그래도 자신의 전문 분야에는 해박했다.

"아주 오래입니다, 선장님. 몇십 년, 어쩌면 몇 세기. 위탁물 중에 지구의 동물원으로 보내는 부스터피스boosterpiece 종자가 있습니다. 우주선 내에서 부스터피스를 기를 수 있다면 젊음을 유지할 수 있겠죠. 공기 장치는 태양빛이나 별빛이 있는 한 계속 작동할 거고요. 그치만 식량 변환기는, 음, 영양 성분을 만들어 낼 수는 있는데, 회로 어딘가에서 다 사라지고 말 거고요. 그럼 우린 결핍성 질환에 시달리기 시작할 거고, 결국…… 흐으으음. 한 세기 하고도 반 정도 생존할 수 있지 않을까 싶네요. 만약 식인을 도입하기로 한다면……."

"거기까지. 우주에서 지내기로 한다면 그쯤이 한계인 것으로 해 두지. 다른 선택지도 있어. 스트랙, 재밌는 일 하나도 없습니다."

버드는 말을 이었다.

"물질 변환 구동장치를 쓰면 태양계 내의 어느 행성이든 갈 수 있어. 착륙 로켓들에 고체 화학연료가 충분하니 천왕성보다 작으면 어디든 착륙할 수 있고. 아니면 착륙했다가 금성이나 그보다 작은 곳으로 이륙해도 되고. 물질 변환 구동장치를 쓰면 어디서든 이륙할 수 있지만, 광자 빔 때문에 끓어오르는 바위가 뒤에 남을 거야. 전부 다 해 볼 수도 있지만, 의미 없는 짓거리지. 태양계 어디에도 거주 가능한 데가 없으니."

"끼어들어서 미안하오만……."

스트랙이 말했다.

"……물질 변환 구동장치는 왜 있는 거요?"

"뭐라고?"

"호건의 염소호에는 세계 간 이동을 위해 점퍼가 있고, 이착륙에는 고체연료를 쓰잖소. 그런 우주선에 핵반응 구동장치가 왜 또 필요하지? 점퍼가 그렇게 부정확한 기기요?"

"아니, 그게 아니죠. 보세요. 점퍼 이동에 쓰이는 수식은 아주 넓은 부근의 질량 수치를 상정합니다. 국부 은하군 대부분을 포함하는 구역을 말이에요. 수치가 그 구역의 실제 정지질량의 거의 곱절이랍니다. 그래서 외부 우주가 충분히 무거워질 때까지 가속해야 하죠."

"알겠소."

"총 질량 전환을 한대도 엄청난 양의 연료를 실어야 해요. 우린 뉴트로늄을 씁니다. 그 정도 규모가 아니면 뭐가 됐든 공간을 너무 많이 차지할 테니. 그렇다면, 우리를 보호해 주는 인공 중력 없이 적절한 속도에 도달하기 위해선 1년 이상이 걸리게 되지요. 탁 트인 우주 공간이라면 100G는 거뜬히 나오죠."

놀란 얼굴의 스트랙을 보고 버드가 씩 웃었다.

"그런 걸 대놓고 선전하진 않아요. 인공 중력이 사라진다면 무슨 일이 생기는지 승객들이 궁금해할지도 모르니까 말입니다. 어디까지 말했더라? 세 번째 선택지. 다른 항성들을 향해 가 보는 수도 있어요. 여정마다 수십 년이 걸리겠지만, 각 항성계에서 연료를 재충전해 간다면 팔리스가 말했던 150년 안에 몇몇 가까운 항성에 도달할 수 있을 거예요. 하지만 우리가 살았던 세계들은 지금쯤 모두 쇠락했을 거고, 우리가 시간 내에 도달할 수 있는 G형 항성들엔 유용한 세계가 없을 수도 있어요. 도박이 되겠지요."

스트랙이 거북한 듯 자세를 바꿨다.

"분명 그럴 거요. G형 태양이 꼭 필요한 건 아니니까. 자외선으로 우리를 구워삶지 않는다면 어느 곳이라도 정착할 수 있을 거요. 하지만 거주 가능한 행성은 무척 드물지 않소? 브레인한테 거주 가능한 행성을 찾아내서 그곳으로 가도록 명령할 순 없소?"

"못 해요."

방 저편에서 로디가 말했다.

"망원경 성능이 그 정도로 좋진 않아서요. 중력 우물 안에서 다른 우물을 내다봐야 할 때는 말이에요. 빛이 전부 휘어 버리거든."

이어서 버드가 말했다.

"그리고 마지막으로, 거주가 가능해 보이는 지구 크기의 행성에 우리가 정말 착륙을 했는데, 사실은 거주할 수 없는 곳이면요? 그러면 다른 곳으로 갈 연료가 없게 되는 거예요. 어떻게 생각하십니까?"

스트랙은 숙고하는 듯 보였다.

"한 잔 마셔야겠소. 아니, 한 잔보다 더 마셔야 할 것 같군. 우리가 곤경에 처했다는 자그마한 비밀을 당신이 몇 세기 더 숨겨 줬으면 좋았을 것을."

그는 위엄 있는 태도로 일어나 문 쪽으로 몸을 틀었다가, 도로 몸을 돌리는 바람에 분위기를 깼다.

"그나저나 선장, 당신은 일면의 세계에 가 본 적 있소? 아니면 지금까지의 경로가 거주 가능한 세계에 한정되어 있었소?"

"지구의 달에 가 본 일은 있지만, 그게 전부입니다. 왜 물으시죠?"

"나도 잘 모르겠구먼."

스트랙이 말하고는 생각에 잠긴 얼굴로 문을 나섰다. 버드는 그가 오른쪽으로 간 것을 보았다. 바는 식당 너머 왼쪽에 있었다.

우울함이 식당 안에 내려앉았다. 버드는 허리띠에 달린 주머니 속을 더듬어 담배 스틱만 한 흰 튜브를 꺼냈다. 침울하게 벽만 바라보며 튜브를 입술 사이에 걸고 쭉 빨아들여 입꼬리로 들이켰다. 그러고는 시원하고 짙은 주홍색 연기를 내뿜었다.

눈가의 근육에 약간 긴장이 풀렸다.

찬다가 말을 꺼냈다.

"선장, 왜 브레인이 바로 응답하지 않았는지, 왜 상세한 지시 사항을 주지 않았는지 생각해 보고 있었는데 말이에요."

"나도야. 답은 알아냈나?"

"브레인은 엔진이 실어증에 완전히 장악되기 전까지 자기에게 남은 시간을 계산했을 거예요. 그래서 세세한 지시 사항을 끝도 없이 줄줄이 읊기보다 가장 정답을 알고 있다 싶은 사람을 말한 거죠. 꺼지기 몇 초 전에 자기가 해 줄 수 있는 일을 한 거예요."

"왜 하필 스트랙이래? 왜 나나 너희들이 아니고?"

"모르죠."

찬다가 진이 빠진다는 듯 말했다. 브레인의 손상으로 찬다는 충격이 컸다. 놀라운 일은 아니었다. 그녀는 언제나 브레인을 아주 소중하지만 덜떨어진 아이 다루듯 대했다. 찬다는 눈을 감고 중얼거리기 시작했다.

"이름, 출신계, 직업, 건강 상태와 병력, 질량. 스트랙 아스트로피지시스트, 캐니언……."

다음 며칠간 승무원들은 각자의 분야에서 각자의 일로 분주했다.

로디 코스파인더는 망원경에 거의 모든 시간을 쏟았다. 망원경은 강력한 기기였고, 제한적이긴 해도 브레인이 보조해 주었다. 그렇지만 가장 가까운 항성계조차도 동그란 점에 지나지 않았다. 하늘은 적외선에서만 관측이 되는 검은 태양들로 가득 차 있었다. 가까스로 지구의 달을 찾기는 했다. 트로이군 궤도 속, ㄱ 어느 때보다도 심하게 두들겨 맞은 몰골로 태양 주위를 도는 모행성을 60도 뒤처진 채 따르고 있었다.

팔리스 라이프시스템즈는 깨어 있는 내내 선내 도서관에 처박혀, 궁핍 상황에서 발견되는 의학적 양상을 다룬 전문서적을 찾아보고 있었다. 자신이 만든 생명유지 장치 내의 섬세한 부품이 망가질 경우를 대비하는 안전율과 더불어, 승객들을 오랜 기간 건강히 유지시키고, 그 뒤엔 오랜 기간 생존시키는 상세한 프로그램을 점차적으로 준비해 나갔다. 나중에는 식인을 이용하는 비슷한 프로그램을 준비할 계획을 세웠다. 최선의 의학적 이득을 위해서였다. 도덕적 충격에서 비롯되는 미묘한 심리적 반응이 수반되어 까다로운 부분이 될 터였다.

느릿하고 고통스럽게, 소형 원격조종장치를 사용해 찬다는 브레인의 피질에서 작은 그을린 자국을 찾아내고, 검게 타 버린 반도체의 재를 버렸다.

"별로 도움은 안 될 거야."

찬다가 냉담하게 인정했다.

"그치만 잿가루가 합선을 유발할 수도 있잖아. 꺼낸다고 해서 해가 되진 않지. 가는 철사가 좀 있었으면 좋으련만."

점퍼가 완전히 재기불능이 됐다는 걸 확신한 뒤로 버드는 점퍼를 그냥 내버려뒀다. 그러고 나니 걱정하는 것 말고는 할 일이 거의 없었다. 그는 브레인의 손상에 대해 걱정했고, 찬다가 너무 낙천적으로 구는 건 아닌가 생각해 보았다. 아픈 친구의 수술을 떠맡은 의사처럼 그녀는 브레인의 상태가 나아지기는 커녕 더 악화될 수 있다는 점을 생각조차 않으려 했다. 버드는 걱정을 하고, 진공 슈트 차림으로 선체 바깥을 따라 움직이며 이런저런 구동장치에 쓰이는 수동 제어 정지 체계의 배선을 확인했다.

버드는 제동 척추의 모습을 보고 깜짝 놀라고 말았다. 극초경합금은 그 어느 때보다도 빛나고 있었지만, 3분의 2가 사라진 채였다. 몇십억 년을 거친 승화의 대가였다.

버드는 승객도 걱정이 됐다. 브레인이 끊임없이 제공하는 여흥거리도 없이, 승객들은 사실상 어떤 도움도 받지 못하고 자신들에게 닥친 재앙의 충격을 고스란히 직면해야 할 터였다. 일지에는 승객의 명단이 있었다. 브레인을 시켜 찬다가 그 명단을 스크린에 띄워 주었지만, 쓸모 있는 직업은 조금밖에 찾을 수 없었다.

스트랙 아스트로피지시스트.

짐 파머.

아브란 주맨*.

다른 직업들은 여기서는 모두 쓸모가 없었다. 택서, 카메이커, 애드맨. 누구든 찾기는 했으니 운이 좋았다.

"다 똑같아."

하룻밤은 로디에게 그렇게 말했다.

"작 FTL-시스템스**가 여기 타 있다면 뭐든 다 줄 텐데."

"할란 올트레이즈***는 어때?"

"이 교문선에? 고도로 전문화 되어 버린 비전문가들은 호화 정기선에 타지."

그는 수면판 사이 공중에서 계속 뒤척거렸다.

"비행차가 사고 싶으실까? 질질 짜는 겁쟁이가 갖고 있던 건 뎁쇼……."

짐 파머는 길고 부드러운 근육에 크고 넙데데한 발을 가진

---

* 사육사.

** 초광속 체계.

*** 만물상.

중重행성 사람이었다. 징크스 억양을 들으면 그가 발차기로 선체 판에 구멍을 낼 수도 있다는 것이 느껴졌다.

"기계 없이는 일해 본 적 없는데. 농사일에는 기계류가 더럽게 많이 필요하외다. 굴토기, 쟁기 장치, 파종기, 이식기, 통풍 장치, 기타 등등. 씨앗이랑 그걸 기를 땅이 있대도 나 혼자서는 아무것도 할 수 없소."

그는 덥수룩한 눈썹을 긁었다. 어째서인지 이마 선으로부터 바깥쪽으로 자라게 내버려둬서 뒤집힌 T자에 가로대를 올린 듯한 모양새였다.

"그래도 승객들하고 승무원 나리 모두가 동참해서 지시를 따른다면, 그리고 로봇처럼 일해도 괜찮다면 뭔가 기를 수는 있을 거라고 생각하외다. 질 좋은 흙이랑 씨앗이 있다면 말이오."

"일단 씨앗은 있습니다. 고맙습니다, 파머."

버드가 말했다. 그가 아브란 주맨을 처음 본 것은 여행 초반에 그가 홀을 가로질러 걸어갈 때였다. 주맨은 충격적인 모습이었다. 가느다란 머리카락의 띠는 표백된 뼈처럼 희었고, 두피의 뒤쪽 반절에서부터 나 있었다. 피부에는 장식된 가죽의 밑그림처럼 희미한 선이 패여 있었다. 버드는 지금껏 그를 피하고 있었다. 이제는 거의 다 사라진 괴상한 무리, 부스터피스 복용을 금지하는 종교 집단의 일원인 게 분명했다.

그렇지만 광신도처럼 굴지는 않았다. 버드는 주맨이 친절하고 기민하며, 도움이 되는 데다 호감이 가는 사람임을 알게 됐다. 진한 위 메이드 잇We-Made-It 억양은 S 발음을 할 때 굵직한 강세를 두었다.

"이런 면에서 보자면 우리는 행운아입니다."

아브란이 말했다.

"아니면 선장님께서 행운아일 수도 있고요. 우주선을 놓쳐야
운이 좋았던 건데 말이지요. 저는 선장님의 화물을 보호하기 위
해 왔답니다. 지구의 동물원에 전달하기 위해 선별된 번식 가능
식물의 종자며 동물의 냉동 알 같은 것 말입니다."

"위탁물 안엔 정확히 뭐가 들어 있습니까?"

"선장님께서 생각해 낼 수 있는 것 거의 전부죠. 중앙정부는
지구가 극심한 인구 감축의 결과 잃게 된 모든 생명체를 전시
할 동물원을 만들고 싶어 했어요. 이주를 장려하고 싶었던 것
으로 사료됩니다. 이게 첫 번째 위탁품이고, 위 메이드 잇의 갖
가지 외래종 생명체의 샘플이 들어 있죠. 오랜 옛날 멸종한 '큰
고양이들' 모방품으로 제조된 고가의 원더랜드Wunderland산 돌
연변이를 비롯해서 다른 세계에서 온 선적물도 있을 예정이었
습니다. 그것들은 수중에 없고, 난초나 선인장같이 쓸모없는
관상식물도 없지만, 농사에 필요한 거라면 모두 있습니다."

"동물용 인큐베이터도 있습니까?"

"안타깝지만 없습니다. 다른 기계를 가지고 만들어 낼 방법
은 알려 드릴 수 있을지도 모르겠네요."

아브란은 익살맞은 미소를 지었다.

"그치만 문제가 있습니다. 저는 부스터피스 추출물에 치명적
인 알레르기가 있어요. 그러니 저는 한 세기를 채 못 살 것이고,

불행히도 그 점이 제가 떠날 수 있는 여로를 가로막겠지요."

버드는 아브란의 얼굴이 쓸쓸해져 간다고 느꼈다. 그는 여느 사람처럼 죽음을 겁냈다. 그렇지만……, 그는 차오르는 감정에 목이 졸려 죽기 전에 미친 듯이 그 감정들을 분류하려고 했다. 동경, 감탄, 수치, 경악, 두려움. 어떻게 그처럼 일상적으로 죽음과 더불어 살 수 있는 걸까? 어떻게 채 50년이 되지 못할 세월 속에 그토록 감정적으로 성숙한 상태에 이를 수 있었던 걸까? 창피함이, 자기 자신의 반응에 대한 창피함이 이기고 말았고, 버드는 얼굴이 홧홧해지는 것을 느꼈다.

아브란이 신경 쓰는 듯 보였다.

"나중에 다시 오는 게 좋을까요?"

그가 말을 꺼냈다.

"아닙니다! 괜찮습니다."

버드는 무심결에 담배 스틱을 찾았다.

진하고 청량한 주황색 연기 한 모금을 빨아들이고는, 오래도록 폐 속에 머금었다.

"몇 가지만 더 질문드리겠습니다."

그가 기운차게 말했다.

"그 동물원 수하물 중에 잔디 씨앗도 있습니까? 박테리아라든가 해초는요?"

"잔디는 있습니다. 총 43종입니다. 죄송하지만 박테리아는 없습니다."

"좋지 않군요. 돌먼지를 비옥토로 만드는 데는 박테리아가 필요한데."

"그러네요."

아브란이 곰곰이 생각했다.

"토양 제조는 우주선에서 나온 오수를 장내 세균총과 섞는 것에서부터 시작할 수도 있을 겁니다. 거기에 돌먼지를 더하는 거죠. 화물에 지렁이도 있거든요. 가능할 수도 있습니다."

"잘됐군요."

"선장님, 저도 질문이 하나 있는데요. 그건 뭡니까?"

버드의 시선이 아브란의 검지를 좇았다.

"담배 스틱 본 적 없습니까?"

아브란이 머리를 저었다.

"담배에는 재밌는 진정제가 들어 있어서 집중하는 걸 돕고, 주의가 산만해지는 걸 막아 주죠. 그 효과를 얻으려면 담배 연기를 흡입해야 했는데요. 그게 폐암을 일으켰답니다. 이제는 더 잘 일으키고 있죠. 수하물 중에 혹시 담뱃잎은 없습니까?"

"죄송하지만 없습니다. 금연이 가능하시겠어요?"

"그래야 한다면야. 무척 싫지만 말입니다."

버드는 아브란이 떠나고도 잠시 앉아 있었다. 그러다 일어나 팔리스를 찾아다녔다.

"아브란이 부스터피스에 알레르기가 있다고 했다네. 그게 사실인지 알고 싶군. 알아봐 줄 수 있나?"

"물론입니다, 선장님. 의료 기록에 있을 겁니다."

"좋아."

"그가 왜 거짓말을 하겠습니까, 선장님?"

"종교가 부스터피스를 금기시할 수 있어. 그렇다면 아브란은 이렇게 생각할지도 모르거든. 자기가 우주선에 꼭 필요하니까 부스터피스를 잔뜩 주입시켜서 데려갈 거라고 말이야. 그랬다면 잘 맞혔고."

스트랙 아스트로피지시스트와 다시 면담하는 것은 의미가 없었다. 팔리스 말로는 스트랙은 자기 방에서 대부분의 시간을 보내고 있고, 어디선가 휴대용 컴퓨터를 찾았다고 했다.

"뭔가 꿍꿍이가 있는 겁니다."

팔리스가 말했다.

다음 날 팔리스가 선실로 찾아왔다.

"의료 기록을 훑어봤습니다. 아브란 주맨과 라스피아 웨이트리스 빼고는 모두 건강합니다. 아브란은 사실대로 말했어요. 부스터피스에 알레르기가 있습니다. 라스피아는 양팔이 배양물培養物로 되어 있는데 예전 팔을 어쩌다 잃었는지는 말을 안 하고요. 양 척골에는 기계가 들어 있습니다. 하나는 두퍼dooper 고 다른 하나는 다중 범위 소닉이더라고요. 그런 사랑스러운 여자애가 완전무장을 하고 뭘 하는 건지 궁금하네요."

"나 역시. 몰래 방해할 수 있겠나?"

"확장 충전기를 선실에 설치해 뒀습니다. 사람을 쏘려고 한다면 배터리가 다 빨렸다는 걸 알게 되겠죠."

여섯째 날은 반란의 날이었다.

승무원 휴게실 문이 열렸을 때 버드와 팔리스는 팔리스가 짜온 150개년 선상 생활 일정을 검토하고 있었다. 들어온 것은 다름 아닌 찬다였다. 단단히 결심한 듯한 찬다의 말투에 첫 번째 징후가 있었다. 그리고 버드는 누군가 그녀를 따라 들어오는 것을 보았다. 그는 항의하기 위해 몸을 일으켰다가 승객들이 줄줄이 승무원 휴게실이 꽉 차도록 들이닥치자 말을 잃었다.

"미안합니다, 선장."

찬다가 말했다.

"사임을 요구하러 왔습니다."

버드는 그대로 멈춰 선 채 눈을 굴려 사람들을 훑어보았다. 맨 앞에 선 예쁘장한 적갈색 머리 여자, 눈에 띄지 않게 경직된 태도로 양팔을 들고 있는 그녀가 바로 라스피아 웨이트리스일 터였다. 짐 파머 역시 앞줄에 있었다. 그리고 몹시도 부끄러운 기색의 스트랙 아스트로피지시스트도. 많이들 부끄러워 보였고, 또 많이들 화가 나 보였다. 버드는 사람들이 무엇에 대해, 또는 누구에 대해 화가 났는지 알 수가 없었다. 그는 몇 초간 혼자 생각해 보았다. 끝나길 기다리게 하자…….

"무슨 근거로?"

그가 평온하게 물었다.

"생존해 있기 위해선 이게 최선의 기회라는 근거로."

찬다가 말했다.

"그건 충분한 근거가 못 돼. 자네도 알고 있겠지? 나한테 대적하려면 범죄 혐의를 들고 와야 한다는 걸. 직무 태만, 구동장치 빔의 관리 부실, 살인, 교리 위반, 약물 중독 따위. 그런 혐의를 일으키고 싶은 거야?"

"선장, 당신이 말하는 건 탄핵에 대한 거야. 반란에 대한 법적 근거에 대한 거. 우리한테 그런 근거는 없어. 우린 당신을 탄핵하고 싶은 게 아니니까, 관련 없는 얘기야."

"흠, 그럼 이 난리는 다 뭐라고 생각했던 거야, 찬다? 선거라도 되나?"

"사임을 권고하고 있는 거야."

"고맙지만, 그럴 생각 없어."

"당신을 탄핵할 수도 있소. 댁도 알 거요."

짐은 화가 난 것도 부끄러운 것도 아니었다. 다만 관심이 있을 뿐.

"담배 스틱 중독으로 댁을 기소한 뒤, 재판에 부치고, 유죄도 선고하고."

"담배 스틱 중독이라고?"

"암, 다들 그게 중독성이 없다는 건 알지. 요점은 우리 판결을 뒤집어 줄 상급법원을 댁이 찾아갈 수 없다는 거요."

"그건 분명 그런 것 같군요. 알겠습니다. 계속하시죠."

팔리스가 거슬리는 휘파람을 불며 끼어들었다.

"찬다, 대체 뭘 하는 거예요?"

팔리스는 얼굴이며 두피와 귀까지 시뻘건 노을처럼 타올랐다.

찬다가 대답했다.

"조용히 해, 팔리스. 우린 진작 했어야 하는 일을 하는 것뿐이야."

"당신은 그 깡통 머저리 때문에 침통한 나머지 정신이 나간 거예요."

찬다는 이글거리는 눈길로 그를 홱 노려봤다. 팔리스도 똑같이 노려봤다. 찬다가 그를 차갑게 무시하며 돌아섰다.

스트랙이 처음으로 입을 열었다.

"폭력을 쓰지 않게 해 주십시오, 선장."

"누구 좋으라고? 너희가 뭘 요구하고 있는 건지 이해는 하냐, 이 머저리들아?"

버드는 자제력을 잃었다. 호건의 염소호가 만들어졌을 때 그는 젊은이였다. 거의 두 세기 동안 이 우주선을 안드로메다은하까지 걸리는 총 거리보다 멀리 몰았었다. 이 우주선을 소중히 돌보고 걱정했으며, 빛이 환하고 쏜살같은 이 우주선의 자궁 속에서 삶을 살았다. 버드의 감정이 얼굴에 똑똑히 드러났는지, 적갈색 머리 소녀는 천진난만하게 왼쪽 팔을 들어 올리더니 똑바로 버드를 향해 겨누고 섰다. 소닉일 터였다. 배터리가 작동했다면 버드는 의심할 여지도 없이 진정파로 칭칭 싸였을 것이다. 그러나 그는 욕지기와 커져 가는 격분만을 느낄 수 있었다.

"알고 있습니다."

스트랙이 조용히 말했다.

"우리는 일이 다 끝났을 때, 이 우주선을 선장님께 돌려드릴 수 있게 해 달라고 요청드리는 겁니다."

버드는 스트랙에게 달려들었다. 그런 일을 하다니 냉철한 마음 한구석으로는 놀랐지만, 스트랙의 앙상하고 연약한 목을 두 손으로 꽉 조르고 싶은 마음이 더 컸다. 버드는 라스피아가 당황하여 자기 아래팔을 응시하는 것을 흘끗 보았다. 잠시 후 강철로 된 손이 버드의 발목을 감싸더니 홱 낚아챘다. 버드는 공중에 멈추었다.

손의 주인은 짐이었다. 휴게실을 캥거루처럼 뛰어 넘어왔던 것이다. 버드는 어깨 너머로 뒤를 보고는 신중하게 짐의 턱 밑을 발로 갈겼다. 짐은 놀란 데다 아픈 것처럼 보였다. 버드를 짜내듯 꽉 쥐었다!

"알겠어!"

버드가 꽥 소리쳤다. 그러고는 더 온화하게 말을 이었다.

"알겠다고. 사임하겠소."

자동의사는 부러진 발목뼈 두 군데를 고쳤고, 기묘한 물질을 시퍼렇게 멍든 아킬레스건 아래쪽 말단에 주입했다. 그리고 일주일 동안 침상에서 안정을 취하라고 지시했다.

스트랙의 계획은 이러했다. 그는 우주선이 지구를 향하도록 명령했다. 호건의 염소호가 여전히 광속에 가깝게 움직이고 있었기 때문에, 그래서 태양계를 잘 건너고 있었기에, 여정은 2주쯤 걸릴 예정이었다.

버드는 즐기기로 했다. 그는 몇 분씩 이어지던 걱정을 관둘 수 있었다. 피해가 막심했던 마지막 점프 이래 처음으로 말이다. 중압감도 사라졌다. 더 이상 그가 책임질 일이 없었다. 한술 더 떠 버드는 로디가 스트랙과 협력하도록 설득하기까지 했다. 로디는 반역자들과는 엮이지 않으려 했지만, 승객들이 그녀를 의지하고 있다고 버드가 설득했다. 직업적 자긍심이란 설득력이 강했다.

누워 지낸 지 한 주가 지나자 버드는 우주선의 상황이 어떤지 알아볼 요량으로 돌아다니기 시작했다. 다른 일은 거의 하지 않았다. 그는 새 선장의 일에는 개입하지 않기로 삐딱하게 마음을 먹었다.

한번은 라스피아가 홀에서 그를 멈춰 세운 일이 있었다.

"선장님, 저 선장님께 비밀을 털어놓기로 했어요. 저는 ARM이라고 하는 지구 중앙정부 경찰 소속입니다. 저희 측에서 전력으로 쫓고 있는 수배 중인 탑승자가 있어요."

ㄱ 말에 대해 버드가 잣다음 맞춰 주기도 전에 라스피아는 확실해 보이는 신분증을 내보였다.

"원더랜드 해방 공모단에 소속된 자입니다. 그래요, 여전히 존재합니다. 그가 호건의 염소호에 탑승했다는 증거 정황이 있긴 해도 확신하지 못하고 있었는데, 어떻게인지 저를 무장해제시킬 방법을 찾아냈더군요. 아직도 신원 파악은 하지 못했습니다. 누구든 이 범죄자일 수 있습니다. 심지어는……."

"자, 자."

버드가 그녀를 진정시켰다.

"내가 그랬습니다. 내 우주선에서 무기를 은닉해 다니는 사람이 없길 바랐어요."

라스피아의 목소리가 갈라졌다.

"멍청이 같으니! 그럼 이제 그를 어떻게 연행해 갑니까?"

"왜 그래야 합니까? 잡으면 누구한테 넘기려고요? 지금 상황에서 그가 무슨 해를 끼치겠습니까?"

"무슨 해를 끼치겠냐고? 그는 혁명론자라고요! 선동을 꾀하는 선동가라고!"

"암요. 그 친구는 지구 중앙정부의 폭정하에서 원더랜드를 해방시키고자 하는 뜨거운 열의가 있겠죠. 하지만 원더랜드고 중앙정부고 이젠 사라진 지 오래인 데다, 이 우주선에 지구인은 한 사람도 타지 않았습니다. 당신이 지구인이 아니라면 말입니다."

하릴없이 식식거리는 라스피아를 두고 버드는 떠났다.

나중에 그 일에 대해 생각해 보니 썩 재미있는 일은 아니었다. 많은 탑승객이 그런 식으로 이제는 의미가 사라진 명분에 매달리고 있을 터였다. 현재 닥친 현실을 마주하고 싶지 않아서. 그 방어 수단이 동이 나면 광란의 소동이 일어날 것을 짐작해 볼 수 있었다.

놀랍게도, 스트랙은 승무원들에게 질문하는 것을 빼면 누구에게도 말을 걸지 않았다. 스트랙에게 계획이 있다면 혼자만 알고 있는 셈이었다. 어쩌면 스트랙은 지구를, 노령으로 이제 죽고 없는 고대의 할머니 지구를 마지막으로 보고 싶었던 것인지도 모른다. 다른 승객들도 그렇게 느꼈다.

버드는 그렇지 않았다. 그와 로디가 지구를 마지막으로 본 것은 주관적 시간으로 12년 전, 염소호가 생명유지 장치 회춘술을 받고 있을 때였다. 두 사람은 리우데자네이루에서 환상적인 두 달을 보냈다. 여러 빛깔을 띤 인파가 하늘에 불만이라도 있는 비행체처럼 건물들 사이를 벌 떼같이 몰려다녔다.

한번은 렐레파l'elephant 원주민인 화염갈기인firemane을 둘이나 본 일도 있었다. 둘은 자신들보다 큰 인간들을 태연히 어깨로 밀며 길을 갔지만, 쌩하니 달려오는 차를 보고는 새끼 사슴처럼 뒷걸음질 쳤더랬다. 어쩌면 화염갈기인은 여전히 이 은하계의 자욱한 팔 언저리에 살고 있는지 모른다. 어쩌면 몰라볼 정도로 변해서 그렇지 인간들 역시 살고 있는지 모른다. 하지만 버드는 지구의 시체 같은 면모를 보고 싶지 않았다. 그는 기억을 그 모습 그대로 간직하는 편을 더 좋아했다.

그런 걸 물어본 사람은 없지만.

열흘째에 호건의 염소호는 방향을 전환했다. 버드는 호를 그리며 황폐한 소행성 도시를 가로지르는 구동장치 빔을 생각해 보았다. 맹렬하고 순수한 파괴 광선으로 전환된 뉴트로늄. 문명화된 우주에서는 방향만 전환하려 해도 브레인의 담당 부분이 계산하기까지 몇 초나 걸렸다. 구동장치 빔의 방향을 안전하게 유지하는 데만 말이다. 그 빛이 닿으면 뭐든 소멸해 버렸다. 그러나 이제는 지켜야 할 것이 아무것도 없었다.

우주선 시간으로 열닷새가 되던 아침에 지구는 드넓고 찬란한 초승달 모습으로, 태양을 향한 쪽의 바다가 전부 말라붙은 채 눈부시게 빛나고 있었다. 편광 유리 너머로 태양은 희끄무레한 초록빛을 뿜으며 으스스하게 빛나고 있었다. 버드와 로디가 아침을 다 먹어 가는 참에 스트랙이 단방향 투시문 바깥에 나타났다. 로디가 그를 불러들였다.

스트랙이 말했다.

"개인적으로 오는 게 나을 것 같아서 말이오. 한 시간 뒤에 승무원 휴게실에서 회의를 하기로 했소. 참석해 주시면 고맙겠소, 버드."

버드가 대답했다.

"안 가는 게 낫겠는데요. 아무튼 고맙습니다. 구운 비둘기 좀 드시겠습니까?"

스트랙이 정중히 거절하고는 떠났다. 참석해 달라고 두 번 말하지는 않았다.

"그냥 예의 차리는 게 아냐."

로디가 버드에게 말했다.

"당신이 필요한 거라고."

"실컷 고생해 보라지."

로디가 버드의 양쪽 귀를 살짝 잡아당겨 자신을 보게 했다. 버드가 한눈팔지 않고 집중하게끔 그녀가 개발한 방법이었다.

"여보쇼, 뾰로통하게 있을 때가 아냐. 나한테 뭐라고 했었는지 기억 안 나? 승객들한테 내 기술력이 필요하니까 저 강탈자하고 협력하라고 당신이 설득했었잖아. 저치들이 지금 이젠 당신 기술력이 필요하다고 얘길 하는 거야."

"젠장! 로디, 저놈들한테 내가 필요하다면 내가 여전히 선장이어야지!"

"당신이 승무원으로서 필요한 거야!"

입을 꽉 다물고 있는 버드는 고집스러워 보였다. 로디가 양쪽 귀를 살짝 토닥이다 놓아준 뒤 뒤로 물러났다.

"내가 하려던 말은 그거야. 잘 생각해 보시죠, 서방님."

여섯 사람이 테이블에 둘러앉았다. 버드를 비롯해 로디와 팔리스와 찬다도 있었다. 스트랙은 브레인 스크린 아래 선장석에 앉아 있었다. 여섯 번째 사람은 짐 파머였다.

"이제 우리가 뭘 해야 할지 알겠습니다."

스트랙이 말했다. 그의 타고난 품위에도 최근 들어 깊은 그늘이 생겼다. 우주선의 중력이 버겁기라도 한 듯 어깨가 축 처져 있는 데다, 홀쭉하고 검은 얼굴은 더 이상 미소를 짓지 못했지만.

"그렇지만 먼저 대안들을 검토해 보고 싶습니다. 그러기 위해서 제가 여러분께 개인적으로 각각 여쭈었던 질문들에 대한 대답을 같이 들어 주셨으면 합니다. 로디, 태양에 대해 말씀해 주시겠소?"

로디가 일어났다. 사람들이 무엇을 원하는지 정확히 알고 있는 듯했다.

"나이가 아주 많아요. 몹시 늙어서 거의 죽어 가고 있죠. 우리 점퍼가 엉뚱하게 되어 버리고 나서 태양은 주계열 시절을

다 보내 버린 듯해요. 적색거성이 되어서 터지기 전까지 한동안 더 뜨거워지고, 더 밝아지고, 더 커다래졌을 거예요. 그때 아마 수성이 사라졌을 거고요. 흡수되어서 말이죠."

그녀는 말을 이었다.

"그러고 나서 태양은 주계열 단계를 벗어났을 수도 있어요. 예컨대 신성이 되는 방식으로. 하지만 그랬다면 내행성이 남아 나지 않았겠죠. 그러니 태양은 압력을 유지하기 위해 연소시킬 연료가 바닥날 때까지 적색거성으로 머물렀고, 그 후에 구조가 붕괴됐다고 봐야 해요."

이야기는 이어졌다.

"태양은 백색왜성으로 줄어들었어요. 연료가 실질적으로 바닥났다고 해도, 빠져나가는 비방사열과 수축에서 발생하는 열, 게다가 내부에서 계속 진행 중인 융합반응으로 태양은 계속 빛을 냈고, 지금도 빛을 내고 있죠. 철을 태울 수는 없잖아요. 그렇게 해서 태양은 이제 녹백색의 왜성이 됐고, 계속해서 식어가고 있어요. 수백만 년 안에 불그스름한 왜성이 됐다가, 그 후엔 검게 변하겠죠."

"수백만 년밖에 안 남았소?"

"그래요, 스트랙. 고작 수백만 년."

"현재 방출되는 복사열은 얼마나 됩니까?"

로디는 생각해 보았다.

"우리 때랑 같은 수준이지만, 더 푸른빛이죠. 태양은 우리가 알던 것보다 훨씬 더 뜨겁지만, 그 광량이 더 작아진 표면적에서 방출되어야 한다는 게 달라요. 정확한 수치 필요해요?"

"괜찮소, 로디. 짐, 저런 항성을 두고 식용 개체를 기를 수 있습니까?"

특이한 질문이라고 버드는 생각했다. 소름 끼치는 의심과 맞서며 그는 더 꼿꼿이 앉았다.

짐은 아리송한 듯 보였지만 바로 대답했다.

"대기가 괜찮고 물이 충분하다면 물론 할 수 있수다. 식물은 자외선을 좋아하오. 동물은 햇볕에 화상을 입지 않게 보호가 필요할지도 모르겠지만."

스트랙이 끄덕였다.

"로디, 은하계의 상황은 어떻소?"

"엉망진창이죠."

그녀가 즉각 말했다.

"죽은 항성도 너무 많고, 남은 것들은 대부분 청백거성 아니면 백색거성이에요. 너무 뜨겁죠. 삶에 적합한 온도가 갖춰진 이 근방의 행성은 모두 가스거성이 된다고 장담해요. 어린 항성들은 모두 은하팔 끝에 있는데, 은하계가 돌면서 전부 흐트러졌죠. 구상성단 안에서도 어린 항성을 찾을 수는 있을 거예요. 더 얘기해 줘요?"

"거기까진 절대로 못 가."

버드가 말했다. 의심은 적중했다. 주황색 연기를 뿜고는 기다렸다. 스트랙더러 꿍꿍이를 실토할 거라면 해 보라는 듯.

"옳은 말씀이오. 찬다, 브레인은 어떻습니까?"

"아주아주 상태가 나빠요. 10년이 채 되기 전에 작동이 멈출지도 몰라요. 저렇게 손상되었으니 100년은 절대 못 버틸 거고."

그렇게 말하는 찬다 역시도 썩 상태가 좋아 보이지 않았다. 두 눈은 충혈되어 있었고, 그 밑은 검푸른 그림자가 져 있었다. 버드는 그녀가 체중이 좀 줄었다고 생각했다. 머리칼은 평소다운 손질이 되지 않고 있었다. 찬다는 자신에게 말하듯 말을 이었다.

"두 번 평범한 명령을 내렸는데 데이터 불충분 사인이 떴어. 아주 나쁜 일이야. 브레인이 자체 기억장치 내의 데이터를 불신하기 시작했다는 뜻이거든."

"그러면 대체 얼마나 나쁜 거요?"

"길이 일방통행으로 뻗어 있는데, 그 끝이 정신 말소인 거예요. 멈출 방법은 없고."

"고맙소, 찬다."

스트랙이 말을 끊은 것이지만 구겨진 품위 이면에는 굳은 결의가 있었고, 두려움도 있었다. 버드는 자신이 그 이유를 쥐고 있다고 생각했다.

"이제 다들 모든 걸 알게 됐구면."

그가 모두에게 말했다.

"하고 싶은 말 있는 사람?"

팔리스가 말했다.

"우리가 항성 사냥을 떠날 거라면 명왕성에서 멈추고 공기 비축분을 모아 둬야 해요. 몇십 년 정도는 손해가 생기겠죠."

"그렇군. 또 다른 건?"

누구도 대답하지 않았다. 스트랙은 깊이 숨을 들이마시더니 천천히 내쉬었다.

"뭐, 그건 그렇고. 근처 항성을 탐색하는 데엔 위험 요소가 너무 많소. 그러니 우리가 가진 걸로 승부를 봐야겠지. 찬다, 지구의 적도상 정오인 구역에서 가장 높은 평지대에 우리를 내려 달라고 브레인에게 명령해 주시오."

찬다는 움직이지 않았다. 누구도 움직이지 않았다.

"이럴 줄 알았지."

버드가 아주 조용히 말했다. 고요한 정적 속에 목소리가 울렸다. 승객 휴게실은 마치 박물관 전시회 같았다. 모두들 움직이기가 겁나는 것 같았다. 짐만 빼고. 조심스러운 침묵 속에서 그는 몸을 일으키고 있었다.

"이해를 못 했나, 스트랙?"

버드가 멈추었다가 설득적인 목소리를 내려고 노력했다.

"브레인은 자네가 우리 나머지보다 유용한 지식을 더 많이 알아서 책임을 맡긴 거야. 그러니 인류를 위한 새로운 보금자리를 찾아야지."

사람들은 제각기 다른 정도로 공포에 휩싸인 채 스트랙을 뚫어져라 보고 있었다. 짐만 빼고. 그는 다른 사람들이 마음을 정하기를 인내심 있게 기다리며 서 있었다.

"너는 포기하는 게 아니라 맘 편히 눈감을 보금자리로 우리를 데려가야 한다고!"

버드가 득달같이 달려들었다. 그러나 스트랙은 그를 무시하고 있었다. 스트랙은 분노와 경멸에 찬 눈길로 사람들을 노려보고 있었다.

보통 때는 북방인 정도로 하얀 팔리스의 낯빛이 달빛만큼 창백했다.

"스트랙, 지구는 죽었어요! 내버려둬요! 다른 세계를 찾을 수 있을 거……."

"머저리 장님들이 찡찡거릴 줄만 알고."

스트랙의 거침없는 말에 짐조차도 충격을 받은 듯했다.

"내가 향수병 따위로 우리 전부를 죽여 버릴 것 같소? 버드, 다들 모른다고 해도 당신은 잘 알 텐데. 모두가 당신만 믿고 있었잖소. 어른 스물일곱과 그들 사이에서 생겨날 아이들이, 어떻게 죽으면 될지 당신이 말해 주기만 기다렸다고. 그리고 반란이 일어났지. 이제 당신은 자유야! 이제 다들 나만 믿고 있다고!"

스트랙의 눈길은 버드를 떠나 충격을 받고 고요해진 승무원들로 향했다.

"손상된 기계뇌한테서 장님처럼 명령이나 받들고 앉은 머저리들. 들은 말은 전부 믿기나 하지. 로디!"

그가 매섭게 불렀다.

"'일면'이 무슨 뜻이오?"

로디가 불쑥 일어났다.

"한 천체가 주主천체 주위를 돌지 않는다는 뜻이오."

"그 행성에 면이 하나만 있다는 뜻은 아닙니까?"

"뭐……라고요?"

"지구에 뒤쪽이 있잖소."

"그야 그렇죠!"

"뒤쪽은 어떻게 보이겠소?"

"모르겠는데."

로디는 잠시 생각해 보았다.

"브레인이 알죠. 찬다한테 물어봤던 거 기억나죠? 브레인이 레이더로 지구 뒤쪽을 확인하게 해 달라고. 그랬더니 찬다가 브레인이 그 사진을 보여 주게 만들 수가 없다고 그랬잖아요. 빛이 없어서 망원경은 쓸 수 없어요. 적외선조차도 없다고. 끔찍하게 춥겠죠. 명왕성보다도 추울 거야."

"당신은 모르죠."

스트랙이 말했다.

"하지만 나 압니다, 착륙하겠소, 찬다?"

"뭘 안다는 건지 말하쇼."

짐 파머가 말했다.

"안 돼."

버드가 말했다.

그는 자기가 말하게 될 줄 모르고 있었다. 승객들이 스트랙에게 책임만 떠맡기고 그에 상응하는 권력은 주지 않았다는 것만 알고 있었다. 그럼에도 스트랙은 책임감을 느끼고 있었다. 굽은 어깨와 암담한 표정 속에, 고통스러운 심호흡 속에, 다른 누군가에게 이 골칫거리를 떠넘기려고 했던 일로 책임감을 느끼고 있었다.

스트랙은 왜 지구에 착륙하고자 하는 걸까? 버드는 알지 못했다. 하지만 스트랙은 자기가 무얼 하는지 똑똑히 알 것이다. 아니라면 움직이지조차 않았을 테니까!

누군가 그를 두둔해 줘야 했다.

"안 됩니다."

버드가 권위란 권위는 있는 대로 긁어모아 말을 했다.

"찬다, 우주선을 착륙시켜."

"안다는 거 말하라고."

짐이 재차 말했다. 그의 막강한 근력은 탁하고 위협적인 목소리를 보강하는 위력 그 자체였다.

짐은 곰곰이 생각해 보더니 문득 웃음을 터뜨리고는 자리에 앉았다. 찬다는 첨필을 집어 스피커에 대고 두드리기 시작했다.

호건의 염소호는 오랜 옛날 소행성이 충돌해 생긴 거대한 크레이터의 한가운데에 기우뚱하게 내려앉았다. 그곳에는 소행성 충돌의 흔적인 열기로 얼룩지고 너덜너덜한 구멍이 있어, 기다란 가시가 달려 있는 둥근 척추를 망쳐 놓았다. 돌덩이와 충돌하는 순간에 생긴 깊은 상처가 선체 3분의 2 정도를 따라 길게 이어져 있었다. 그리고 선미 쪽인 제동 척추 앞쪽으로, 폭발로 구부러진 금속판이 충격을 받아 뻥 뚫린 공간은 광자 구동장치가 빠져나가고 만 곳이었다.

맹렬하게 빛을 내는 자그마한 태양이 새카만 하늘에서 타들어 갔다.

착륙이 좋지 못했다. 시작부터 브레인이 선체 중력을 몇 분의 1초 느리게 조절하는 바람에 내려가는 동안 바닥이 메스껍게 튀어 올랐다. 게다가 크레이터로 떨어지고 있는 와중에 스트랙이 새로 추가 지시를 내렸다. 착륙 후 광자 구동장치에 접근이 가능하게 만들어야 했다. 찬다가 두드리기 시작했고……, 그렇게 배가 모로 뒤집혔던 것이다.

호건의 염소호는 모로 착륙하는 것에 전혀 대비되지 않은 우주선이었다. 대부분의 승객은 몸에 멍이 들었으며, 아브란은 팔이 부러졌다. 부스터피스가 없으므로 뼈는 천천히 나을 터였다.

한 주가 걸린 연마 작업은 거의 끝이 났다.

이제 서보 장치가 크레이터 지층으로 옮겨져 있었다. 버드가 보기에 활동 대부분은 우주선을 중심으로 돌아가는 듯 보였다. 은빛의 거대한 튜브는 지평선에서 위쪽으로 10도 지점을 대포처럼 겨누고 있었다. 구동장치 튜브는 크레이터 벽면에 기대어 세워졌고, 열에 용해된 흙더미의 산은 그 벽 낮은 쪽 끄트머리에 파묻혔다. 케이블과 연료 파이프가 벽 높은 쪽에 연결되었다.

"여보시오! 선장이오?"

버드가 주춤했다.

"크레이터 벽 꼭대기에 있습니다."

목소리만으로는 스트랙이 자신의 위치를 찾아낼 수 없을 거란 생각에 버드는 그렇게 말했다. 애매한 목소리는 스트랙이어야 했다. 우주복 무선통신 장치에 대고 소리를 치는 것은 스트 랙뿐일 테니.

"그리고 난 선장이 아닙니다."

스트랙은 버드 근처 아래에서 떠다니고 있었다.

"구경은 내가 할 줄 알았는데 말이오."

"좋아요. 여기 앉으시죠."

"버드라고 부르게 되다니 기분이 이상합니다그려."

스트랙이 말했다.

"그냥 '선장'이었는데 말이오."

"반란을 계획하더니 꼴좋구먼, 선장."

"내가 권력욕으로 고생하게 될 거라고 항상 생각했었지."

두 사람은 트랙터 탑재 로봇이 구동장치에 연결된 연료 파이 프에서 분리되었다가 뒤로 굴러가는 것을 지켜보았다. 잠시 뒤 엄청난 연기와 함께 불꽃이 파이프에서 터져 나왔다. 불꽃의 색 이 바뀌더니 몇 초 만에 수십 배는 더 격렬해졌다가 처음과 마 찬가지로 돌연 사라졌다. 로봇은 새하얀 열기가 파이프를 빠져 나가도록 기다렸다가 재연결을 위해 앞으로 굴러갔다.

버드가 물었다.

"왜 갑자기 이렇게 차분해진 겁니까?"

"내가 할 일이 다 끝나서."

스트랙은 도리를 다했다는 듯한 목소리로 말했다.

"이제 모든 것은 크답트의 무릎 위에."

"너무 극악한 도박을 하는 게 아닙니까?"

"오호, 내가 뭘 하려는 건지 추측해 보셨소?"

"비밀이 아니었길 바랍니다. 광자 구동장치를 저렇게 죄 펼쳐다 받쳐 놓은 채로 당신이 할 수 있는 일은 한 가지밖에 없죠. 지구를 돌리려는 거잖습니까."

"내가 왜?"

스트랙이 미끼를 던졌다.

"지구의 어두운 면에 있는 공기와 물이 얼어붙어 있길 바라고 있는 거겠죠. 확률이 아주 희박하지만 말이야. 왜 설명하지 않고 주저했습니까?"

"그런 식으로 말하면서 왜 투표에 부치지 않았냐고 했소? 버드, 당신이었다면 내가 한 일을 했겠소?"

"아뇨. 너무 위험부담이 크잖습니까."

"내가 이렇게 말한다고 쳐 봅시다. 공기와 물이 거기 있다는 걸 나는 안다고 말이오, 거기 있어야만 해. 어떤 모습일지도 말해 줄 수 있소. 어는점에 따라 층을 형성하면서, 얼음이 얇고 드넓게 덮여 있지. 가장 밑바닥에는 얼음, 그 위로 두꺼운 질소층을 통과해 이리저리 흘러 다니는 액체 헬륨 웅덩이 몇 개까지 쭉 이산화탄소. 일면의 세계에 기체 대기가 있을 거라곤 전혀 예상 못 했소? 밤 쪽에 전부 얼어붙어 있는 거요. 그래야만 해!"

"거기 있어요? 공기가 있다고? 전문가로서 하는 소립니까?"

"천체물리학자로서 하는 소리요. 저 뒤에는 얼어붙은 가스가 있소."

버드는 거대한 고양이처럼 몸을 쭉 늘였다. 자제할 수가 없었다. 눈알과 뺨 주변 근육이 이완되며 잘게 떨리는 것이 느껴질 정도였고, 입이 귀에 걸릴 듯 함박웃음이 피어났다.

"이거 웃기는 작자일세!"

그가 웃었다.

"왜 그렇게 말하질 않았어요?"

"내가 그걸 말했다면 어떻게 됐겠소?"

버드가 몸을 틀어 그를 바라봤다.

"아마 이런 것들 중에 몇 가지를 생각해 봤을 거요. 그 공기로 숨을 쉴 수 있을까? 몇십억 년이 지났잖아. 얼어붙기 전에 대기의 구성요소가 변했을지도 몰라. 요소가 태양이 적색거성인 시절에 너무 많이 증발해 우주 공간 속으로 사라졌을지도 모르고. 달이 구성요소를 걷어 내기에는 너무 멀어진 뒤로 심하게 많아졌을지도 모르지. 로디는 태양이 적당한 양의 열기를 방출하고 있다고 했지만, 그게 살 만한 기온에는 얼마나 근접한 걸까? 짐이 표토를 만들어 줄 수 있을까? 밤인 쪽에는 살아 있는 토양이 있을 거고, 얼어붙었을 뿐 살아 있는 박테리아도 들어 있을 법하지만, 가야만 한다 해도 거기까지 갈 수 있을까?"

스트랙은 말을 이었다.

"그리고 무엇보다도, 애초에 지구를 회전시킬 수는 있는 걸까? 구동장치에 그럴 동력이 있다는 건 알고 있소. 모르겠는 건 지구라오. 지구의 핵에 방사능이 남아 있을 리 없으니까, 이 행성은 중심부까지 전부 돌덩이인 거요. 그렇지만 돌덩이는 압력 속에서 뜬다오. 지진을 겪게 될 거요. 얼마나 끔찍할지는 크답

트만이 아시겠지. 뭐, 이럴진대. 버드, 당신이라면 이런 부담을
다 감수하고 말하시겠소?"

"빔을 날리는군요."

구동장치가 켜졌다.

유성을 막기에는 너무 희박했던 수소의 흔적이, 파괴 광선
속에서 희미하게 빛났다. 스포트라이트 조명 같은 빔이 정확히
동쪽을 향하여 뚜렷한 지평선 너머로 뻗어 나갔다. 그 빛에 닿
은 것이라면 뭐든 광자풍에 실려 불이 붙고 날아가 버릴 것이
다. 구동장치는 자신이 묻힌 용암 무덤 속으로 약간 더 파고들
었다.

지면이 흔들렸다. 버드는 비행 장치를 켰고, 스트랙이 그 뒤
를 쫓아 날아올랐다. 진동하는 지구 위에서 두 사람은 함께 떠
있었다. 다른 은빛의 점들도 평지 위로 떠올랐다.

우주 공간에서 구동장치는 무지막지한 중력을 100개가 넘게
생성해 낼 수 있었다. 하지만 여기서는……, 거의 아무것도 만
들 수 없었다. 거의.

작고 빠른 잔결이 동쪽 지평선에서부터 들이닥쳤다. 평행하
게 춤추는 먼지의 선들 형태로 크레이터 바닥을 건너가면서,
서로 점점 더 좁혀져 갔다. 둥글게 쌓아 올려진 오래된 벽에서
부터 바위가 우수수 쏟아졌다.

"나는 감수하지 않았을지도 모르겠습니다."

버드가 말했다.

"모르겠습니다."

"그게 바로 브레인이 나를 책임자로 임명한 이유겠지. 우리가 밤인 쪽을 지나갈 때 산소얼음 봤소? 너무 어두웠소? 이 얼어붙은 대기라는 게 당신에게는 순전히 상상일 뿐이지. 그렇지 않소?"

"전문가로서 한 말을 믿겠습니다."

"그럴 것 없소. 난 거기 있는 거 안다니까."

먼지의 선들이 흔들리는 땅 위로 춤을 추었다. 하지만 잔결은 더 사그라들었고 빈도도 더 낮아졌다.

"브레인은 손상됐었잖아요."

버드가 부드럽게 말했다.

"그렇소."

스트랙이 찡그린 채 오래된 크레이터를 내려다보며 말했다. 문득 조종간에 손을 대더니 하강했다.

"오시오, 버드. 며칠만 있으면 공기가 생길 거요. 바람과 비에 대비해야지요."

지옥에서 멈춰서다

1965년 발표. 1965년 네뷸러 상 베스트 단편 노미네이트.

1965년 발표. 1965년 네뷸러 상 베스트 단편 노미네이트.

바깥에서 열기가 맴도는 것이 느껴졌다. 선실 안은 환하고 건조한 데다 시원했는데, 한여름의 현대적 사무실 건물인 양 너무 시원하다 싶을 정도였다. 두 개의 작은 창 너머에는 태양계에서 제일 컴컴한 어둠이 있었고, 해저 90미터에 맞먹는 압력으로 납을 녹일 만큼 뜨거웠다.

"저기 해파리 지나간다."

단조로운 분위기를 깰 요량으로 내가 말했다.

"어떻게 요리할래?"

"모르겠어. 따라오라고 표시하는 건가 본데. 튀겨서? 에릭, 한번 상상해 봐. 튀긴 해파리."

에릭 도노반이 들으라는 듯 한숨을 쉬었다.

"굳이 그래야 할까?"

"해야 돼. 이 동네에서 해 볼 만하다 싶은 일은 그거뿐이거든. 이⋯⋯, 이⋯⋯."

수프? 안개? 끓고 있는 당밀?

"작열하는 흑색의 무풍지대."

"그래."

"내가 어렸을 적에 누군가 그런 구절을 생각해 냈지. 매리너 2호 탐사선* 소식 직후에 말이야. 무한하게 펼쳐진, 작열하는 흑색의 무풍지대. 대기가 너무 두꺼운 나머지 어떠한 빛도 실바람도 지면에 닿지 못한 채 가마처럼 뜨거운 곳."

몸이 떨렸다.

"지금 바깥 기온은 어떻게 돼?"

"모르는 게 좋을걸. 넌 항상 상상이 지나쳐, 하위."

"말해도 괜찮아요, 박사."

"322도."

"안 괜찮군요, 박사!"

이곳은 금성. 사랑의 여신의 이름을 딴 행성으로, 불과 두세 세기 전까지만 해도 SF 작가들이 가장 사랑했던 곳. 우리 우주선은 끈적한 공기로부터 32킬로미터 위 미동도 없는 지구발 금성행 수소 연료 탱크 아래 매달린 채였다. 거의 바닥난 탱크는 비행선의 기낭氣囊 역할을 톡톡히 해냈다. 내부와 외부 기압

---

* 미국 항공우주국의 매리너 계획의 금성 탐사선으로 1968년 8월 발사되어 12월에 금성 궤도에 도달했었다.

이 일치하는 한 우리를 계속 지탱해 줄 터였다. 수소 가스의 온도를 조절하여 탱크의 압력을 조정하는 것은 에릭의 일이었다. 우리는 480킬로미터 아래에서부터 16킬로미터 간격으로 대기 샘플을, 그보다 짧은 간격으로 기온 기록을 수집하고, 소형 탐사선도 내려보냈다. 지면에서 건진 데이터는 태양계에서 가장 뜨거운 이 세계에 관해 이미 알려진 지식을 재확인시켜 줄 뿐이었다.

"기온이 방금 막 323도까지 올랐어. 투덜거리는 건 다 했어, 하위?"

"당장은."

"좋아. 안전띠 매. 이륙한다."

"아, 참 근사한 날이야!"

좌석 위로 엉킨 아마포 안전띠를 풀기 시작했다.

"우리가 여기서 할 일은 다 끝냈어, 맞지?"

"내가 뭐라고 하기라도 했어? 자, 안전띠 맸잖아."

"그러네."

에릭이 떠나는 걸 왜 주저하는지 알았다. 나 스스로도 그런 마음이 좀 있었다. 이곳 금성에 오는 데만 4개월이 걸렸는데, 고작 한 주 행성 주변을 돌고, 채 이틀도 안 되는 시간을 상층 대기에서 보내다니 심각한 시간 낭비 같았다.

그렇긴 해도 너무 꾸물거렸다.

"왜 그러는데, 에릭?"

"모르는 게 좋을걸."

에릭은 진심이었다. 목소리가 기계적이고 비인간적으로 단조로웠다. 인간 감정을 나타내겠다고 '보철' 발성 장치에 더 노력을 들이지 않고 있었다. 에릭은 극심한 충격을 받았을 때만 그런 태도를 보였다.

내가 말했다.

"말해도 난 괜찮아."

"좋아. 램제트 엔진 제어 장치에 아무 감각이 없어. 방금 막 척추 마취를 받은 느낌이야."

선실의 한기가 몽땅 몸속에 흘러들었다.

"다른 경로로 모터에 자극을 전달할 수 있는지 해 봐. 감각은 없더라도 어림짐작으로 램제트를 돌릴 수는 있을 거야."

"알겠어."

찰나가 지나고 그가 말했다.

"안 되네. 아무 움직임도 없어. 그래도 좋은 생각이었어."

좌석에서 안전띠를 푸는 동안 이야기할 거리를 생각해 보려 했다. 튀어나온 말은 이랬다.

"너를 알고 지내서 즐거웠어, 에릭. 이 팀의 절반이 될 수 있어서 좋았고, 지금도 그래."

"감상 떠는 건 나중에 하지. 지금 당장은 내 부속품들을 좀 점검해 줘. 주의해서."

하려던 말을 집어삼키고 선실 앞쪽 벽에 있는 출입구를 열러 갔다. 발밑의 바닥이 굉장히 부드럽게 기우뚱거리고 있었다.

0.3제곱미터의 출입구 너머에는 에릭이 있었다. 에릭의 중앙

신경 체계가 말이다. 뇌는 꼭대기에 위치해 있고, 척수는 유리 및 스펀지 플라스틱으로 만들어진 케이스 속에 꼭 맞게끔 나선형으로 느슨히 감겨 있었다. 우주선 사방에서 뻗어 나온 수백 가닥의 전선이 그 유리벽에 이어져 있었고, 전선은 신경조직 및 지방질 보호막의 중앙 코일에서부터 전기 회로망처럼 퍼져 나오는 특정한 신경에 연결되어 있었다.

우주에선 어떤 불구자도 살아남지 못한다. 그리고 에릭을 불구자라고 부르지 말라. 좋아하지 않으니까. 어떻게 보면 그는 이상적인 우주인이었다. 에릭의 생명유지 장치는 내 장치의 반절 정도 무게이고, 공간은 12분의 1밖에 차지하지 않는다. 하지만 그 외의 보철 기구가 우주선 대부분을 차지한다. 램제트는 신경간의 마지막 쌍에 걸려 있었는데, 한때 다리를 움직였던 신경이었다. 그리고 그 다발 중 더 미세한 신경 수십 가닥이 연료 공급, 램 온도, 차동 가속도, 주입구 확장과 점화 파동을 감각하고 조정했다.

이런 연결부들은 멀쩡했다. 네 가지 방식으로 점검했지만 왜 작동이 중지된 것인지 원인은 전혀 찾지 못했다.

"다른 다발을 검사해 봐."

에릭이 말했다.

신경간의 모든 신경 연결부를 점검하는 데 두 시간이 족히 걸렸다. 모두 다 잘 이어져 있었다. 혈액 펌프는 쉭쉭 소리를 내며 이상 없이 작동했고, 혈액 상태도 아주 좋았기 때문에 영양이나 산소 부족으로 램 신경이 '잠에 빠진 것'은 아닐까 했던 발상은 기각되었다. 이 연구실 자체도 에릭의 보철 기구 중 하나인지라 에릭이 자기 혈당치를 분석하게 시켰다. '간'이 빈둥거리는 바람에 뭔가 다른 복합물을 생산하고 있길 바라면서. 결론은 끔찍했다. 에릭은 잘못된 곳이 한 군데도 없었다. 선실 안에서는.

"에릭, 넌 나보다 건강해."

"그런 것 같네. 걱정하는 얼굴인데, 네 탓이라고 생각 안 해. 이제 바깥으로 나가야 해."

"알아. 우주복 발굴하러 가자고."

우주복은 비상 장비 캐비닛에 들어 있었다. 사용 예정 자체가 없었던 금성용 우주복. NASA가 금성 지면상에서 쓸 용도로 제작한 것이었다. 그래 놓고, 행성에 대해 더 알아내기 전까지는 우주선이 32킬로미터 이하로 하강하지 못하게 했다. 우주복은 플레이트 갑옷처럼 조각조각 금속판이 이어진 것이었다. 칼텍*에 있는 열압함 안에서 테스트하는 것을 본 적이 있어서, 다섯 시간이 지나면 관절부가 움직이지 않게 되고, 재냉각되기 전까지는 다시 쓸 수 없다는 걸 알고 있었다. 나는 로커를 열고 우주복을 끄집어내 앞에 펼쳐 들었다. 얘도 나를 보고 있는 것 같았다.

"램제트에는 여전히 아무 감각이 없어?"

"조금도."

---

* Caltech: 캘리포니아 공과대학.

한 조각 한 조각 갑옷처럼 우주복을 정비하기 시작했다. 그러다 뭔가 생각이 났다.

"우리 32킬로미터 상공에 있는데, 내가 선체에 매달려서 균형 잡기를 해야 될까?"

"아니! 그런 건 상상도 안 했다. 그냥 내려가야 할 거야."

이륙 전까지는 탱크를 기낭으로 써서 쭉 떠 있을 예정이었다. 이륙할 때가 되면 에릭이 수소를 가열해 더 높은 압력을 얻은 뒤, 밸브를 약간만 열어 초과량을 빼내는 방식으로 더 떠오를 수 있었다. 물론 탱크 안의 압력이 더 높다는 것에 대단히 주의를 기울여야 했다. 까딱 잘못하면 금성의 공기가 밀려들어와 떠오르는 게 아니라 추락할 터였다. 당연하지만 그런 일이 일어나면 재앙이 될 것이다.

하여튼 에릭이 탱크의 온도를 낮춘 뒤 밸브를 살짝 열었고, 우리는 하강했다.

에릭이 말했다.

"당연하지만 난제가 있어."

"알아."

"우주선은 32킬로미터 위에서 압력을 견뎠지. 지면에서는 그보다 여섯 배가 높을 거야."

"알아."

우리는 빠르게 하강했다. 수직 안전판에 걸리는 항력으로 선실이 앞으로 쏠렸다. 온도는 점차 상승했다. 압력은 빠르게 높아졌다. 창가에 앉아도 새카만 색 외에는 아무것도 보이지 않았지만, 하여튼 거기 앉아서 창문에 금이 가기를 기다렸다. NASA는 우주선이 32킬로미터 이하로 하강하는 것을 허락하지 않았다…….

에릭이 말했다.

"내 생각으로는 기낭 탱크나 우주선은 괜찮아. 그런데 선실이 버틸 수 있을까?"

"나야 모르지."

"앞으로 16킬로미터."

이곳에서부터 800킬로미터 위, 도달할 수 없는 곳에는 귀환용으로 준비되었던 원자 이온 엔진이 있었다. 화학 로켓만 가지고는 거기까지 갈 수 없었다. 로켓은 공기가 희박해져 램제트 엔진을 쓸 수 없게 된 후에 쓰기 위한 용도였다.

"6킬로미터. 밸브를 다시 열어야 해."

우주선이 강하했다.

"지면이 보인다."

에릭이 말했다.

나는 보이지 않았다. 내가 눈을 부릅뜨고 있는 걸 알아채고 에릭이 말했다.

"관둬. 초자외선 쓰고 있는 건데, 세세한 건 짚이는 게 없어."

"기괴하고 무시무시하게 생긴 괴물들하고 식인 식물이 사는 광막하고 안개 자욱한 늪지대 같은 거 없어?"

"뜨거운 맨땅밖에는 안 보여."

우린 거의 다 내려온 상태였는데, 선실 벽에 금이 가진 않았다. 목과 어깨 근육이 늘어졌다. 창문에서 몸을 돌렸다. 유독하고 농후한 대기를 지나는 동안 몇 시간이 지나 있었다. 진즉에 우주복을 거의 다 착용한 상태였다. 이제 헬멧과 세 손가락 건틀릿을 고정했다.

"안전띠 매."

에릭이 말했다. 그렇게 했다.

우리는 부드럽게 충돌했다. 우주선은 한쪽으로 살짝 쏠렸다가, 그 반대쪽으로 기우뚱했다가, 다시금 부딪혔다. 그리고 한 번을 더. 이가 딱딱거렸고, 판갑옷에 싸인 몸이 안전띠에 둥글게 말렸다.

"젠장."

에릭이 씨불였다. 위에서 쉿 소리가 들렸다.

에릭이 말했다.

"어떻게 다시 일어날 수 있을지 모르겠군."

나 역시 그랬다. 우주선은 세게 충돌해 엎어진 채였다. 나는 일어나 에어로크로 걸어갔다.

"행운을 빌어. 너무 오래 나가 있지 마."

에릭이 말했다. 나는 에릭의 선실 카메라에 대고 손을 흔들었다. 바깥 온도는 387도였다.

외곽 출입문이 차례차례 열렸다. 우주복 냉각 유닛이 칭얼대듯 잉잉 소리를 내기 시작했다. 양손에 빈 양동이를 들고, 헤드램프가 칠흑 같은 어둠을 뚫고 길을 비추는 가운데 나는 우측 날개로 걸음을 내디뎠다.

우주복은 삐걱거리며 압력에 적응해 갔고, 나는 날개 위에 서서 그 과정이 끝나길 기다렸다. 거의 물속에 있는 것 같았다. 헤드램프의 광선은 끊긴 곳 없이 두껍게 뻗어 나갔지만 30미터도 꿰뚫지 못했다. 아무리 밀도가 높다 해도 공기가 이 정도로 불투명할 수는 없었다. 먼지나 어떤 유체의 미세한 물방울 같은 것으로 차 있는 게 분명했다.

날개는 칼날 달린 발판처럼 뒤로 뻗치며, 수직 안전판으로 펼쳐지는 쪽인 선미를 향해 넓어졌다. 두 개의 수직 안전판은 동체 뒤쪽에서 맞닿았다. 각 안전판 끝이 램제트였는데, 커다랗게 조각된 실린더에 원자력 엔진이 탑재되어 있었다. 아직 사용된 적이 없으니 뜨겁진 않겠지만, 하여튼 나한테는 측정기가 있었다.

날개에 줄을 묶고 지면으로 미끄러지듯 내려갔다. 기왕 여기까지 왔으니……. 지면은 불그스름한 흙이 바싹 말라 부슬부슬했고, 스펀지처럼 구멍이 많은 것으로 드러났다. 화학물질에 부식된 용암인가? 이 정도 압력과 온도에서는 거의 뭐든 부식될 것이다. 표면의 흙을 양동이 하나에 한껏 퍼 올리고, 다른 하나에는 그 아래의 흙을 퍼 담았다. 그러고는 줄을 타고 올라가 양동이 둘을 날개 위에 두었다.

날개는 극심하게 미끄러웠다. 위에 서 있기 위해서는 자성

샌들을 신어야 했다. 나는 올라가 평소처럼 점검을 하며 선체 60미터를 따라 걸어 돌아갔다. 날개와 동체에서는 손상이 보이지 않았다. 왜지? 유성 같은 게 충돌해서 램제트 내부 센서와 에릭의 접촉을 끊어 버렸다면, 기체 표면에 파손의 징후가 있어야 했다.

그러다 불현듯 다른 가능성이 있다는 것을 깨달았다. 말로 옮기기엔 아직 너무 막연한 의심일 뿐이었다. 아직 점검할 사항이 남아 있었다. 내 생각이 맞는다면 에릭한테 말하는 것은 무지하게 어려울 터였다.

우주선은 재진입 시 발생하는 고열에서 보호되게끔 네 개의 점검 패널이 날개에 박혀 있었다. 하나는 기낭 탱크 바닥 아래, 동체 중간보다 뒤쪽에 있었는데, 동체에 주조되어서 앞쪽에서 보면 배가 돌고래처럼 보였다. 다른 둘은 수직 안전판 후단에 있었고, 네 번째는 램제트 자체에 박혀 있었다. 우주선 전력 시스템 접합점에 박힌 나사들을 전동 스크루드라이버로 풀어 모든 패널을 열었다.

어느 패널이나 모든 부품이 제자리에 있었다. 접속을 잇거나 끊어 보면서 에릭의 반응을 살펴본 결과 그의 감각이 두 번째와 세 번째 점검 패널 사이 어딘가에서 끊겼다는 것을 알아냈다. 왼쪽 날개의 같은 층이었다. 외부 손상은 없고, 접합점에도 문제가 없었다. 지면으로 다시 내려와, 헤드램프를 위로 젖힌 채 양쪽 날개 폭 아래를 천천히 걸어갔다. 아랫부분에도 손상은 없었다.

양동이를 집어 들고 선실 안으로 들어갔다.

"따질 게 있다고?"

에릭은 어리둥절해했다.

"지금은 말씨름하기에 적당한 때가 아닌 것 같은데. 귀항할 때를 위해 아껴 둬. 네 달 동안 그거 말곤 달리 할 일도 없을 테니까."

"미룰 수 없는 문제야. 제일 먼저, 너 혹시 나는 모르는 일을 알아낸 것 있어?"

에릭은 내 헬멧 안 관찰기로 내가 보는 것과 하는 일을 전부 지켜보고 있었다.

"아니. 그랬다면 소리를 쳤겠지."

"알겠어. 이제 들어 봐. 파손된 회로는 내부에 있는 게 아냐. 왜냐하면 두 번째 날개 점검 패널까지는 감각을 받고 있으니까. 외부에 있는 것도 아닌데, 왜냐하면 부식된 얼룩은커녕 손상된 흔적조차 없으니까. 그렇다면 문제가 생길 곳은 한 군데밖에 남지 않지."

"계속해."

"또 한 가지, 어쩌다 양쪽 램 모두에 마비가 왔는지도 수수께끼였지. 왜 양쪽이 동시에 잘못되어야 했을까? 회로들이 결합하는 곳은 우주선에 딱 한 군데 있지."

"뭐? 아, 그래! 알겠다. 날 통해서 결합하지."

"네가 바로 결함이 생긴 곳이라고 한번 가정해 보자고. 넌 기계 부품이 아니지, 에릭. 너한테 문제가 생겼다면 의학적인 건 아니다, 그게 우리가 처음 깔고 갔던 가정이잖아. 그치만 심리적인 문제일 수도 있어."

"날 인간으로 생각해 주니 참 고맙네. 그래서 내가 캠을 빠뜨렸다 이건가?"

"좀 그렇지. 내 생각으로는 방아쇠 무감각증이라고 불리던 병증 같아. 살상에 너무 많이 참여한 군인에게서 주로 발병하는데, 오른쪽 검지, 심하면 양손 모두가 자기 신체 일부가 아닌 양 때때로 무감각해지는 증상이야. 네가 기계가 아니라는 그 말이 중요해, 에릭. 그게 이 모든 사달을 만든 것 같아. 너는 이 우주선의 어느 부분도 너 자신의 일부라고 받아들인 적이 없잖아. 아주 현명한 일이지. 사실이니까 말이야. 우주선이 재구축될 때마다 너는 새 부품을 얻는 거고, 모델의 변경을 절단 수술처럼 생각하는 일은 피하는 게 맞지."

나는 이 연설을 계속 연습해 뒀다. 나를 믿는 것 외엔 다른 방도가 없다고 받아들이게끔 심혈을 기울이면서. 좀 사기꾼처럼 들렸겠다고 지금은 생각한다.

"그치만 이제 너무 멀리 온 거야. 무의식적으로 너는 램제트 두 쪽이 네 일부처럼 느껴질 수 있다는 믿음을 저버린 거지. 그렇게 느껴지도록 설계된 건데도 말이야. 그렇게 해서, 너는 아무것도 느껴지지 않는다고 스스로를 설득하게 된 거라고."

나는 그렇게 준비된 연설을 마쳤다. 할 말을 다 한 것이다. 그러고는 뒤따를 폭발을 잠자코 기다렸다.

"아주 그럴싸해."

에릭이 말했다.

나는 깜짝 놀랐다.

"동의하는 거야?"

"그렇게는 말하지 않았어. 언뜻 아주 명쾌한 듯한 이론을 제시하긴 했지만, 시간을 들여 좀 생각해 보고 싶네. 만약 그게 사실이면, 우린 뭘 해야 하지?"

"글쎄……, 모르겠는데. 네가 자가 치유해야겠지, 뭐."

"좋아. 내 생각은 이래. 우리를 고향에 무사히 귀환시켜야 하는 스스로의 책임을 덜려고 네가 이 이론을 생각해 낸 것이지. 모든 문제를 내게 떠넘기는 거잖아. 비유적으로 말하자면."

"아니, 도대체……."

"입 다물어. 네가 틀렸다고는 말 안 했어. 네 주장은 애드 호미넴*이라고 할 수 있지. 우린 이 문제에 대해 생각할 시간이 필요해."

네 시간 뒤, 에릭이 이야기를 재개하기 전에 소등이 되었다.

"하위, 부탁 좀 하지. 잠깐만, 뭔가 기술적인 게 이 모든 문제를 일으킨다고 가정해 봐. 나는 심신의 문제라고 가정해 보지."

"합리적인 것 같네."

"합리적이고말고. 내가 심신 질환이라면 넌 뭘 할 수 있겠어? 기술적인 문제면 나는 뭘 할 수 있고? 나는 나 스스로를 점

---

* ad hominem: 이해에 호소하는 오류.

검하며 돌아다닐 수 없어. 우리가 각각 아는 바에 집중하는 게 나을 거야."

"그렇게 하지."

에릭을 재우려고 끄고 나도 침대로 갔다.

자러 간 것은 아니었다.

불이 꺼져 있으니 바깥과 똑같았다. 불을 도로 켰다. 에릭을 깨우진 않을 것이다.

에릭의 혈액은 피로로 인한 독성 물질을 축적하지 않기 때문에 에릭이 자는 방식은 일반적이지 않았다. 게다가 러시아 수면 유도판이 자기 피질 근처에 없으면 에릭은 줄곧 깨어 있게 되어서 미쳐 버릴 터였다. 수면 유도판이 켜져 있는 동안은 우주선이 내파되어도 에릭은 깨어나지 않을 것이다. 그렇긴 해도 어둠을 무서워한다는 게 바보같이 느껴졌다.

어둠이 바깥에 머무르는 동안은 모두 괜찮았다.

그러나 그곳에 머물러 있지만은 않을 것이다. 파트너의 정신을 침공했지 않은가. 에릭이 받는 화학적 검사가 정신분열증과 같은 화학적 광기를 막기 때문에, 다들 그의 정신이 영구적으로 온전하리라 생각했던 것이다. 그러나 어떤 보철 장치가 자기 자신의 상상력을, 제자리를 벗어난 자기 자신의 상식을 막을 수 있겠는가.

에릭과의 약속을 지킬 수 없었다. 나는 내 말이 옳다는 걸 안다. 그렇지만 여기서 내가 뭘 할 수 있을까?

뒤늦게 찾아오는 지혜란 얼마나 아름다운가. 덕분에 우리가 무슨 실수를 했는지 정확히 알게 됐다. 에릭과, 나와, 추돌 사고 후 에릭의 생명유지 장치를 만든 수백 명의 실수를 말이다. 그때 온전한 중추신경계를 빼면 에릭은 남아 있질 않았고, 뇌하수체를 제외한 분비기관도 그랬다.

'혈액 성분을 조정할 것입니다.'

사람들은 그렇게 말했다.

'그러면 언제나 냉철하고 차분하며 침착하게 될 것입니다. 에릭에게서 공황 반응이란 없을 것입니다!'

알고 지내던 여자가 있었는데, 걔네 아버지가 마흔다섯이었나 했을 즈음에 사고를 당했더랬다. 그분은 자기 형, 그러니까 그 여자의 삼촌과 함께 낚시 여행을 떠난 참이었다. 집으로 돌아올 때는 고주망태로 취한 채였고, 형이 운전하는 동안 그 사람은 보닛 위에 타고 있었다. 그러다 그 형이 급정차를 한 것이다. 그 바람에 우리 영감님은 중요한 분비기관 두 개를 보닛에 부착되어 있던 돌출형 엠블럼에 뜯기고 말았다.

그 사람의 성생활에서 변한 것은 아내가 고령 임신 걱정을 그만두었다는 것 하나뿐이었다. 그의 성벽은 무척이나 더 개선되었던 것이다.

에릭은 부신 호르몬이 없어서 죽음을 두려워하지도 않았다. 에릭의 감정 패턴은 그가 레이더 없이 월선 착륙을 시도하기 한참 전부터 고정되어 있었다. 램제트 연결에 발생한 문제가 뭐였든지 간에 내가 고쳐 냈다는 것을 믿기 위해 에릭은 어떤 구실에라도 매달릴 터였다.

그렇지만 그걸 내가 해내길 기대하고 있지.

대기가 창가를 내리눌렀다. 내키진 않았지만, 손끝으로 창을 만져 보고 싶어 팔을 뻗었다. 압력이 느껴지지 않았다. 거기 있긴 했다. 조수의 흐름이 바위를 부수어 모래알로 만드는 일처럼 불가피하게. 선실이 얼마나 오래 버틸 수 있을까?

우리가 여기에 발이 묶인 것이 우주선의 어떤 망가진 부품 탓이라면, 어떻게 그걸 못 보고 지나칠 수가 있었단 말인가. 아마도 양쪽 날개 표면에 파손된 흔적을 남기지 않았겠지. 하지만 어떻게?

그게 관점이었다.

담배 두 대를 피우고서 표본 양동이를 챙기러 일어났다. 외계의 토양은 안전히 저장고에 옮겨져 양동이는 둘 다 비어 있었다. 양동이에 물을 채워 냉각기 안에 넣고, 냉각기를 절대온도 10켈빈로 맞춘 뒤 불을 끄고 잠자리에 들었다.

아침은 흡연자의 폐 속보다 시커먼 색이었다. 반듯하게 누워 사색하다 나는 결론을 내렸다. 금성에게 정말 필요한 건, 자기 대기의 99퍼센트를 소실하는 일이라고. 그렇게 되면 지구의 절반 조금 넘는 공기가 생길 거고, 그러면 살기 적합한 온도가 될 만큼 온실효과를 낮출 수 있을 것이다. 몇 주간 금성의 중력을 0에 가깝게 떨어뜨리면 절차는 알아서 진행될 터였다.

우리가 반중력을 찾아내기만을, 개떡 같은 온 우주가 기다리고 있었다.

"좋은 아침."

에릭이 말했다.

"뭔가 생각해 봤어?"

"응."

나는 침대에서 굴러 내려왔다.

"이제 성가시게 질문하지 마. 하면서 다 설명해 줄 테니까."

"아침밥은?"

"아직."

아서왕의 기사처럼 우주복을 하나하나 착용하고 건틀릿을 끼자마자 양동이를 가지러 갔다. 꽝꽝 언 냉각기 안의 얼음은 말 그대로 차디찼다. 아마도 절대영도에 근접해 있는 듯했다.

"이건 평범한 얼음 두 양동이야."

나는 통을 들어 올리며 말했다.

"이제 내보내 줘."

"네가 말할 때까지 여기 그대로 두려고 했는데."

에릭이 투덜거렸다. 그러나 출입구가 열렸고 나는 나가서 날개 위로 향했다. 2번 우측 패널의 나사를 풀면서 입을 열었다.

"에릭, 사람을 생명유지 장치로 들여보내기 전에 유인우주선에서 했던 테스트들 생각해 봐. 모든 부분을 각각 따로 테스트하고, 다시 서로 붙여서 테스트하고 그랬잖아. 그랬는데도 뭔가 작동을 안 하고 있다면, 그게 손상됐거나 테스트가 제대로되지 않은 거지. 그렇지?"

"타당하군."

에릭은 뭐든 바로 수긍하는 일이 없었다.

"뭐, 손상을 일으킨 건 아무것도 없어. 우주선 표면에 흠집도 없을뿐더러, 램제트가 동시에 둘 다 맛이 가 버리는 건 우연히 일어날 일이 아냐. 제대로 테스트가 안 된 게 있는 거지."

나는 패널을 떼어 냈다. 유리 양동이 안쪽 면과 닿은 곳에서 얼음이 조용히 끓고 있었다. 푸른 얼음 덩어리들은 내압으로 저 혼자 쪼개졌다. 양동이 하나를 배선과 접점이 빼곡한 계전기의 미로에 쏟아붓자, 얼음이 잘게 부서지면서 패널을 닫을 공간이 생겼다.

"그래서 어젯밤에 한 가지 생각해 냈거든. 테스트되지 않은 것 말이야. 우주선의 모든 부품은 인공 금성 환경에 노출된 열압함 속을 반드시 거쳐야 했지만, 전체로서의, 개체로서의 우주선은 그럴 수 없었지. 너무 크니까."

나는 왼쪽 날개로 빙 돌아갔고, 날개 뒷전에 든 3번 패널을 열었다. 남은 얼음은 물 반 살얼음 반이었다. 철벅철벅 부어 넣고 패널을 조였다.

"네 회로를 끊은 건 분명 열 아니면 압력, 아니면 둘 다야. 압력은 나도 어쩔 수 없지만, 이 계전기들을 얼음으로 식히고 있어. 어느 쪽 램제트에서 먼저 감각이 돌아오는지 알려 주면, 어느 점검 패널이 맞는 건지 알게 되겠지."

"하위, 찬물을 부으면 그 뜨거운 금속이 어떻게 될지 생각은 해 봤나?"

"금이 갈 수 있지. 그럼 넌 램제트의 모든 통제력을 잃게 되는데, 당장 그게 문제였잖아."

"음, 그건 네 관점이지, 파트너. 아무튼 난 여전히 아무것도 안 느껴져."

나는 에어로크로 돌아갔다. 빈 양동이를 앞뒤로 흔들면서, 양동이가 녹을 만큼 뜨거워졌을까 생각해 보았다. 그럴 수도 있었지만, 그렇게 오래 나가 있던 건 아니었다. 우주복을 벗고 양동이를 다시 채우는데 에릭이 말했다.

"오른쪽 램제트가 느껴져."

"얼마나 넓게? 전면 통제 가능한 정도야?"

"아니, 온도는 느껴지지 않아. 오, 돌아오네. 우린 이제 준비 완료야, 하위."

진심으로 안도의 한숨이 나왔다.

양동이에 물을 채워 다시 냉각기에 넣었다. 계전기가 차가운 상태로 이륙하고 싶은 마음만큼은 우리 둘 다 확고했다. 양동이가 냉각기에 들어간 지 20분쯤 지났을 때 에릭이 보고했다.

"감각이 사라져 가."

"뭐?"

"감각이 사라져 간다고. 온도감도 없어지고 있고, 연료 공급 통제도 어려워지고 있어. 차가운 게 그리 오래 지속되지 않는군."

"말이 심하네! 이젠 또 뭐야?"

"말하기 참 싫은데. 너 혼자 알아내게 두는 게 차라리 낫겠다 싶을 정도야."

그리고 알게 됐다. 이대로면 추락해 죽는다! 내가 말했다.

"기낭 탱크를 이용해서 최대한 높이 올라간 다음, 내가 양손에 얼음 양동이를 들고 날개로 나갈 테니……."

압력을 맞추기 위해 기낭 탱크 온도를 거의 800도까지 올려야 했지만, 그러고 나니 상태가 괜찮은 속도로 올라갔다. 25킬로미터까지 세 시간이 걸렸다.

에릭이 말했다.

"이게 최대 높이야. 준비됐어?"

나는 얼음을 가지러 갔다. 에릭은 날 볼 수 있었기에, 대답을 들을 필요가 없었다. 에릭이 에어로크를 열어 주었다.

두려웠는지도 모른다. 아니면 공황에 빠졌든지. 그것도 아니면 결의에 차서. 그것마저도 아니면 자기희생의 정신으로……. 그러나 밖에는 아무것도 없었다. 낡고 지친 좀비 같은 기분에 빠졌다.

자석은 아주 짱짱했다. 얕은 타르를 헤치며 걷는 듯한 느낌이 들었다. 대기는 저 아래에서처럼 묵직하진 않았지만 두꺼웠다. 헤드램프의 빛을 따라 2번 패널을 찾아갔다. 그러고는 패널을 연 뒤 얼음을 붓고는 양동이를 높고도 멀리 던졌다. 얼음은 한 덩이였다. 패널을 닫을 수가 없었다. 열린 채로 놔두고 서둘러 반대쪽 날개로 갔다. 두 번째 통은 터진 얼음 알갱이로 채워져 있었다. 철벅철벅 붓고서 2번 좌측 패널을 잠그고는 양손을 다 비운 채로 돌아왔다. 여전히 사방은 연옥처럼 보였지만 헤드램프가 어둠을 뚫고 빛의 터널을 낸 곳은 예외였다. 그리고……, 두 발이 뜨거워지고 있었다. 물이 끓고 있는 오른쪽 패널을 닫고 선체를 따라 옆걸음질을 쳐 에어로크 안으로 들어갔다.

에릭이 말했다.

"들어와서 안전띠 매. 빨리!"

"먼저 우주복부터 벗어야 해."

반동으로 손이 떨리기 시작했다. 죔쇠를 다룰 수가 없었다.

"하지 마. 지금 당장 준비하면 집으로 돌아갈 수도 있어. 우주복 놔두고 들어와."

그렇게 했다. 안전띠를 꽉 매자 램제트가 굉음을 냈다. 우주선은 약간 떨리더니, 우리가 기낭 탱크 아래에서 강하하자 앞으로 밀려 나갔다. 램제트가 기동 속력에 도달하면서 압력이 증가했다. 에릭은 가진 전부를 쏟고 있었다. 금속 우주복을 두르고 있지 않았어도 불편했을 것이다. 우주복을 입은 채로는 고문이었다. 우주복에서 좌석으로 불이 붙었지만 그것을 말하기엔 숨이 가빴다. 우린 거의 수직으로 상승하고 있었다.

20분을 보냈을 때 우주선이 전류 자극을 받은 개구리처럼 경련을 일으켰다.

"램제트가 나갔어."

에릭이 차분히 말했다.

"다른 쪽 쓸게."

죽은 쪽을 떨어뜨려 버릴 때 한 번 더 요동이 있었다. 우주선은 부상당한 펭귄처럼 비행했지만 여전히 가속 중이긴 했다.

1분……, 2분…….

두 번째 램제트도 꺼졌다. 우린 마치 당밀에 빠진 듯했다. 에릭이 램제트를 날려 버렸고, 압력은 사그라졌다. 그제야 말을 할 수 있었다.

"에릭."

"왜?"

"여기 구워 먹을 마시멜로 좀 있어?"

"뭐라고? 아, 불이 붙었군. 우주복이 불편해?"

"당연하지."

"잘 견뎌 봐. 연기는 나중에 내보낼 거야. 이런저런 거 써서 그 관성으로 올라가 볼 건데, 로켓 쓸 때는 아주 살벌할 거야. 무자비하게."

"할 수 있을까?"

"그럴 것 같아. 얼마 안 남았을 거야."

안심이 먼저 찾아왔다. 얼음장처럼 차갑게. 그다음은 뜨거운 분노였다.

내가 물었다.

"이해 불능의 마비는 이제 사라졌고?"

"응. 왜?"

"낌새가 도로 나타나면 꼭 나한테 말해 줄 거지?"

"뭔가 말하고 싶은 게 있는 거야?"

"넘어가."

더는 화가 나지 않았다.

"그럴 수야 있나. 기계적인 결함이 문제였다는 걸 넌 똑똑히 잘 알고 있었어. 혼자서 고쳐 냈잖아!"

"아니지. 내가 고친 게 분명하다고 믿게 만든 거지. 넌 램이 다시 작동해야만 한다고 믿으면 됐던 거야. 이 몸이 기적의 의술을 행한 거지. 에릭, 집으로 돌아가는 동안 새로운 플라세보를 계속 꾸며내지 않아도 되면 좋겠어."

"그렇게 생각했다면서, 25킬로미터 상공에서 날개 위로 나갔다?"

에릭의 기계가 콧방귀를 뀌었다.

"머리가 필요한 일에 배짱 한번 두둑했네. 땅꼬마가 말이야."

대답하지 않았다.

"문제는 기계 결함이었다에 5,000달러. 착륙해서 정비공들이 결정하게 하는 거야."

"그러자고."

"로켓 들어간다. 5, 4, 3, 2, 1……."

로켓이 기동하여 나를 금속 우주복 속으로 내리눌렀다. 검댕 섞인 불꽃이 귓가를 스쳐 지나가 글을 적듯 녹색의 금속 천장을 검게 그을렸지만, 눈앞의 장밋빛 아지랑이는 불이 아니었다.

두꺼운 안경을 쓴 남자가 금성 우주선의 다이어그램을 펼치고는 날개의 뒷전을 뭉툭한 손가락으로 쿡 찔렀다.

"바로 이 부근에서 외부 압력이 배선 통신로를 압축시켰습니다. 와이어가 구부러질 공간이 없을 정도로 약간만. 그래서 뻣뻣한 양 행동해야 했던 거죠. 보이시죠? 그러다 열 때문에 금속이 팽창하자 이 접점들이 서로 밀어낸 겁니다."

"양쪽 날개는 똑같이 설계되어 있었겠죠?"

남자는 이상하다는 듯 나를 보았다.

"그야 당연하지요."

나는 5,000달러짜리 수표를 에릭의 우편 더미에 남겨 두고 브라질리아로 가는 비행기에 올라탔다. 에릭이 날 어떻게 찾아냈는지 아마 절대 알지 못하겠지만, 오늘 아침 전보가 도착했다.

하위, 돌아와. 모두 용서했다. ― 도노반의 뇌

그래야 할 것 같다.

절
정
의

죽
음

1969년 발표.

먼저 사생활 침해 허가를 위한 관례적인 요청이 보내졌다. 경관이 세부 사항을 받아 적어 서기에게 넘겼고, 서기는 그 테이프가 적합한 판사에게 도착하도록 조치했다. 판사는 내키지 않아 했다. 180억 명이 사는 세계에서 사생활이란 귀중한 것이었기 때문이다. 그러나 끝내 기각할 이유를 찾아내지 못했다. 2123년 11월 2일, 판사는 허가 요청을 승인했다.

세입자의 방세는 2주 치가 밀려 있었다. 모니카 아파트 관리인이 퇴거를 요청했다면 퇴짜를 맞았을 것이다. 그런데 오웬 제니슨은 초인종을 눌러도 인터폰을 걸어도 응답이 없었다. 몇 주째 그를 봤다는 사람 하나 없었다. 오웬이 무사한지는 관리인만이 염려한 게 분명했다.

그렇게 해서 경찰은 1809호의 세입자를 찾아냈다.

경찰은 그의 지갑을 들여다보고는 내게 전화를 걸었다.

나는 ARM* 본부 내 자리에 있었다. 지금이 점심시간이었으면 하고 생각하면서, 쓸데없는 문서나 작성하면서.

그 무렵 로렌 건은 타 범죄 연관으로 보류 상태였다. 그 건에는 장기 밀매 갱단이 연루되어 있었다. 한 사람이 이끄는 게 확실하지만, 북미 서부 해안의 반을 장악할 정도로 큰 조직이었다. 우리는 갱단에 대한 데이터를 상당량 확보하고 있었다. 작전 방식이라든지, 활동 거점, 몇 명의 과거 구매자 명단, 하물며 미심쩍은 이름 한 줌까지. 그러나 작전 개시의 구실이 될 만한 게 없었다. 그러니 이제는 컴퓨터에 집어넣은 자료를 떠맡기거나, 보스인 로렌의 공범 용의자 몇 사람을 감시하거나, 조용히 휴식 시간을 기다리는 것밖엔 할 일이 없었다.

몇 달째 대기 상태만 이어지니 열의는 식어 가고 있었다.

전화가 울렸다.

펜을 내려놓고 말했다.

"길 해밀턴입니다."

자그마한 검은 얼굴이 부드러운 검은 눈으로 나를 바라보았다.

— 로스앤젤레스 경찰 소속 훌리오 오다즈 형사입니다. 오웬 제니슨의 친척 되십니까?

---

* 지역 시민군 연합(Amalgamated Regional Militia)의 약자. 창립 초기에는 무기가 될 수 있는 신기술을 통제하기 위해 활동했다. 현재는 UN 산하 경찰 조직이다.

"오웬? 아뇨, 친척은 아닙니다. 오웬에게 무슨 일이 생겼습니까?"

— 알기는 하시는군요.

"알다마다요. 오웬이 지구에 와 있습니까?"

— 그런 것처럼 보입니다.

오다즈에게 특이한 억양은 없었지만 말할 때 구어체를 쓰지 않아서 어딘가 외국인이 얘기하는 것같이 들렸다.

— 확실한 신원 확인이 필요해서요, 해밀턴 씨. 제니슨 씨의 신분증에 귀하가 가장 가까운 친척으로 기재되어 있습니다.

"희한한 일이군요. 저는……. 잠깐만요. 오웬이 죽었습니까?"

— 누군가가 죽었습니다, 해밀턴 씨. 지갑에 제니슨 씨의 신분증을 소지하고 있고요.

"알겠습니다. 그런데 오웬 제니슨은 소행성대 시민입니다. 세계 간의 분라이 개입된 문제일 수도 있어요. 그렇다면 사건은 ARM 소관이 되고요. 시체는 어디 있습니까?"

— 본인 명의로 빌린 아파트에서 찾았습니다. 로스앤젤레스 하부, 모니카 아파트 1809호입니다.

"알겠습니다. 아직 건드리지 않은 건 그대로 놔두십시오. 바로 갈 테니까."

모니카 아파트는 특징이라곤 없는 콘크리트 블록으로 정사각형 토대의 둘레가 300미터나 되는 80층짜리 건물이었다. 세입자가 떨어뜨린 물건에 행인이 맞는 사고를 막아 줄 장식턱에서 12미터 위로 작은 발코니가 줄줄이 붙어 있는 벽면은 조각 같은 면모를 풍겼다. 공중에서 로스앤젤레스 하부를 내려다보면 이 아파트와 똑같이 생긴 건물 수백 채로 올록볼록한 풍경이었다.

개성 없이 현대식으로 마감된 아파트 로비엔 쇠와 플라스틱 소재가 유독 많이 보였다. 팔걸이가 없는 가볍고 편안한 의자들과 큼직한 재떨이들, 거기에 수많은 간접조명과 낮은 천장. 공간 낭비란 없었다. 이 로비 전체가 금형 틀로 찍어낸 것일 수도 있다. 의도한 건 아니었을 텐데 비좁아 보였다. 다른 방들은 어떨지 짐작이 갔다. 세제곱센티미터 단위로 임대료를 내야겠지.

관리 사무소를 찾았고, 관리인도 찾아냈다. 촉촉한 푸른 눈에 시선이 가는 부드러운 인상의 남자였다. 진홍색의 수수한 종이 정장은 눈에 띄지 않으려고 고른 듯했고, 긴 갈색 머리를 빠짐없이 뒤로 빗어 넘긴 머리 스타일도 마찬가지였다.

"이곳에서 이런 일은 한 번도 없었어요."

엘리베이터가 늘어선 통로로 안내해 주며 관리인이 털어놓았다.

"한 번도요. 고리인이 아니었대도 나쁜 일인데, 하필이면……."

그는 생각하더니 몸을 움츠렸다.

"기자들이요. 그 작자들이 죽어라 물고 늘어지겠죠."

엘리베이터는 관짝만 했지만 내부에 난간이 있었다. 부드럽고 빠르게 올라갔다. 길고 좁다란 통로로 한 발 내디뎠다.

이런 데에서 오웬은 뭘 하고 있었던 걸까? 이런 데엔 보통 기계들이 살지. 사람이 아니라.

어쩌면 죽은 사람은 오웬이 아닐지도 모른다. 오다즈 형사 스스로도 확언하지 못했다. 그것도 그렇고, 이곳엔 소매치기를 규제하는 법 같은 것도 없었다. 이토록 붐비는 행성에서는 그런 법을 시행할 수 없는 노릇이었다. 지구상의 모든 이는 소매치기였다.

아무렴. 누군가 오웬의 지갑을 가지고 죽은 거야.

나는 복도를 따라 1809호로 걸어갔다.

안락의자에 앉아 해죽 웃고 있는 것은 오웬이었다. 한번 찬찬히 훑어보았고, 확신이 든 뒤엔 눈을 돌려 다시 보지 않았다. 그러나 아파트 내부를 보니 오웬이 이런 곳에서 살았다고는 도저히 믿을 수가 없었다.

어떤 고리인도 이런 아파트를 택할 리 없었다. 캔자스에서 태어나 나조차도 이 삭막한 분위기에 끔찍한 한기를 느꼈다. 오웬이라면 돌아 버렸을 것이다.

"이럴 리 없어요."

내가 말했다.

"잘 아는 분이었나요, 해밀턴 씨?"

"서로가 알 수 있는 건 전부 알 정도로 잘 알았죠. 오웬과 나는 '주 소행성대main asteroid belt'에서 광부로 3년을 보냈습니다. 그런 환경에서는 숨길 게 없죠."

"그런데 지구에 온 줄은 모르셨군요."

"그게 이해가 안 가는 점입니다. 문제가 있었다면 대관절 왜 내게 전화하지 않았을까요?"

"ARM이시지 않습니까. UN 산하 경찰 소속 첩보원."

일리가 있었다. 알고 지낸 여느 사람들만큼이나 오웬도 올곧은 사람이었다. 그러나 소행성대에서 올곧다는 것은 다른 이야기였다. 고리인들은 평지인들이 모두 사기꾼이라고 생각한다. 평지인에게 소매치기란 일종의 게임이라는 것을 고리인들은 이해하지 못한다. 한편 고리인들은 밀수를 그런 게임으로 여겼다. 반칙이 아닌 게임. 30퍼센트의 관세와 화물 몰수의 가능성을 계산해 보고 승산이 있다면 도박을 하는 것이다.

그런 일을 하던 중이었을 수도 있다. 스스로에게는 정정당당하게 보이지만 나에겐 그렇지 못한 일을.

"성가신 일에 말려들었을 수도 있겠습니다."

내가 인정했다.

"그치만 그런 일로 자살할 녀석은 아니거든요. 더군다나……, 여긴 아니죠. 이런 델 왔을 리가 없어요."

1809호는 거실과 화장실과 벽장으로 이루어져 있었다. 뭐가 있을지 알면서도 화장실 안을 흘끗 들여다봤다. 적당한 샤워부스 정도 크기였다. 문밖의 조정 패널로 이곳을 메모리 플라스틱에 든 다양한 부속품으로 압출 성형시킬 수 있었다. 세면실로, 샤워부스로, 화장실로, 탈의실로, 사우나로도. 원하는 버튼을 누르기만 하면 어느 쪽으로나 호화롭게 변신할 수 있었다. 크기만은 아니었지만.

거실도 거의 비슷했다. 킹사이즈 침대는 벽 뒤쪽에 있어 보이지 않았다. 개수대 수전과 오븐, 그릴에 토스터가 전부인 주방 싱크대를 다른 쪽 벽으로 접어 넣을 수 있었다. 소파와 의자들에 여러 탁자도 바닥으로 사라지게 만들 수 있었다. 집주인과 손님 셋이면 복작복작한 칵테일파티나 아늑한 저녁 식사, 아니면 포커 게임도 할 수 있을 것이다. 카드놀이용 탁자, 만찬용 식탁, 커피 테이블 모두 각기 어울리는 의자와 함께 있었지만, 한 번에 한 세트만 바닥에서 솟아나게 되어 있었다. 냉장고는 없었고, 냉동고나 음료 바도 없었다. 음식이나 음료가 필요하면 세입자는 아래층에 전화를 걸었고, 3층의 슈퍼마켓에서 주문품을 보내 주었다.

이런 식의 아파트 세입자에겐 그런 편리함이 있었다. 그렇지만 소유하는 것은 없었다. 세입자를 위한 공간은 있지만, 소지품을 위한 공간은 없었다. 이곳은 시내 아파트 중 하나였다. 몇 세기 전에는 통풍구가 있었을 것이다. 그러나 통풍구는 값비싼 공간을 차지했다. 세입자에겐 하물며 창문 하나 주어지지 않았다. 아늑한 상자 안에서 사는 것이다.

지금 성형되어 있는 것은 푹신한 독서용 안락의자, 조그마한 보조 탁자 둘, 발 받침대, 그리고 주방 싱크대였다. 오웬 제니슨은 안락의자에 앉은 채 해죽 웃고 있었다. 꾸밈없는 웃음이었다. 자연스러운 미소를 띤 해골을 말라비틀어진 얼굴 거죽이 덮고 있었다.

"방이 작기는 해도 심하게 작은 건 아니군요. 수십만 명이 이렇게 살죠. 아무튼 고리인이 폐소공포증이 있진 않았겠지요?"

오다즈가 말했다.

"그렇죠. 우리와 합류하기 전엔 단독선을 몰았습니다. 에어로크가 닫힌 채로는 몸을 일으킬 수도 없이 작은 선실에서 내리 석 달 동안이나. 폐소공포증이진 않았지만……."

나는 방 주위로 팔을 빙 휘둘렀다.

"오웬의 것이랄 게 없잖아요?"

보이는 것만큼 조그마한 벽장은 거의 비어 있었다. 외출복 한 벌, 종이 셔츠, 신발 한 켤레, 자그마한 1박용 갈색 여행 가방. 전부 새것이었다. 욕실 구급상자의 몇 안 되는 물건 또한 균일하게 새것이었고 균일하게 삭막했다.

오다즈가 되물었다.

"무슨 말인가요?"

"고리인은 방랑객입니다. 많이 들고 다니지는 않지만, 가진 것은 사수하죠. 작은 소지품이나, 유물, 기념품 같은 걸요. 오웬이 무엇 하나 지닌 게 없었다니 믿을 수가 없어요."

오다즈가 눈썹을 치켜세웠다.

"우주복에 대한 이야기입니까?"

"그럴 리 없다고 생각하시는군요. 아닙니다. 우주복 안이야말로 고리인의 집이지요. 고향이라곤 그곳뿐일 때도 종종 있어요. 고리인은 우주복을 꾸미는 데 돈을 쏟아붓습니다. 그런 걸 잃으면, 더는 고리인이 아닌 거죠. 그래요. 오웬이 우주복을 들고 왔을 거라고 우기려는 건 아닙니다. 그치만 뭔가는 갖고 있었을 겁니다. 화성 흙먼지를 담은 작은 유리병이나, 자기 가슴팍에 박혀 있던 니켈철 조각 같은 거요. 아니, 기념품을 전부 고향에 두고 왔다면, 지구에서라도 뭔가 주웠을 겁니다. 그런데 이 방에는……, 아무것도 없잖습니까."

"어쩌면."

오다즈가 신중하게 제안했다.

"주변 환경을 잘 몰랐던 것일지도요."

그러자 어쩐지 모든 게 확 와 닿았다.

오웬 제니슨은 방수 실크 가운을 걸친 채 웃고 있었다. 우주에서 까맣게 탄 얼굴에 비해 턱 아래로는 햇볕에 살짝 그을린 피부색 정도로 돌연 밝아졌다. 금발은 치렁치렁하니 지구식 머리 모양을 하고 있었다. 오웬이 평생 고수했던 고리인의 볏머리 흔적은 온데간데없었다. 한 달 동안 제멋대로 자란 수염이 얼굴 절반을 덮고 있었다. 검은색의 작은 실린더가 정수리에서 튀어나와 있었다 그 실린더 꼭대기에서 늘어진 전기 코드가 벽 콘센트로 이어지고 있었다.

실린더는 전류 중독자의 변압기, 드라우드droud였다.

자세히 보기 위해 시체에 가까이 다가가 몸을 굽혔다. 드라우드는 표준 규격이었는데 개조가 되어 있었다. 보통 전류 중독자의 드라우드는 뇌 속으로 전류를 찔끔찔끔 통과시킨다. 오웬은 보통의 양보다 열 배는 많은 전류를 받고 있던 게 분명했다. 한 달이라는 시간 안에 뇌를 손상시키고도 남을 양이었다.

'상상의 손'을 뻗어 드라우드를 만졌다.

오다즈는 내 뒤에 조용히 서서 내가 방해받지 않고 조사를 진행하도록 해 주었다. 물론 그가 이 한정적인 초능력에 대해서는 알 턱이 없었다.

'한정적'이라는 수식어가 요점이었다. 나에겐 두 가지 초능력이 있다. 염동력과 에스퍼. 에스퍼 능력으로 멀리 떨어져 있는 사물의 모양새를 느낄 수 있었다. 두 번째 오른팔이 닿는 거리까지만. 또한 상상의 오른손 손끝보다 멀지만 않다면 작은 물건은 들어 올릴 수도 있었다. 그보다 먼 곳에 손이 닿을 거라고는 내가 믿지 못하기에……, 그렇게 할 수가 없었다.

이렇게 제한적이더라도 초능력이란 유용할 수 있다. 상상의 손가락 끝으로 오웬의 머리 속에 든 드라우드를 더듬어 본 뒤, 두피에 난 아주 작은 구멍 속으로 손가락을 깊숙이 집어넣었다.

통상적인 외과 수술의 결과물이었다. 이런 수술은 어디에서든지 받을 수 있었을 것이다. 머리털 아래 보이지 않는 두피 구멍은, 찾고자 하는 생김새를 알고 있다고 해도 발견하기 거의 불가능했다. 드라우드가 꽂힌 모습을 발견하지 못했다면 절친한 친구일지라도 알지 못했을 것이다. 그런데 작은 구멍은 두개골에서 더 커다란 플러그와 소켓으로 이어졌다. 절정 플러그를 상상의 손가락 끝으로 만져 보고, 머리카락만큼 가느다란 전선을 따라 내려갔다. 전선은 오웬의 뇌 속 깊숙이, 쾌락 중추로 연결되어 있었다.

아니야, 이 과전류가 오웬을 죽인 건 아니야. 오웬을 죽인 것은 그 자신의 의지력 부족이었다. 일어나고자 하는 의지가 없었던 것이다.

오웬은 저 의자에 앉아 굶어 죽었다. 발치에는 플라스틱 튜브가 널려 있었고, 두어 병은 의자 옆 협탁에 여전히 놓여 있었다. 모두 비어 있었다. 한 달 전에는 분명 물로 가득 차 있었을 것이다. 오웬은 갈증으로 죽은 것이 아니다. 굶주려 죽은 것이고 그 죽음은 예정된 것이었다.

나의 동료 오웬. 왜 나를 찾지 않았을까? 나 역시 반은 고리인이었다. 곤경에 처했다면 그게 무엇이든, 어떻게 해서든 구해 줬을 것이다. 소소한 밀수, 그게 어때서? 왜 끝을 보고서야 내게 말해 주려 했던 걸까?

방은 청결해도 너무나 청결했다. 죽음의 냄새를 맡으려면 몸을 구부려야 했다. 에어컨 장치가 시취를 싹 거두어 갔다.

오웬은 아주 체계적으로 모든 것을 준비했다. 주방이 트여 있어 오웬은 자기 도뇨관을 싱크대까지 연결할 수 있었다. 한 달 치 수분을 넉넉히 공급했다. 집세 또한 전달에 미리 냈을 것이다. 자기 손으로 드라우드 코드를 잘랐을 텐데, 그것도 주방에 갈 수 없게끔 일부러 짧게 잘라 벽 콘센트에서 멀어지지 못하게 스스로를 묶어 놨다.

죽기에는 복잡한 방식이지만 보상이 따랐다. 절정의 한 달. 인간이 이룩할 수 있는 최상의 육체적 쾌락에 젖는 한 달. 자신이 굶어 죽고 있다는 게 떠오를 때마다 키득거리는 오웬의 모습이 그려졌다. 몇 발짝 앞에 음식을 두고……. 하지만 음식을 집으려면 드라우드를 뽑아야만 한다. 어쩌면 결정을 미루고 또 미루었을지도 모른다…….

오웬과 나와 호머 찬드라세카르, 우리 셋은 진공으로 둘러싸인 비좁은 선체 속에서 3년을 지냈다. 오웬 제니슨에 대해 내가 알아야 했는데 몰랐던 것은 뭐지? 우리가 공유하지 않은 약점이 뭐가 있었지? 오웬이 이런 일을 저질렀다면, 나도 그럴 수 있다. 그런 게 두려웠다.

"아주 깔끔하군요."

나는 휘파람을 불었다.

"고리인다운 깔끔함이네요."

"전형적인 고리인이라는 말씀이십니까?"

"그렇진 않습니다. 고리인은 자살하지 않아요. 분명 이런 방식으론 아니죠. 죽어야만 한다면, 우주선 구동장치를 날려 버리고 별처럼 죽을 겁니다. 깔끔하다는 것만 전형적이고, 결과는 아니고."

"뭐, 네."

오다즈는 불편해했다. 오웬이 자살한 건 명백하다고 생각하면서도 나를 거짓말쟁이 취급하긴 어려웠던 것이다. 그는 형식적 절차 얘기로 곤란한 상황을 환기했다.

"해밀턴 씨, 이 남성을 오웬 제니슨으로 인정하십니까?"

"맞습니다."

오웬이 원래 약간 통통하긴 했었지만 그래도 시체를 보자마자 오웬이라는 것을 알아보았다.

"좀 확실히 해 둡시다."

나는 오웬의 어깨에서 먼지투성이 가운을 벗겨 내었다. 원형에 가까운 흉터 조직이 20센티미터에 걸쳐 가슴팍 왼쪽을 덮고 있었다.

"보이십니까?"

"예, 봤습니다. 오래 묵은 화상 자국입니까?"

"내가 아는 이들 중 자기 피부 위 유성 흉터를 보여 줄 수 있는 사람은 오웬뿐입니다. 어느 날 오웬이 우주선 밖에 있을 때, 유성에 부딪혀서 어깨를 다쳤어요. 기화된 강철 압력복이 살갗 전체에 뿌려졌죠. 의사가 흉터 중심에서 니켈철 알갱이를 빼냈죠. 살갗 바로 아래에서. 오웬은 그 니켈철 알갱이를 항상 지니고 다녔습니다. 항상 말입니다."

내가 오다즈를 똑바로 쳐다보며 말했다.

"그런 건 못 찾았습니다."

"알았습니다."

"이런 일을 겪게 해서 미안합니다, 해밀턴 씨. 시체를 원상태 그대로 두라고 신신당부하셔서요."

"그랬죠. 고맙습니다."

안락의자에서 오웬이 나를 향해 해죽 웃었다. 목구멍 안쪽과 명치가 고통스럽게 아파 왔다. 나는 예전에 오른팔을 잃었었다. 오웬을 잃는다는 것도 같게 느껴졌다.

"이 일에 대해 더 알고 싶습니다."

내가 말했다.

"자세한 정황을 아시게 된다면 곧바로 알려 주시겠습니까?"

"물론이죠. ARM 사무실을 통해서요?"

"예."

그렇게 말하긴 했어도 이 건은 ARM 업무가 아니었다. 그러나 ARM의 위신이 도움이 될 것이다.

"오웬이 왜 죽었는지 알고 싶습니다. 어쩌면 절망해서 무너져 버렸던 것뿐인지도 모르죠. 문화적 충격이나 뭐 그런 것 때문에. 그치만 누군가 오웬을 죽음으로 몰고 간 것이라면, 피를 보게 될 겁니다."

"응당 사법부는 아무것도 안 하는 게 더……."

오다즈가 혼란스러워하며 말을 멈추었다. 나는 ARM으로서 말한 것일까? 아니면 한 사람의 시민으로서?

궁금해하며 자리를 떴다.

로비에는 사람들이 흩어져 있었다. 엘리베이터를 타거나 내리는 사람들이나 그냥 앉아 있는 사람들. 나는 잠시간 엘리베이터 바깥쪽에 서서 지나가는 얼굴들을 살펴보았다. 그 얼굴에 어려 있어야만 하는 썩어 문드러진 개성을 찾아서.

대량생산된 편안함. 먹고 자고 3D를 볼 공간은 있어도 누군가가 될 수 있는 공간은 없다. 여기에 살면 사람은 소유하는 게 없다. 어떤 부류의 사람들이 그렇게 살겠는가? 이발소 거울 속에 줄줄이 이어지는 두상처럼 모두 똑같은 생김새에 한 몸같이 움직여야 했다.

그러다 긴 갈색 머리에 진홍색 종이 정장 차림을 발견했다. 관리인인가? 확신이 서기 전에 가까이 가야 했다. 그의 얼굴은 영원한 이방인의 얼굴이었다.

내가 오는 걸 보더니 그는 의욕 없이 미소를 지어 보였다.

"오셨습니까, 선생님……. 그……, 찾으셨는지……."

그는 마땅한 질문을 떠올리지 못했다.

"예."

하여튼 재깍 대답해 주었다.

"그치만 몇 가지 알고 싶은 게 있습니다. 오웬 제니슨은 여기서 6주간 살았지요?"

"6주 하고 이틀입니다. 방문을 열어 보기 전까지요."

"방문객은 전혀 없었습니까?"

남자의 눈썹이 치켜져 올라갔다. 우리는 관리 사무소 안으로 슬렁슬렁 들어갔는데, 나는 문에 가까이 있어서 명패를 읽을 수 있었다. 관리인, 재스퍼 밀러.

"물론 없었죠. 뭔가 잘못됐다면 누구라도 눈치챘을걸요."

"그럼 오웬이 죽겠다는 특정한 목적으로 방을 빌렸다는 말씀입니까? 한 번 보고 다시는 못 보셨어요?"

"아마 그 사람이……. 아니, 잠시만요."

관리인은 골똘히 생각했다.

"아뇨. 목요일에 계약을 했어요. 얼굴의 탄 자국을 보고 고리인이란 걸 알아봤죠, 물론. 그리고 금요일에 나갔어요. 어쩌다 지나가는 걸 봤습니다."

"그날이 드라우드를 산 날입니까? 아니, 그건 모르실 테니 넘어가고. 밖으로 나가는 걸 본 건 그날이 마지막이었던 거죠?"

"예, 그렇습니다."

"그럼 목요일 늦게, 혹은 금요일 일찍 방문객이 왔을 수도 있겠군요."

관리인이 무척 공손하게 머리를 저었다.

"왜죠?"

"그게, 어……, 성함이……."

"해밀턴입니다."

"저희 건물은 층마다 홀로 카메라가 있습니다, 해밀턴 씨. 세입자들은 처음으로 방에 들어갈 때 한 번 사진을 찍고 그 후론 찍지 않아요. 사생활 보호 서비스는 세입자분들이 방을 계약할 때 같이 신청하는 필수 옵션 중 하나죠."

그렇게 말하며 관리인은 어깨를 약간 폈다.

"같은 이유로 홀로 카메라는 세입자가 아닌 사람들의 사진만 찍습니다. 그렇게 해서 보증 없는 불청객한테서 세입자를 보호하는 거죠."

"오웬이 사는 층에는 방문한 사람이 하나도 없었고요?"

"예, 선생님. 없었습니다."

"거 고독한 분들만 사나 보군요."

"그럴지도 모르겠습니다."

"누가 세입자이고 누가 아닌지는 지하에 있는 컴퓨터가 판단하겠죠?"

"물론입니다."

"그렇게 6주 동안 오웬 제니슨은 자기 방 안에 홀로 앉아 있었군요. 내내 철저히 무시당하면서."

밀러는 사무적으로 말하려 했지만 너무 긴장해 있었다.

"저희는 고객분들의 사생활을 지켜 드리고자 애씁니다. 제니슨 씨께서 뭐든 도움이 필요했다면 인터폰을 들기만 하면 됐어요. 저한테나 약국에, 아니면 아래층 슈퍼마켓에 전화를 걸 수도 있었단 말입니다."

"음, 하여튼 고맙습니다, 밀러 씨. 알고 싶었던 건 그게 다였거든요. 어떻게 오웬 제니슨이 아무도 모르게 6주에 걸쳐 죽음에 이르렀는지 알고 싶었던 겁니다."

밀러가 침을 삼켰다.

"그렇게 오래 죽어 있었습니까?"

"그런 거죠."

"알 도리가 없었어요. 어떻게 알겠어요? 선생님께서 어떻게 저희를 탓하실 수 있나 모르겠습니다."

"나도 모르겠는데."

그렇게 말하고는 스쳐 나갔다. 밀러가 가까이 있었기에 한 대 갈겨 줄 수도 있었다. 부끄러워졌다. 남자의 말이 백번 옳았다. 오웬이 원했다면 도움을 받을 수 있었을 터였다.

바깥에 서서 건물 꼭대기 사이 하늘에 보이는 들쭉날쭉한 파란 선을 올려다보았다. 시야로 택시가 날아들었고 호출기를 울리자 하강했다.

ARM 본부로 돌아왔다. 일을 하려는 것은 아니었다. 사실 어떤 일도 손에 잡히질 않았다. 이런 상황에서 일이 눈에나 들어

오겠는가. 그냥 줄리와 얘기를 하려고 했을 뿐이다.

줄리. 키가 크고 서른이 되어 가는, 눈은 녹색이고 긴 머리는 빨간색과 금색이 줄무늬를 이루는 여자. 갈색의 널따란 겸자 자국 두 개가 오른쪽 무릎에 있었지만, 지금은 보이지 않았다. 단방향 유리창을 통해 그녀의 사무실을 들여다보았고 그녀가 일하는 모습을 지켜보았다.

그녀는 인체공학 소파에 앉아 담배를 피우고 있었다. 눈은 감겨 있었다. 간간이 집중할 때면 눈썹이 우그러졌다. 중간중간 시계를 곁눈질로 휙휙 확인한 뒤 다시 눈을 감았다.

방해하지 않았다. 줄리가 하고 있는 일이 중요하다는 걸 알고 있었다.

줄리. 예쁘장한 얼굴은 아니었다. 눈과 눈 사이가 살짝 벌어져 있었고, 턱은 네모나게 각이 졌으며, 입은 너무 컸다. 그런 건 아무래도 상관없었다. 줄리는 생각을 읽을 수 있으니까.

줄리는 이상적인 데이트 상대였다. 그녀는 남자한테 필요한 전부였다. 1년 전, 처음으로 사람을 죽였던 밤 다음 날, 나는 끔찍한 자괴감에 빠져 있었다. 어떻게 한 건지 줄리는 그 심정을 조증 같은 들뜬 기분으로 바꾸어 놓았다. 우리는 감시받는 난장판 지역을 멋대로 내달려서 엄청난 고지서를 받았다. 시내 자동보도 진행 방향과 반대로 걸으며 제자리에서 8킬로미터를 하이킹했다. 마지막에 가서는 완전히 녹초가 되었고, 너무 지쳐서 아무 생각도 할 수가 없었다……. 그래도 2주 전까지는 따뜻하고 포근하며 아늑한 밤이었다. 서로의 곁에서 행복한 두 사람. 그저 그뿐이었다. 줄리는 우리가 언제 어느 때나 원하는 사람이었다.

줄리의 남성 하렘은 분명 사상 최대 규모일 터였다. 줄리가 남성 ARM 요원의 생각을 읽어 내기 위해선 그를 사랑하고 있어야 했다. 요행히 줄리의 마음속에는 깊은 사랑을 위한 자리가 없었다. 줄리는 이 관계에 우리가 충실해야 한다고 닦달하지 않았다. 우리 중 족히 절반은 유부남이었다. 그렇긴 해도 연인 하나하나에 대한 사랑이 없다면, 줄리는 그 사람을 보호해 줄 수 없었다.

지금 그녀는 우리를 보호해 주는 중이었다. 15분마다 줄리는 특정 ARM 요원과 접촉하고 있었다. 드높은 악명처럼 초능력은 의지할 만한 게 못 되었지만, 줄리는 예외였다. 구덩이에 빠진다면 우리에겐 꺼내 줄 줄리가 항상 곁에 있었다……. 줄리가 일하는 걸 머저리 같은 놈이 방해하지 않는다면야.

그래서 나는 바깥에 서서 상상의 손으로 담배를 피우며 기다렸다.

담배는 연습 삼아 피우는 것이었다. 정신적 근육을 스트레칭하는 연습. 내 '손'은 나름대로 줄리의 정신 접촉만큼 든든한 능력이었다. 능력 자체가 제한되어서 그럴 수도 있었다. 초능력은 의심하면 사라진다. 물건에 대고 비는 것으로 그걸 움직일 수 있는 무슨 마법사 같은 능력보다 엄밀하게 정의된 세 번째 팔이 더 합리적이었다. 팔에 어떤 느낌이 드는지, 팔이 뭘 하는지는 알고 있으니.

왜 담배를 집어 올리는 데 시간을 그렇게 쏟냐고? 글쎄, 담배가 힘을 주지 않고 들어 올릴 수 있는 가장 무거운 것이라서. 그리고 하나 더 있었다……. 오웬이 가르쳐 준 게 있어서.

10분에서 15분쯤 뒤 줄리가 눈을 뜨더니 인체공학 소파에서 내려와 문가로 왔다.

"안녕, 길."

그녀가 졸린 듯 말했다.

"문제 있구나?"

"어. 내 친구 하나가 방금 죽었거든. 아는 게 좋을 것 같아서."

커피가 든 컵을 건네주었다.

그녀가 끄덕였다. 오늘 밤 데이트 약속을 했었는데, 이 일이 그 분위기를 바꿔 놓을 터였다. 그걸 염두에 두고 줄리가 가볍게 날 살펴보았다.

"맙소사!"

그녀가 움찔하며 말했다.

"너무너무 끔찍한 일이다. 정말 유감이야, 길. 데이트는 취소하는 거지?"

"자기도 '만취식'에 참가하고 싶은 게 아니라면."

그녀가 머리를 세차게 저었다.

"모르는 사이인걸. 예의가 아닐 거야. 게다가 너 혼자만의 기억 속에 푹 빠질 텐데. 많은 부분이 사적이겠지. 내가 막 살펴보면 네 방식대로 추모하는 데 방해가 될 거야. 그래, 호머 찬드라세카르라는 사람이 있었으면 좀 달랐겠다."

"그러게 말이야. 자기만의 만취식을 열어야 할걸. 그냥 오웬의 여자 친구들하고 추모할까 봐. 이 근처에 있다면."

"내가 어떤 마음인지 알지?"

그녀가 말했다.

"알다마다."

"내가 도와줄 수 있으면 좋을 텐데."

"항상 도와주잖아."

나는 시계를 흘끗 보았다.

"자기 쉬는 시간 끝나 간다."

"못된 간수 같으니."

줄리가 엄지와 검지로 내 귓불을 꼬집었다.

"잘 보내 줘."

그렇게 말하고는 자기 방음실로 돌아갔다.

그녀는 언제나 도움을 준다. 말로 할 필요도 없다. 줄리가 내 생각을 읽었다는 걸, 누군가 이해해 준다는 걸 알기만 해도……, 그것만으로도 충분하다.

오후 3시에 나 홀로 만취식을 시작했다.

만취식은 근래 생긴 풍습으로, 아직 형식에 얽매여 있지 않았다. 정해진 기간도 없었다. 꼭 외쳐야 하는 건배사도 딱히 없었다. 참여하는 사람은 고인의 가까운 친우여야 했지만, 참여자 수가 정해져 있는 것도 아니었다.

나는 루아우에서 시작했다. 서늘한 청색 조명과 수로가 설치된 곳이었다. 바깥은 오후 3시 30분이었지만 이 안은 수 세기 전 하와이 섬의 저녁이었다. 가게는 이미 반쯤 차 있었다. 어느 정도 자리가 넓은 구석 테이블을 골라서 루아우 그로그주*의 다이얼을 돌렸다. 원뿔 모양 얼음에 빨대가 꽂혀 있는 시원한 갈색 술이 왔다.

4년 전 칠흑 같던 밤의 케레스에서 열린 큐브스 포사이스의 만취식 때는 오웬과 나와 우리 세 번째 승무원의 아내, 그렇게 셋이 함께 있었다. 정말이지 최악의 조합이었다. 그웬 포사이스는 남편이 죽은 게 우리 탓이라고 했다. 나는 어깨밖에 남지 않은 오른팔로 막 퇴원한 참이었는데, 큐브스와 오웬과 나 자신을 한꺼번에 탓했다. 오웬마저도 시무룩해져서는 자기반성적으로 굴었다. 그보다 나쁜 조합은 없었으리라. 아니면 그런 조합이 모이기에 더 나쁜 날을 고를 수도 없었으리라.

그러나 관습이 찾았기에 우리는 모였다. 지금처럼 그때도 나는 잃은 동료를, 영영 잃은 친구라는 상처를 찾아 스스로의 인성을 곱씹었다. 자기반성적으로 굴기.

길버트 해밀턴. 2093년 4월, 캔자스 토페카에서 평지인 부모 아래 출생. 양팔은 달려 있고 특별한 재주는 없음.

평지인이란 지구인, 특히 한 번도 우주를 본 적 없는 지구인을 뜻하는 고리인 말이었다. 부모님이 별을 본 적은 있는지도 잘 모르겠다. 부모님은 캔자스에서 세 번째로 큰 농장을 관리했다. 두 개의 널따란 고속도로와 평행하게 뻗어 있는 두 개의 대

---

* 럼이나 위스키를 물과 섞고 원뿔형 얼음을 담은 칵테일.

도시 번화가 사이 25제곱킬로미터의 경지였다. 우리는 평지인이 그렇듯 도시 사람이었지만, 인파에 숨이 막힐 때면 나와 형제들에겐 혼자 있을 수 있는 드넓은 땅이 있었다. 우리를 방해할 것은 하나도 없이 작물과 자동기계만이 있는 25제곱킬로미터의 놀이터가.

우리들은 별을 바라보았다. 도시에서는 별을 볼 수가 없다. 도시의 빛이 별을 가리니까. 들판에 있더라도 밝은 지평선 부근에서는 보이지 않았다. 그러나 머리 꼭대기 위로는 별들이 있었다. 빛나는 점들이 흩뿌려진 까만 하늘. 그리고 이따금씩 보이는 납작하고 하얀 달.

스무 살 때 나는 고리인이 되기 위해 UN 시민권을 포기했다. 나는 별들을 원했고, 소행성대 정부는 태양계 대부분의 소유권이 있었다. 바위들 속에는 부귀가, 여기저기 산재하는 몇백만 고리인이 문명 세계에 속하는 부귀영화가 있었다. 그리고 나는 그중 내 몫을 원했다.

쉽지 않은 일이었다. 10년간은 단독선 면허를 받을 자격이 없었다. 그동안 남들 아래서 일을 하며, 그 사람들이 나를 죽이기 전에 실수를 피하는 법을 배워야 했다. 소행성대에 들어온 평지인 절반은 면허를 딸 수 있게 되기 전에 우주에서 죽었다.

수성에서는 주석을, 목성 대기에서는 진귀한 화학물질을 채취했다. 토성의 고리에서는 얼음을, 유로파에서는 수은을 운반했다. 한번은 우리 조종사가 새 바위에 우주선을 대는 실수를 해서 집까지 더럽게 먼 거리를 걸어 돌아가야 할 뻔했다. 큐브스 포사이스가 그때 함께 있었다. 큐브스는 컴레이저를 수리해 냈고, 도움을 청하고자 이카로스를 조준했다. 또 우리 우주선 유지 보수 일을 하던 정비공이 흡수재 교체를 깜박해서 호흡 공기에 쌓인 알코올에 떡이 되도록 취했던 적도 있다. 여섯 달 후 우리 셋은 그 정비공을 잡았다. 그가 목숨은 건졌다고 들었다.

나는 주로 3인조 체제에서 일했다. 구성원은 자주 바뀌었다. 오웬 제니슨은 우주선 면허를 얻은 사람을 대신해 합류했는데, 혼자서 바위 사냥을 떠나고 싶어 안달이 나 있었다. 열의가 과했다. 나는 그가 한 번의 왕복 여행을 하고도 편도로 이곳에 다시 왔다는 걸 알게 됐다.

오웬은 내 또래였지만 나보다 훨씬 경험이 많은 데다 고리인으로 나고 자란 사람이었다. 푸른 눈과 유황앵무의 볏 같은 금발은 검게 탄 고리인 피부에 확연히 대조되었다. 헬멧이 투과시키는 극심한 태양광 때문에 탄 자국은 헬멧 턱 고리 부분에서 뚝 끊어졌다. 그는 항상 통통한 편이었는데, 자유낙하 때는 날개를 달고 태어났나 싶었다. 나는 오웬이 움직이는 방식을 따라 하기 시작했는데, 큐브스를 많이도 웃겼다.

스물여섯까지는 실수를 저지른 일이 없었다.

●

우리는 바위를 새 궤도에 올리기 위해 폭탄을 쓰고 있었다.

청부 공사였다. 폭탄을 쓰는 건 핵융합 구동장치보다 낡고, 고리 식민지 건설만큼이나 오래된 기법이었다. 하지만 우주선 구동장치로 바위를 견인하는 것보다 여전히 더 빠르고 싸게 먹혔다. 작고 깔끔한 산업용 핵융합 폭탄을 쓸 때는 하나가 폭발할 때마다 크레이터가 더 깊어져 이어지는 폭약에 폭발력이 전달되게끔 설치했다.

폭약 네 개는 이미 설치해 둔 채였다. 네 번의 하얀 불덩이가 솟자마자 부풀었다 사그라졌다. 다섯 번째 폭약이 폭발했을 때 우리는 그 바위 반대쪽 부근을 맴돌고 있었다.

그 다섯 번째 폭발이 바위를 산산이 부숴 버렸다.

큐브스가 폭탄을 설치했었다. 내가 저지른 실수라면 우리 공동의 실수였다. 우리 셋 중 하나라도 그때 곧바로 이륙할 정신이 있었어야 했으니까. 그때 나는 귀중한 산소를 품은 바위가 별 쓸모도 없는 파편으로 조각나는 것을 욕하며 쳐다보고만 있었다. 그 파편들이 구름으로 퍼지는 것을 쳐다만 보았다……. 그런데 잽싸게 날아가던 파편 중 하나가 우리 쪽으로 향했다. 증발하기에는 느린 속도였기 때문에 삼중 크리스털철 선체를 뚫고 들어와, 내 팔 위쪽을 베어 버리고 큐브스 포사이스의 심장을 꿰찔러 벽에 내다 꽂았다.

누디스트 둘이 들어왔다. 둘은 어슴푸레한 청색광에 눈이 적응될 때까지 칸막이 자리 사이에서 눈을 깜빡이며 서 있다가, 기쁘게 고함을 지르며 두 자리 너머 일행과 합류했다. 눈으로 보고 귀로 들으며, 평지인 누디스트는 고리인 누디스트와 얼마나 다른가 생각해 보았다. 다들 엇비슷하게 보였다. 근육이 있고, 흥미로운 흉터는 없고, 모두 똑같이 생긴 어깨 주머니에 신용카드를 넣고 다녔고, 모두 똑같은 곳을 제모했다.

……큰 기지 안에서는 우린 항상 누디스트로 지냈다. 대부분이 그랬다. 바위터에 나가 있는 동안 밤낮으로 입고 있는 압력복에 대한 자연스러운 반응이었다. 고리인을 셔츠 차림으로 지내는 환경에 데려다 놓는다면 보통은 셔츠를 비웃을 것이다. 그게 편하기 때문일 뿐이다. 이유만 그럴싸하다면 고리인 친구는 다른 사람들만큼이나 잽싸게 셔츠와 바지를 입을 것이다.

하지만 오웬은 아니었다. 그놈의 유성으로 흉터가 생긴 후 셔츠를 걸치는 꼴을 본 적이 없었다. 케레스 돔뿐 아니라 숨을 쉴 수 있는 곳이기만 하면 어디에서든. 오웬은 그 흉터를 꼭 드러내야만 했던 것이다.

서늘하고 울적한 기분이 마음속에 자리 잡자 기억이 떠올랐다…….

……내 병상 구석에 늘어져서는 돌아온 여정을 얘기해 주던 오웬 제니슨이. 바위 파편에 팔이 찢긴 후로는 기억나는 것이 아무것도 없었다.

나는 몇 초 만에 과다 출혈로 죽었어야 했다. 오웬이 그렇게 두지 않았다. 내 상처는 너덜너덜했다. 오웬은 컴레이저를 한 번 휘둘러 상처 부위를 어깨에서 깔끔하게 절단했다. 유리섬유 커튼을 한 갈래 찢어 판판해진 절단면에 동여매고는 아직 남아 있는 겨드랑이 아래에 꽉 매듭을 지었다. 오웬은 손실된 혈액을 대체할 요량으로 2기압의 순수산소 속에다 나를 담근 일에 대해 얘기했다. 또 나를 촉박한 시간 안에 데려오기 위해 핵융합 구동장치를 어떻게 4G로 재설정했는지도. 원칙적으로는 불타는 별빛과 영광의 구름 속으로 승천할 만한 일이었다.

"그렇게 이름을 떨치게 된 거야. 내가 어떻게 구동장치를 재배선했는지 소행성대 전체가 안다고. 그런 식으로 목숨을 걸만큼 멍청하다면 자기들도 파리 목숨 취급할 거라고 많이들 생각해."

"같이 여행하기 위험하다고 말이지."

"바로 그거야. 다들 날 '4G 제니슨'이라고 부르기 시작했다니까."

"그게 대수냐? 난 내가 이 침대를 벗어나면 무슨 말을 들을지 귀에 들리는 듯해. '길, 너 멍청한 짓을 했구나?' 제일 짜증나는 건, 멍청하긴 했다는 거지."

"그러니까 좀 누워 있어."

"그래. 우주선이 팔릴까?"

"아니. 그웬이 큐브스한테서 우주선 지분 3분의 1을 상속받았어. 그 여잔 안 팔걸."

"그럼 사실상 파산이네?"

"배는 있잖아. 승무원 한 명 더 있으면 돼."

"정정. 네게 승무원 둘이 필요한 거지. 외팔이랑 항해하고 싶은 게 아니라면 말이야. 이식수술 받을 돈이 없거든."

오웬은 돈을 빌려주려고 하지 않았다. 오웬에게 돈이 있었대도, 모욕적인 제안이었을 터였다.

"의수는 어때서?"

"강철 팔? 미안, 사양할게. 비위가 약하거든."

오웬은 나를 이상하다는 듯 봤지만 이렇게만 말했다.

"뭐, 좀 기다려 보자고. 마음이 바뀔지도 모르잖아."

오웬은 강요하지 않았다. 그때도, 나중에도, 퇴원해서 한쪽 팔이 없는 생활에 익숙해지길 기다리며 방을 구한 뒤에도. 내가 결국 의수를 달 줄 알았다면 오산이었다.

왜냐고? 그건 내가 답할 수 있는 질문이 아니다. 여느 사람들은 분명 다르게 느끼는 것 같다. 금속이나 플라스틱, 혹은 실리콘 신체 부위를 달고 돌아다니는 사람이 수십만 명 있다. 어느 정도는 인간, 어느 정도는 기계. 그럼 그 사람들은 누가 진짜 사람인지 어떻게 알아볼 수 있단 말인가?

몸에 금속 부품을 다니니 죽는 게 낫다. 괴짜라고 해도 좋다. 하물며 모니카 아파트 같은 곳을 찾았을 때 소름이 돋게 되는 것과 똑같은 괴짜라고 해도 상관없다. 인간은 오롯이 인간이어야만 한다. 오롯이 자신만의 습관과 소유물을 가져야 하고, 자신이 아닌 여느 사람처럼 보이거나 행동하지 않게끔 노력해야 하고, 몸 절반이 로봇이어선 안 되는 것이다.

그리하여 나, 외팔이 길은 왼손으로 먹는 법을 배우게 되었다.

절단 수술을 받은 사람은 잃은 것을 결코 완전히 떠나보내지 못한다. 사라진 손가락이 가려웠다. 사라진 팔꿈치가 뾰족한 모서리에 까지지 않게끔 움직였다. 물건을 향해 팔을 뻗었고, 물건이 잡히지 않을 때면 욕을 씨불였다.

오웬은 자신의 비상금이 거의 바닥나고 있을 텐데도 자주 들렀다. 나는 우주선에 대한 내 3분의 1의 지분을 팔겠다고 하지 않았고, 그는 물어보지 않았다.

여자가 하나 있었다. 이제 이름은 까먹었다. 외식 약속이 있던 어느 날 밤, 그 여자 집에서 그녀가 옷을 입기를 기다리다 탁자에 놓고 간 손톱줄을 보게 되었다. 집어 들었다. 손톱을 다듬어 보려고 하다가 때마침 기억이 난 것이다. 짜증이 나서는 줄을 탁자에 다시 던져 놓으려 했다. 그리고 빗맞혔다.

머저리처럼 오른손으로 그걸 잡으려고 했다.

그리고 잡았다!

내게 초능력이 있을까 생각해 본 일은 전혀 없었다. 초능력을 쓰려면 정신이 적합한 상태여야 한다. 하지만 누군들 더 나은 기회를 잡을 수 있었겠는가. 뇌의 모든 구역이 오른팔의 신경과 근육에 맞춰진 상태에서 정작 오른팔이 없었던 그날 밤 나보다 말이다.

나는 상상의 손으로 손톱줄을 붙잡았다. 느낄 수 있었다. 사라진 손톱이 너무 길게 자랐다는 것을 느끼는 것과 마찬가지로. 나는 우툴두툴한 줄 표면을 엄지로 쓸어 보았다. 손가락으로 줄을 뒤집어 보았다. 들어 올리는 염동력에, 만지는 건 에스퍼 능력.

"그거야."

다음 날 오웬이 말했다.

"그거면 됐어. 승무원 하나랑, 기묘한 능력 생긴 너랑. 그거 연습해 둬라. 어디까지 들 수 있나 보자고. 나는 호구 하나 잡아 올 테니까."

"신입은 순익 6분의 1로 만족해야 될 거야. 그웬이 자기 몫을 바랄 테니."

"걱정 마. 잘 처리할 테니."

"걱정 말라고!"

오웬 쪽으로 몽당연필을 흔들어 보였다. 케레스의 중력이 약해서 그거나마 들어 올릴 수 있었다. 그때는 말이다.

"염동력이랑 에스퍼가 진짜 팔을 대신할 거라고 생각하는 건 아니지?"

"진짜 팔보다 좋지. 두고 봐. 압력의 영향을 받지 않고서도 우주복 밖으로 손을 뻗을 수 있는 거잖아. 어떤 고리인이 그게 되겠냐?"

"아, 예."

"대관절 원하는 게 뭔데, 길? 팔을 돌려받아야 되겠어? 못 받아 그거. 넌 바보짓을 해서 공명정대하게 팔이 없어진 거라고. 이젠 네 선택만 남은 거야. 그 상상의 팔 갖고 항해를 할래, 지구로 돌아갈래?"

"못 돌아가는걸. 여비가 없어."

"그러면?"

"알았다, 알았어. 가서 승무원 찾아와. 내 상상의 팔에 감동

먹을 만한 녀석으로."

●

나는 생각에 잠긴 채 두 번째 루아우 그로그를 쭉 빨았다. 이제 칸막이 자리는 만석이었고, 바 주변으로는 사람이 모여들어 두 겹이 되고 있었다. 최면에 걸린 듯한 고함 소리가 꾸준히 들렸다. 칵테일 해피 타임이 된 것이다.

……오웬은 일을 아주 제대로 처리했다. 내 상상의 팔을 팔아서 호머 찬드라세카르라는 녀석더러 선원이 되라고 꼬드긴 것이다.

내 팔에 대한 것도 옳았다.

이런 식의 능력을 가진 어느 사람들은 더 멀리, 세상의 반대편까지도 도달할 수 있었다. 불행하게도 융통성이라곤 없는 상상력 때문에 내 능력은 정신적인 손 정도에 그치게 됐지만. 그래도 에스퍼 능력이 발휘되는 내 손가락 끝은 더 민감했고, 더 믿음직했다. 더 무거운 것도 들 수 있었다. 지금은 지구 중력 아래 가득 찬 술잔도 들 수 있다.

나는 선실 벽을 뚫고 그 뒤쪽 회로의 단선을 감지할 수 있다는 것을 알게 됐다. 진공 속에서 내 헬멧 면판 바깥쪽의 먼지를 닦아 낼 수도 있었다. 항구에서는 마술 같은 묘기를 선보였다. 더 이상 내가 불구처럼 느껴지지 않았다. 모두 오웬 덕분이었다. 6개월의 채굴로 병원비를 모두 지불했고, 지구로 돌아갈 여비도 생긴 데다 상당한 돈이 남았다.

"끔찍한 사기꾼 농담이냐!"

내가 얘기했을 때 오웬은 폭발해 버렸다.

"하고 많은 곳 두고 왜 지구냐?"

"내 UN 시민권을 돌려받는다면 지구에서 내 팔을 교체해 줄 테니까. 공짜로."

"아, 퍽이나 그러겠지."

그가 미심쩍다는 듯 말했다.

소행성대에도 장기은행이 있었지만 언제나 공급이 부족했다. 고리인은 뭐든 거저 내주지 않았다. 소행성대 정부도 마찬가지였다. 정부는 이식 수술비를 최대한 높게 유지했다. 그런 식으로 수요를 떨어뜨려 공급을 맞추고 세금도 낮추었다.

소행성대에서는 팔을 내가 직접 사야 했다. 그리고 난 돈이 없었다. 지구에는 사회보장제도가 있었고, 신체 장기 공급량도 어마어마했다.

오웬이 불가능하다고 했던 일을 나는 해냈다. 내게 팔을 내줄 사람을 구한 것이다.

가끔 오웬이 나와 반대되는 선택을 지지했던 걸까 궁금했다. 그는 아무 말도 하지 않았지만, 호머 찬드라세카르는 한참을 나불댔다. 고리인이라면 자기 팔을 직접 마련하거나 팔 없이 살았을 거라고. 절대로 적선을 받아들일 리 없다고.

오웬이 내게 연락하려 하지 않은 건 그것 때문이었을까?

고개를 저었다. 그럴 리 없다.

실내는 고개가 멈춘 뒤에도 계속 흔들리고 있었다. 일단은 마실 만큼 마신 것이다. 세 번째 그로그를 비우고 식사를 주문했다.

저녁을 먹으니 2차를 띌 만큼 술이 깼다. 생전의 오웬 제니슨과 있었던 추억을 전부 훑었다니 어쩐지 충격이었다. 오웬과 지낸 것은 3년이었는데, 반평생을 알고 지낸 것만 같았다. 사실 그랬다. 고리인으로 살았던 6년의 절반이니.

커피 그로그를 시키고 점원이 따르는 것을 지켜보았다. 시나몬과 이런저런 향신료를 곁들여 우유를 넣은 따끈한 커피와 푸른 불꽃 속에 담긴 도수가 높은 럼주. 이 음료는 인간 바텐더가 만들어 주는 특별 메뉴 중 하나였고, 그 사람이 여기에 있는 이유가 이것이었다. 만취식의 두 번째 단계. 근엄한 태도로 지갑의 반을 털어 버려라.

하지만 음료에 손대기 전에 오다즈에게 전화부터 걸었다.

— 예, 해밀턴 씨? 저녁을 먹으러 귀가하던 중입니다.

"잠깐이면 됩니다. 뭔가 새로 발견한 건 없으십니까?"

오다즈는 내 전화 영상을 가까이 들여다보았다. 못마땅한 기색이 역력했다.

— 술을 드시는 중이셨군요. 그만 집에 들어가시고, 제가 내일 전화를 드리는 게 어떨까요.

나는 놀라고 말았다.

"소행성대 관습에 대해 아무것도 모릅니까?"

— 무슨 말씀이신지 모르겠습니다.

나는 만취식에 대해 설명했다.

"이봐요, 오다즈. 고리인의 사고방식을 그 정도로 모른다면 좀 얘길 하는 게 좋겠군요. 빨리 말입니다. 안 그러면 뭔가 놓치게 될 겁니다."

— 말씀대로일지도 모릅니다. 정오에 뵐 수 있습니다. 점심이나 함께 하시지요.

"좋아요. 뭐 찾으신 게 있습니까?"

— 상당하지만 아주 도움 되는 건 없습니다. 친구분은 두 달 전에 지구에 착륙해 오스트레일리아 오지 평야에서 운영하는 필라 오브 파이어에 도착했습니다. 지구식 머리 모양을 하고 있었고요. 거기서부터……

"재밌군요. 머리가 자라기까지 두 달은 있어야 했을 텐데."

— 저 역시 동일한 생각이 들었습니다. 고리인들은 보통 목 덜미에서부터 5센티미터 너비로 머리카락의 띠만 올라오게 남겨 놓고 삭발한다고 알고 있습니다.

"예, 그걸 볏머리라고 합니다. 까다로운 착륙을 하는 동안 머리카락이 눈을 가리지 않으면 더 오래 생존할 거라고 누군가 작심을 해서 시작됐겠죠. 그치만 오웬은 단독선으로 채굴을 다니던 때에 머리를 기를 수 있었을 겁니다. 볼 사람은 아무도 없었을 테니."

— 그렇다고 해도, 이상하게 생각됩니다. 제니슨 씨의 사촌

이 지구에 있다는 걸 아셨습니까? 한 사람, 하비 필이라고 슈퍼마켓 체인을 운영하는 사람입니다.

"그럼 저는 가장 가까운 혈연이 아니었던 거군요. 지구에서도."

— 제니슨 씨는 그분에게 연락 시도를 전혀 하지 않았습니다.

"또 있습니까?"

— 제니슨 씨에게 드라우드와 플러그 세트를 판 사람과 이야기를 해 보았습니다. 케네스 그래햄은 서西로스앤젤레스 근교 게일리에 사무실과 진료실을 소유하고 있습니다. 그래햄은 드라우드가 표준 규격이었고, 친구분이 직접 변형했을 거라고 주장했습니다.

"그 말을 믿으십니까?"

— 현재로서는요. 그래햄의 허가증이나 기록은 모두 적법합니다. 드라우드는 아마추어들이 쓰는 납땜인두로 변형되었고요.

"그래요."

— 경찰이 관여하는 한, 사안은 제니슨 씨가 사용한 도구를 찾는 대로 종결될 겁니다.

"들어 봐요. 내일 호머 찬드라세카르에게 전보를 치겠습니다. 그 녀석이 뭔가 찾아낼 수 있을지도 몰라요. 왜 오웬이 볏머리가 아닌 채로 착륙했는지. 애초에 왜 지구에 왔는지 같은 거말입니다."

오다즈가 눈썹을 으쓱 들어 보였다. 그러고는 노고에 감사한다는 인사를 하더니 끊었다.

커피 그로그는 여전히 따끈했다. 한 모금 꿀꺽 들이켰다. 그 달콤하고 씁쓸하게 톡 쏘는 맛을 음미하며, 죽은 오웬을 잊고 생전의 모습을 떠올리려 했다. 내 기억으로 그는 언제나 약간 통통했지만, 체중이 더 늘지도 줄지도 않았다. 날쌔게 움직여야 할 때면 사냥개처럼 몸을 놀릴 수 있었다.

'그리고 지금 그는 끔찍하리만치 앙상하게 마른 데다 음탕하게 여문 미소를 달고 죽어 있지.'

커피 그로그를 한 잔 더 시켰다. 쇼맨 기질이 있는 바텐더는 내가 제대로 보고 있는지 확인하고서야 데운 럼주에 불을 붙여 30센티미터 위에서 잔으로 부었다. 이런 음료는 천천히 마실 수 없다. 잘 넘어가는 데다 너무 시간을 끌면 차게 식을 수도 있다는 생각에 계속 들이켜게 된다. 럼주와 진한 커피. 이 두 가지만으로 몇 시간이고 취한 채 집중할 수 있었다.

마스 바에서 스코치소다로 달리는 중에 자정이 찾아왔다. 이 때까지 나는 이 집에서 저 집으로 옮겨 다니고 있었다. 버긴스에서 아이리시 커피, 문 풀에서 차갑게 김이 나는 폭탄주, 비욘드에서는 스카치와 거친 음악. 도무지 취하질 않았고 어울리는 분위기도 찾을 수가 없었다. 다시 그려 보려는 장면을 가로막는 벽이 있었다.

뇌 속으로 이어지는 전선을 단 채 안락의자에 앉아 해죽 웃고 있는, 오웬의 마지막 모습이 그 벽이었다.

그런 오웬은 알지 못했다. 그런 사람은 한 번도 만나 본 적이 없었고 영영 알고 싶지도 않았다. 바에서 나이트클럽으로, 또 레스토랑으로 그 모습으로부터 달아났다. 과거와 현재 사이의 그 벽을 부수어 줄 술을 기다리면서.

그렇게 나는 구석 자리에 앉았다. 자리는 엉터리 화성의 3D 전경으로 둘러싸여 있었다. 크리스털 탑들과 길고 곧게 뻗은 푸른색 굴, 발 여섯 달린 짐승들과 믿을 수 없도록 늘씬하고 아름다운 남자들과 여자들이 실존하지도 않는 세상을 가로질러 나를 바라보고 있었다. 오웬이 봤다면 슬퍼했을까, 기뻐했을까? 그는 진짜 화성을 본 일이 있었고, 감동은 받지 않았다.

시간은 점점이 끊기고, 기억나는 일들 사이에 몇 초나 몇 분 정도 틈이 생겨나는 지경에 이르렀다. 그러던 어느 때부턴가 나는 담배를 꼬나보고 있었다. 막 불을 붙인 게 분명했는데 원래의 200밀리미터 길이 거의 그대로였기 때문이다. 웨이터가 내 뒤에서 살짝 붙여 준 것인지도 모른다. 좌우간 담배가 있었다. 중지와 검지 사이에서 타들어 가며.

생각을 집중할 수 있는 편안한 분위기에 젖어 물끄러미 깜부 기불을 바라보았다. 기분은 차분했고, 나는 정처 없이 떠다니며 시간 속을 헤매었다…….

●

……바위터에서 지낸 지 두 달이 되어 가고 있었다. 사고 이후 처음 떠난 원정이었다. 케레스로 돌아올 때는 순도 50퍼센

트 금덩이로 화물칸을 가득 채운 채였다. 녹 방지 배선과 도체판에 적합하다고 보증되는 물건이었다. 해 질 녘에는 축하 준비가 끝났다.

오른쪽에서는 네온이 깜박거리며 손짓하고, 왼쪽으로는 녹아내린 바위 절벽이, 그리고 머리 위 돔 너머로는 별들이 타오르는 도시 가장자리를 따라 우리는 걸었다. 호머 찬드라세카르는 웃음이 코로 새어 나오고 있었다. 이날 밤 그 녀석의 첫 번째 원정은 첫 번째 귀향으로 마무리되었고, 귀향을 했다는 게 가장 좋은 부분이었다.

"자정쯤에는 다들 헤어져야겠죠."

그가 말했다. 굳이 부연할 필요는 없었다. 생각건대 함께 다니는 세 사람이 있다면 세 명의 단독선 조종사일 수도 있지만 우주선의 승무원일 가능성이 더 많았다. 아직 단독선 면허가 없는 세 사람. 너무 멍청하거나 너무 미숙한 세 사람. 밤을 보낼 사람을 찾고 있다면야······.

"이건 충분히 생각 안 해 봤잖아."

오웬이 답했다. 호머가 제대로 알아듣지 못해 두 번이나 오웬을 돌아보는 것을, 그러더니 내 어깨가 끝나는 지점을 흘끗하는 것을 보아서 창피해졌다. 동료들이 내 손을 잡아 줄 필요가 없었고, 지금 상황에서는 내가 짐이었다. 항의하려 입을 열기도 전에 오웬이 말을 이었다.

"잘 생각해 봐. 내팽개치기엔 우리 다 멍청하기가 마찬가지라고. 길, 담배 좀 집어 봐. 아니, 왼손으로 말고······."

나는 취했다. 근사하게 취했고 영생을 누리는 듯한 기분이었다. 홀쭉한 화성인들은 벽 안에서 움직이는 듯 보였다. 화성에 세워진 전망대 같은 벽 안에서. 그런 화성은 있지도 않았지만. 그날 밤 처음으로 술잔을 치켜들고 건배했다.

"외팔이 길이 오웬을 위하여. 고맙다."

담배를 상상의 손으로 옮겨 들었다.

이제 담배가 상상의 손가락 사이에 끼워져 있을 거라고 생각하겠지. 대부분 비슷한 인상을 떠올리지만 사실은 그렇지 않다. 굴욕적이게도 주먹손으로 꽉 움켜쥐고 있다. 담뱃불에 손이 타는 일은 물론 없지만, 납덩이처럼 느껴지긴 한다.

상상의 팔꿈치를 테이블에 괴었다. 그러면 좀 더 쉬운 듯한 느낌이다. 웃기는 노릇인데, 먹히긴 했다. 정말이지, 이식수술을 받은 뒤에 상상의 팔이 사라질 거라고 생각했다. 하지만 새 팔과는 별개로 보이지 않는 손으로 작은 물건을 쥘 수 있다는 것을, 또 보이지 않는 손끝으로는 촉각을 느낄 수 있다는 것을 알게 됐다.

그날 밤 케레스에서 나는 '외팔이 길'이라는 별명이 생겼다. 떠다니는 담배로 시작된 일이었다. 오웬은 줄곧 옳았던 것이다. 거기 있던 모두가 들고일어나 외팔이가 피우는 공중의 담배를 뚫어져라 쳐다봤다. 나는 곁눈으로 그중에서 가장 예쁜 여자를 찾아 그 여자의 시선을 사로잡기만 하면 됐다.

그날 밤 우리는 케레스 기지 사상 최대 규모로 열린 즉흥 파티의 중심에 있었다. 그럴 계획은 전혀 아니었다. 우리 셋 다 데이트를 할 수 있게 담배 묘기는 세 번 써먹었다. 그런데 세 번째 여자는 이미 일행이 있었고, 그 남자는 뭔가를 축하하고 있었다. 무슨 특허 같은 걸 지구 기반 산업회사에 팔았다는 것이다. 그는 종잇조각처럼 돈을 사방에 뿌려 대고 있었다. 그래서 그 사람은 파티에 계속 데리고 있었다.

나는 묘기를 부렸다. 닫힌 상자에 에스퍼 손가락을 뻗어 상자 안에 뭐가 들었는지 말해 주었다. 묘기를 끝냈을 때쯤엔 모든 탁자가 다닥다닥 몰려 있었는데, 내가 그 중심에 있었고, 호머랑 오웬이랑 여자 셋이 같이 있었다. 그런 뒤엔 추억의 노래를 불러 젖혔다. 바텐더들이 합류했고 갑자기 가게가 술을 다 대 주게 됐다.

막판에는 우리 스무 명 정도가 소행성대 정부 제1대변인의 저택을 둘러싸고 빙빙 도는 지경이 됐다. 처음엔 골드스킨이 우리를 체포하려고 했고, 제1대변인도 무례하기 짝이 없게 굴긴 했는데, 우리 파티에 끼워 줘서 퉁치기로 했더랬다…….

그렇게 많은 담배에 염동력을 써 댄 건 바로 이런 이유에서였다.

●

마스 바 저편에서 복숭앗빛 드레스를 입은 여자가 턱을 괸 채 앉아 날 관찰하고 있었다. 자리에서 일어나 그쪽으로 다가

갔다.

머리는 괜찮았다. 일어났을 때 제일 먼저 확인해 본 게 두통이었다. 숙취 약 먹는 걸 기억하고 있었나 보다.

무릎 위로 다리가 걸려 있었다. 눌러서 발에 느낌이 없었지만 기분은 좋았다. 짙은 색의 향기로운 머리칼이 내 코 아래로 흐트러져 있었다. 나는 움직이지 않았다. 내가 깼다는 걸 알리고 싶지 않았다.

여자와 자고 일어났는데 이름도 생각이 안 나면 민망해서 미칠 것 같다.

그래, 어디 보자. 문손잡이에 단정하게 걸려 있는 복숭앗빛 드레스……. 간밤의 수많은 여정이 떠올랐다. 마스 바에 있었던 여자. 꼭두각시 공연. 온갖 종류의 음악. 오웬에 대해서 얘기해 줬고, 그녀는 우울해졌다며 나를 피했다. 그리고…….

그래, 태피! 성은 까먹었다.

"안녕."

내가 말했다.

"안녕."

그녀가 말했다.

"움직이려고 하지 마. 뒤엉켜 있어서……."

맨정신으로 본 아침 햇살 속 그녀는 사랑스러웠다. 긴 검은 머리, 갈색 눈, 타지 않은 크림빛 살갖. 이렇게 이른 아침에 사랑스럽기란 굉장한 재주라는 생각에 나는 그렇게 말해 주었고,

그녀는 빙긋 웃었다.

송장 같던 아랫다리에 피가 돌자 찡하고 저려 왔다. 저린 게 가실 때까지 얼굴을 구기고 있었다. 우리가 옷을 입는 내내 태피는 계속 재잘거렸다.

"그 세 번째 손 정말 신기하더라. 두 팔로 세게 나를 잡고 세 번째 손으로 목 뒤를 쓸어 준 거 기억나. 아주 좋았어. 프리츠 라이버*의 소설이 생각났지 뭐야."

"「방랑자」** 말하는 거지? 흑표범 소녀 나오는."

"응. 그 담배 묘기로 여자 몇 명이나 낚았어?"

"너만큼 예쁜 앤 없었는데."

"그렇게 말해 준 건 또 몇 명이고?"

"기억 안 나. 지금까진 잘 먹혔는데. 이번엔 진심인지도 모르겠다."

우린 서로 씩 웃었다.

잠시 뒤 태피가 내 목덜미에 대고 생각에 잠겨 얼굴을 찡그리는 게 느껴졌다.

"맘에 걸리는 거 있어?"

"그냥 생각 좀 하고 있었어. 당신 어젯밤에 정말 죽어라 마셨잖아. 맨날 그 정도로 마시는 건 아니면 좋겠어."

"왜? 나 걱정해 주는 거야?"

---

* Fritz Leiber. 1910~1992. 미국의 판타지, 호러, SF 작가로 휴고상, 네뷸러상 등을 수상했다.

** The Wanderer. 1965년 휴고상 수상작.

얼굴이 붉어지더니 그녀는 고개를 끄덕였다.

"먼저 말해 줬어야 했던 건데. 말했던 거 같기도 하고, 어젯밤에. 만취식 중이었거든. 친한 친구가 죽으면 고주망태가 되는 게 도리야."

태피는 안심한 듯 보였다.

"캐묻고 싶었던 건 아냐……."

"사생활이니까? 뭐 어때서. 당신은 그래도 돼. 어쨌거나 나는……."

'엄마 같은 타입이 좋으니까.'

하지만 그렇게 말할 수는 없었다.

"날 걱정해 주는 사람이 좋더라고."

태피가 뭔가 복잡하게 생긴 빗 같은 것으로 머리를 손질했다. 빗질을 몇 번 하자마자 머리가 정돈되었다. 정전기인가?

"딱 좋게 취했었어."

내가 말했다.

"오웬도 기뻐했겠지. 애도는 그걸로 다 한 거야. 한번 퍼마시고……."

나는 양손을 펼쳤다.

"……끝."

"나쁘지 않은 방법이야."

태피가 생각에 잠겨 말했다.

"전류 자극 말이야. 내 말은, 떠나야만 한다면 말이야……."

"그만두지 못해!"

어쩌다 그렇게 갑자기, 그렇게 심하게 화가 났는지 모르겠다. 안락의자에 앉아 악귀처럼 말라붙은 채 해죽 웃고 있는, 오웬의 시체가 돌연 눈앞에 선했다. 그 모습과 싸우는 데 시간이 너무 많이 들었던 것이다.

"포기할 거면 다리에서 뛰어내리는 걸로 족해."

내가 일갈했다.

"전류가 뇌를 태우도록 한 달 동안 죽어 가는 건 구역질 나는 일 그 이상도 이하도 아냐."

태피는 상처받고 당황한 것 같았다.

"그치만 당신 친구가 그랬다며. 아냐? 당신 말하는 게 겁쟁이처럼 들리진 않았는데."

"이런 젠장."

스스로가 말하는 게 들렸다.

"오웬이 한 게 아냐. 오웬은……."

바로 그렇게, 확신이 섰다. 취해 있었을 때나 자던 중에 깨달은 게 분명했다. 당연히도 그는 자살한 게 아니었다. 그런 건 오웬이 아니었다. 전류 중독도 오웬이 할 짓이 아니고.

"오웬은 살해당했어."

내가 말했다.

"당연히 그렇지. 왜 이걸 몰랐지?"

그러고는 전화기로 돌진했다.

— 좋은 아침입니다, 해밀턴 씨.

오늘 아침 오다즈 형사는 무척 산뜻하고 단정해 보였다. 문득 내가 면도하지 않았다는 걸 깨달았다.

— 잊지 않고 숙취 약을 드신 것으로 보이는군요.

"그래요. 오다즈, 오웬이 살해당했을지도 모른다는 생각은 해 보셨습니까?"

— 물론입니다. 하지만 가능하지 않습니다.

"가능할지도 모릅니다. 만약에 오웬이……."

— 해밀턴 씨.

"예?"

— 저희 점심 약속이 있습니다. 그때 논의하는 것은 어떻겠습니까? 본부에서 12시 정각에 뵙겠습니다.

"알겠어요. 오전 중으로 하나만 알아봐 주시겠어요? 오웬이 누디스트 면허 신청을 했는지 확인해 주십시오."

— 신청했을지도 모른다고 생각하시는 겁니까?

"예 왜인지는 점심때 얘기해 드리죠."

— 잘 알겠습니다.

"잠깐 끊지 말아 봐요. 오웬한테 드라우드와 플러그 세트를 판 사람을 찾았다고 하셨잖아요. 이름이 뭐라고 했죠?"

— 케네스 그래햄입니다.

"생각대로군요."

전화를 끊었다.

태피가 내 어깨에 손을 얹었다.

"저, 정말로 그 사람……, 살해당했을지 모른다고 생각하는 거야?"

"어. 상황 짜인 게 전부 오웬이 발이 묶인 상태가 아니었더라면……."

"아니, 말하지 마. 알기 싫어."

태피를 향해 몸을 틀었다. 진심이었다. 그녀에겐 모르는 사람의 죽음이라는 화제 자체가 속이 메스꺼워지는 일일 것이다.

"알았어. 아침도 대접하지 않는다는 게 개차반 같지만 당장 일하러 가야 해서 말인데, 택시 불러 줘도 될까?"

택시가 도착했을 때 10마르크 동전을 투입구에 넣고 태피가 탈 수 있게 도왔다. 떠나기 전 그녀의 주소를 받았다.

ARM 본부는 이른 아침부터 일과로 분주했다. 여기저기서 쏟아지는 아침 인사에, 나는 발걸음을 멈추지 않은 채 대답만 했다. 중요한 일이 있으면 결국 전달이 올 터였다.

줄리의 자리를 지나면서 흘끗 들여다봤다. 그녀는 인체공학 소파에 축 늘어져, 눈을 감은 채 메모를 휘갈기며 열심히 일하는 중이었다.

'케네스 그래햄.'

지하 컴퓨터 접속기는 내 책상 공간을 많이도 잡아먹었다. 사용법을 익히는 데 몇 달이나 걸렸다. 자판을 두드려 커피와 도넛을 주문한 뒤 검색창에 케네스 그래햄을 입력하고 정보 검색을 했다.

제한적 면허: 외과수술.

일반 면허: 직류 자극 기기 판매업.

주소지: 서로스앤젤레스 근교.

즉각적으로 테이프가 찰칵찰칵 출력되어 책상 위에 한 뭉치 두 뭉치 돌돌 말려 쌓였다. 읽지 않아도 내 생각이 맞았다는 걸 알 수 있었다.

새로운 기술은 새로운 관습을, 새로운 법과 새로운 윤리를, 새로운 범죄를 탄생시켰다. UN 산하의 경찰 조직인 ARM의 업무 절반은 한 세기 전만 해도 존재하지 않았던 범죄 단속에 관한 일이었다. 장기 밀매는 수천 년간 의학이 발달하고, 수백만의 생명이 병자를 고치겠다는 이상에 순수한 마음으로 헌신한 결과물이었다. 진보는 이러한 이상을 실현했고, 으레 그렇듯 새로운 문제들을 야기했다.

서기 1900년은 카를 란트슈타이너가 인간 혈액을 네 종류로 분류하여 환자가 수혈 중 생존할 수 있는 진정한 기회를 열어준 해였다. 이식 기술은 20세기의 성장과 더불어 발전해 왔다. 혈액, 뼈, 피부 조직, 신장과 심장은 모두 한 몸에서 다른 몸으로 이식될 수 있었다. 그 100여 년 동안 기증자는 신체를 기꺼이 의학계에 내주어 수천수만의 생명을 살렸다.

그러나 기증자의 수는 한정되어 있었고, 가치 있는 부분을 보존해 가며 죽는 이는 많지 않았다.

채 100년이 되기 전에 범람이 일어났다. 건강한 기증자(물론 그런 생물은 존재하지 않지만) 하나가 열두 사람을 살릴 수 있었다. 그렇다면 왜 살인을 저지른 사형수를 헛되이 죽인단 말인가?

처음엔 몇몇 주에서, 그러더니 세계 대부분의 국가에서 새로운 법안을 통과시켰다. 결국 새 법안에 의해 사형이 선고된 범죄자는 병원에서 처형되어야 했다. 장기은행에 최대한 많은 장기를 비축할 수 있게끔 외과의를 대동하여.

세계의 수십억 명이 살기를 원했고, 사람은 스스로의 장기가 수명을 다하기 전에 의사가 새것으로 갈아 끼워 주기만 하면 영생을 누릴 수 있었다. 하지만 그런 일은 세계의 장기은행에 비축분이 있을 때만 가능했다.

곳곳에서 사형제를 폐지하자던 100여 개의 운동은 소리 없이, 공표되지 않은 채 사멸했다. 누구든 때때로 병을 앓기 마련이었다.

그러고도 여전히 장기은행 비축량은 부족했다. 여전히 환자들은 목숨을 구해 줄 장기가 없어 죽었다. 세계인의 꾸준한 압력에 입법자들은 응답했다. 1급 살인에 이어 2급 살인과 3급 살인에도 사형이 구형되었다. 그다음으로는 흉기를 이용한 폭행에도. 그러더니 강간, 사기, 횡령, 무허가 출산, 4회 이상의 허위 광고 따위의 온갖 범죄까지. 세계의 유권자들이 영생의 권리를 수호하기 위해 행동함으로써 이런 추세는 거의 한 세기 동안 심화되었다.

오늘날까지도 이식용 장기는 충분치 않다. 신장에 문제가 있는 여자가 이식을 받으려면 1년을 기다려야 할지도 모른다. 여생을 보내기 위한 건강한 신장 하나를 받으려고. 서른다섯 살의 심장병 환자는 멀쩡하긴 해도 마흔다섯 살 먹은 심장을 달고 살아야만 한다. 폐 한쪽, 간 일부, 너무 빨리 닳거나 무게가 너무 무겁거나 가벼운 인공장기……. 범죄자가 충분치 않았다. 놀라운 일도 아니었다. 사형제는 억제책이 되어 버렸다. 사람들은 병원 기증자실을 마주하느니 범죄 저지르기를 관뒀다.

망가진 소화기관을 즉시 교체한다거나, 어리고 건강한 심장을 찾을 때, 술로 만신창이가 된 간이 통째로 필요할 때는……, 장기 밀매꾼에게 가야 했다.

장기 밀매라는 사업에는 세 가지 면이 있다.

하나는 납치 및 살인이다. 좀 위험하다. 기증자를 기다려서는 장기은행을 채울 수 없다. 사형수의 처형은 정부가 독점하고 있다. 그러니 나가서 기증자를 잡아 오는 것이다. 붐비는 도시 길거리에서든, 공항 터미널에서든, 콘덴서가 터져 고속도로에 자초된 차에서든…… 말 그대로 어디가 됐든 간에.

영업 판매 분야도 위험하긴 마찬가지였는데, 절망적으로 병든 사람마저도 때때로 양심이란 걸 가지고 있기 때문이다. 이식 장기를 사고서는 그 길로 ARM을 찾아, 갱단을 전부 넘기는 것으로 건강도 양심도 되찾는 것이다. 때문에 거래는 익명으로 이루어졌는데, 재구매는 거의 없는 만큼 큰 문제는 아니었다.

세 번째는 기술적, 의료적 측면이었다. 아마 이 분야가 이 사업에서 가장 안전한 부분일 것이다. 병원은 커다랗지만 어디에든 세울 수 있다. 살아 있는 채로 도착하는 기증자를 기다렸다가, 간이나 분비선, 혹은 생살갗을 제곱센티미터 단위로 떼어 내, 거부 반응을 보기 위해 정확히 꼬리표를 달아 발송한다.

말처럼 쉬운 건 아니다. 의사가 필요하다. 실력이 좋은 사람으로.

여기서 로렌이 등장한다. 그는 의사를 독점하고 있었다.

어디서 구해 온 걸까? 우린 그걸 알아내려고 아직도 애쓰는 중이다. 어떻게 했는지는 몰라도, 한 사람이 유능하지만 부정직한 의사들을 사실상 떼거리로 끌어들이는 확실한 방법을 찾아냈다. 정말 한 사람이었을까? 정보원 모두가 그렇다고 했다. 그리고 북아메리카의 서해안 절반이 로렌의 손바닥 안이었다.

로렌. 홀로그래프도, 지문이나 망막 패턴도, 심지어 묘사된 바도 없었다. 우리가 가진 거라곤 이름 하나, 연관이 있을 수도 있는 몇몇 연줄뿐이었다.

그 연줄 중 하나가 케네스 그래햄이었다.

홀로그래프는 화질이 좋았다. 아마 초상화 가게에서 찍었을 것이다. 케네스 그래햄은 스코틀랜드인같이 얼굴이 길었으며, 주걱턱에 입은 작고 뚱해 보였다. 홀로 속 그는 미소를 지으면서 동시에 근엄하게 보이려 노력하고 있었는데, 그냥 불편해 보이기만 했다. 짧게 깎은 머리칼은 모래색이었다. 연회색 눈 위의 눈썹은 너무 연해서 거의 보이지 않을 정도였다.

아침 식사가 왔다. 도넛을 커피에 담갔다가 한입 물었다. 그제야 생각보다 배가 고팠다는 걸 알게 됐다.

컴퓨터 테이프에 홀로가 연이어 복사되어 있었다. 한 손으로는 먹고 다른 손으로는 색인표를 넘기면서, 수많은 홀로들을 꽤 빠르게 훑어보았다. 어떤 것들은 흐릿했다. 그래햄의 가게 창문 너머 스파이 빔으로 찍은 것이었다. 출력물 중에 범법 현장처럼 보이는 것은 하나도 없었다. 그래햄이 웃고 있는 모습도 보이지 않았다.

그는 12년째 전기 쾌락을 팔고 있었다.

전류 중독자는 공급자보다 유리한 위치에 있었다. 전기는 저렴하다. 마약이라면 공급자가 언제나 값을 높여 부를 수 있지만, 전기로는 그럴 수 없었다. 쾌락상과는 시술과 드라우드를 받을 때 한 번 보고 끝이었다. 누구도 실수로 중독에 빠지지 않는다. 전류 중독에는 정직한 면이 있었다. 고객은 자신이 어떤 것에 발을 들이는지, 그것이 자신에게 어떤 영향을 줄지 언제나 숙지하고 있다. 그것이 자신을 어떻게 만들어 버릴지도.

그렇긴 해도, 케네스 그래햄처럼 먹고살려면 공감 능력이 결여되어야 할 터였다. 그런 능력이 있었다면야 손님을 돌려보냈을 것이다. 서서히 전류 중독자가 되는 사람은 아무도 없다. 전부 단숨에 결정하고, 쾌락을 맛보기도 전에 시술을 받는다. 케네스 그래햄의 손님 하나하나는 인류로부터 낙오되기를 결심하고 가게까지 찾아왔다. 절망하고 절박한 자들이 줄줄이 그래햄의 가게를 거쳤겠지! 그들이 꿈에 나올 수밖에 없지 않나? 그런데도 케네스 그래햄이 밤마다 푹 잤다면, 그랬다면……

그랬다면 장기 밀매꾼으로 전향했대도 놀랄 일이 아니다.

그는 밀매하기 좋은 위치에 있었다. 절망은 잠재적 전류 중독자가 지닌 특성이었다. 알려지지 못하고 사랑받지 못한, 아무도 모르고 아무도 원치 않고 아무도 그리워하지 않는, 그런 수많은 사람이 꾸준히 케네스 그래햄의 가게에 발을 들인 것이다.

그리고 몇몇은 그 가게에서 나오지 않았다. 누가 눈치챘을까?

어떤 사람이 그래햄의 감시 담당이었는지 보려고 테이프를 휙휙 넘겼다. 잭슨 베라. 책상 위 전화기로 전화를 걸었다.

— 그럼요. 스파이 빔을 붙여 놓은 지는 3주가 됐습니다. 수당 잘 받는 ARM 요원 낭비라니까요. 연관이 없을지도 몰라요. 어디서 귀띔받았을지도 모르고.

"그럼 왜 감시를 중단하시지 않고?"

베라는 진저리가 나는 것 같았다.

— 감시한 지 3주밖에 안 됐으니까요. 그 작자가 1년에 기증자 몇 명 구해 가면 될 거 같으십니까? 둘이에요. 보고서 읽어 보십쇼. 기증자 하나에 총이익만 100만 UN마르크가 넘어요. 그래햄은 신중하게 고를 형편이 된다 이거죠.

"그렇겠네요."

— 막상 별로 신중하지 못했지만요. 작년에 손님이 적어도 두 명은 사라졌습니다. 가족이 있는 사람들이었거든요. 그래서 제가 배정된 겁니다.

"그래서 앞으로 6개월은 보증 없이도 감시할 수 있는 거군요. 알맞은 사람이 걸어 들어오길 기다리고 있는 것일 수도 있으니까."

— 그럼요. 그래햄은 구매자 전원에 대해 보고서를 작성해야

합니다. 그래서 개인적인 질문을 할 권리가 부여되고요. 친척이 있다, 이러면 아시겠죠. 그렇지만…….

베라가 참담한 듯 말을 이었다.

— ……혐의가 없을 수도 있습니다. 전류 중독자는 남의 도움 없이도 사라지곤 하니까.

"그래햄의 자택 홀로는 왜 하나도 보이지 않습니까? 가게만 감시하는 건 아닐 텐데요."

잭슨 베라는 머리를 긁적였다. 부시먼처럼 길게 기른, 대걸레를 연상케 하는, 검은 강모 같은 머리였다.

— 집도 물론 보고 있지만, 그 안에는 스파이 빔을 설치할 수가 없습니다. 안쪽 아파트거든요. 창문이 없어요. 스파이 빔에 대해 아는 건 있으십니까?

"별로 없습니다. 나온 지 꽤 됐다는 건 압니다."

— 레이저만큼이나 오래됐죠. 책에 나오는 가장 오래된 수법은 훔쳐보고 싶은 방에다 거울을 놓는 겁니다. 그런 다음 창을 통해서, 커튼이 두껍더라도 상관없고요, 레이저 빔을 쏴서 거울에 튕겨져 나오게 합니다. 그걸 집어내면 유리의 진동에 따라 왜곡된 상태죠. 그럼 그 방에서 이야기된 것 전부의 완벽한 녹음본이 나오는 겁니다. 화상을 원하면 좀 더 정교한 게 필요해요.

"어느 정도까지 정교하게 할 수 있습니까?"

— 창문이 있으면 어느 방이든 스파이 빔을 설치할 수 있습니다. 벽 같은 것도 통과해 보낼 수 있어요. 광학적으로 평평한

면이 있다면 모퉁이 너머에도 보낼 수 있죠.

"하지만 외벽이 필요하다 이거군요."

— 네, 맞아요.

"그래햄은 지금 뭘 하고 있습니까?"

— 잠시만요.

베라가 시야에서 사라졌다.

— 누군가 들어왔어요. 그래햄이 말하고 있군요. 영상 보내
드려요?

"좋죠. 그대로 켜 두십시오. 다 봤다 싶으면 여기서 끄겠습
니다."

베라의 모습이 멈추더니 꺼졌다. 잠시 뒤 나는 진료실을 들
여다보고 있었다. 모르는 채로 봤다면 족병足病 전문 의사가 운
영하는 곳이라고 생각했을 것이다. 머리 받침과 발 받침이 딸
린 안락한 등받이 의자가 있었다. 그 옆으로 깨끗한 흰 천이 덮
인 캐비닛 위에 수술 도구가 놓여 있었다. 한구석에는 책상이
있었다. 케네스 그래햄은 촌스럽고 지쳐 빠진 외모의 여자애에
게 말하고 있었다.

그래햄이 그 소녀의 아버지라도 되는 양 안심시키는 것을,
마법 같은 전류 중독에 대해 번지르르하게 묘사하는 것을 들었
다. 더는 견딜 수가 없어서 소리를 꺼 버렸다. 소녀는 의자에
자리 잡았고, 그래햄이 그녀 머리에 무언가 장착시켰다.

소녀의 촌스럽던 얼굴이 돌연 아름답게 변했다.

행복이란 혼자서도 오롯이 아름다운 것이다. 행복한 사람

은 그 자체로 아름다웠다. 돌연히 그리고 완연히, 소녀는 환희에 가득 차 있었다. 나는 내가 드라우드 사업에 대해 그리 아는 것이 없었다는 걸 깨달았다. 보아하니 그래햄에겐 전선 없이도 원하는 곳에 전류를 흘려보낼 수 있는 유도기가 있었다. 그는 전류 중독이 어떤 느낌인지 처음 전선을 심지 않고도 체험시킬 수가 있었던 것이다.

얼마나 강력한 논법이었을까!

그래햄은 기계를 껐다. 마치 그 여자애를 꺼 버린 듯했다. 소녀는 굳은 채로 잠시 있다가 허겁지겁 지갑을 집었고 그 안을 싹싹 긁었다.

더는 견딜 수가 없었다. 영상을 껐다.

그래햄이 장기 밀매꾼으로 전향했대도 놀라울 게 없었다. 그런 물건을 팔아먹으려면야 공감력이 아예 없어야 했다.

그런 데까지도 유리한 위치에서 시작했다고, 나는 생각했다.

그는 세계의 나머지 수십억 명의 사람들보다 약간 더 냉담했던 것이다. 많이는 아니었다. 유권자들은 모두 마음 한구석에 장기 밀매꾼을 간직하고 있었다. 그렇게나 많은 범죄에 사형제를 도입하기로 투표하는 동안 입법자들은 유권자들의 압력에 굴복하기만 했다. 생명 경시의 풍조가 확산되어 갔다. 이식 기술의 악한 면이었다. 선한 면은 모든 이에게 더 오랜 삶이 주어졌다는 것이다. 사형수 하나가 살아 마땅한 생명 열둘을 살릴 수 있었다. 누가 불평할 수 있겠는가?

소행성대에서는 그런 식으로 생각하지 않았다. 소행성대에서 생존이란 그 자체로 미덕이었고, 삶이란 귀중한 것이었다. 불모의 바위들 사이에 너무나 희박하게 퍼져 있는 생명, 세계와 세계 사이에 놓여 있는 살인적인 공허를 뚫고 단일 개체로 돌진하는 생명이란.

그러니 이식을 받으러 나는 지구에 와야 했다.

내 요청은 착륙하고 두 달 뒤 승인되었다. 그렇게나 빨리? 장기은행에 특정 부위는 항상 남아돈다는 걸 나중에 알게 됐다. 요새는 팔을 잃는 사람이 얼마 되지 않았다. 또 하나, 이식 수술을 받고 1년이 지나서, 내가 체포된 장기 밀매꾼의 저장고에서 회수된 팔을 쓰고 있다는 것도 알게 되었다.

충격이었다. 나는 내 팔이 사악한 살인자에게서, 옥상에서 간호사를 열넷쯤 쏴 죽인 작자한테서 난 것이길 바랐다. 전혀 아니었다. 얼굴도 모르고 이름도 모르는 희생자가 재수 없게도 악귀와 맞닥뜨렸고, 그 덕을 내가 본 것이다.

내가 혐오감에 욱해서 새 팔을 반납했던가? 아니다. 이렇게 말하는 게 놀랍지만, 그러지 않았다. 그렇지만 나는 한때 지역 시민군 연합이었다가 이제는 UN 산하의 경찰 조직이 된 ARM 에 들어갔다. 비록 죽은 이의 팔을 받았으나, 그를 죽인 자의 동족을 사냥할 것이다.

해결을 촉구하던 숭고한 결의는 지난 몇 년 서류 업무 속에 파묻혀 있었다. 그동안 나는 평지인들처럼, 매년 꾸준히 사형제 신설에 투표하는 주변의 다른 평지인들처럼 무던해져 갔는지도 모른다. 수입세 피하는 법. 도시 상공에서 비행차를 매뉴

얼 모드로 작동시키는 법.

케네스 그래햄이 그들에 비해 그렇게 악독했나?

당연하지. 그 개자식은 오웬 제니슨 머리에 전선을 꽂았어.

줄리가 나오길 20분 기다렸다. 메모를 보낼 수도 있었지만, 정오까지 시간이 많이 남아 있었다. 뭐든 해내기엔 너무 짧은 시간이었고, 그리고……, 줄리와 얘기하고 싶었다.

"안녕."

그녀가 말했다.

"고마워."

그러며 커피를 받았다.

"만취식은 어떻게 됐어? 아, 그랬구나. 으으으음, 잘했네. 거의 시적인데."

줄리와 대화를 할 때면 지름길을 타곤 한다.

시적이라. 그랬다. 은은하게 달아오른 훈기를 타고 영감이 어쩌다 벼락처럼 꽂혔는지 기억이 났다. 오웬이 알려 준 공중 담배 작업법. 오웬과 나눈 추억을 기리는 데 그런 방법으로 여자를 꼬시는 것보다 더 나은 방법이 뭐가 있겠는가?

"맞아."

줄리가 동의했다.

"그치만 뭔가 놓친 게 있을지도 몰라. 태피는 성이 어떻게 돼?"

"기억이 안 나. 써 줬던 거 같은데……."

"하는 일은 뭐래?"

"내가 어떻게 알겠어?"

"종교는 뭐고? 찬성한대, 아님 반대한대? 어디서 자랐대?"

"젠장……."

"30분 전에는 너만 빼고 평지인들이 다들 얼마나 비인간적이 됐는지 가지고 아주 자아도취하고 있었지. 태피는 뭐야. 사람이니 예외니?"

줄리가 허리춤에 손을 얹은 채 학교 선생님처럼 나를 올려다봤다.

줄리에겐 얼마나 많은 면모가 있는 걸까? 이렇게 보호자 같은 일면을 한 번도 본 적 없는 요원도 있었다. 보호자로서의 줄리는 무섭다. 데이트 중에 이런 모습이 나오기라도 한다면 그 상대는 평생 발기부전에 시달릴 터였다.

절대 아니지. 꾸중이 필요하다 싶으면 줄리는 대놓고 말했다. 그런 점이 그녀의 역할을 구분시켜 주었지만, 혼나는 일에 마음이 편해지는 건 아니었다.

그녀의 소관이 아닌 척하는 것도 소용없었다.

나는 줄리에게 보호를 요청하러 온 것이다. 내가 줄리에게 사랑스럽지 않게 변해 버리면, 아주 조금만이라도 미움을 사게 되면, 줄리가 마음을 읽을 수 없는 사람이 된다. 그렇게 되면, 내가 위험에 처했을 때 그녀가 어떻게 알 수 있겠는가? 무슨 일이 생겼을 때 내게 어떻게 도움을 줄 수 있겠는가? 나의 사적인 삶이 곧 그녀의 소관, 막중하게 중요한 단 하나의 직무였다.

"태피가 좋았단 말이야."

내가 항변했다.

"만나게 됐을 때 누군지 신경을 안 썼어. 이제 난 걔가 좋고, 그쪽도 날 좋아하는 것 같아. 첫 번째 데이트에서 뭘 바라?"

"잘 알잖아. 둘이서 소파에 앉아 서로에 대해 알아 가는 것만으로도 즐거워서 밤새도록 얘기하던 다른 데이트들도 잘 기억하면서 그래."

그녀는 세 명의 이름을 댔고, 나는 얼굴이 홧홧해졌다. 줄리는 순식간에 속마음을 까발리는 단어들을 알고 있었다.

"태피는 사람이야. 얘깃거리도 아니고, 무슨 상징 같은 것도 아니고, 그냥 하룻밤 불장난도 아니야. 당신 판단은 어떤데?"

복도에 그대로 서서 한번 생각해 보았다. 우스워라. 보호자 줄리를 다른 상황에서도 마주한 일이 있었는데, 불편하니 상황을 빠져나가자는 식으로 생각한 적은 없었다. 나중에야 그런 생각을 하지, 그 순간에는 그냥 거기 서서 보호자이자 판사님이자 선생님인 줄리를 쳐다본다. 태피를 생각해 보았다…….

"좋은 사람이야. 비인간적이지 않고. 되레 결벽이 심하지. 좋은 간호사는 못 될 거야. 너무 많이 도와주려고 하고, 돕지 못하면 마음이 찢어질 거야. 연약한 사람 있잖아. 그런 사람이야."

"더 해 봐."

"태피를 다시 만나고 싶어. 근데 내 일 얘기를 해 줄 엄두는 안 나. 사실……, 오웬 일이 끝나기 전에는 안 보는 게 좋을 것 같아. 로렌의 관심을 끌지도 모르잖아. 그것도 있고……, 태피가 나한테 관심이 생기는데, 내가 다치게 되거나 하면……. 내가 뭐 빠뜨렸던 거 있나?"

"그런 거 같네. 그녀한테 전화해 줘야 돼. 며칠 내로 데이트 안 할 거라면, 전화해서 그렇다고 말해 둬."

"알겠어."

나는 발길을 돌렸다가 다시 돌아왔다.

"사기꾼 농담 같은! 까먹을 뻔했네. 왔던 이유는 원래……."

"알아. 시간대 잡으러 온 거잖아. 오전 9시 45분마다 체크하면 어떻겠어?"

"그건 좀 이른데. 목숨이 위험한 일은 보통 밤에 생기거든."

"나 밤엔 일 안 해. 되는 시간은 9시 45분뿐이야. 미안해, 길. 근데 사정이 그러네. 모니터링해 줄까 말까?"

"알겠어. 9시 45분인 걸로."

"좋아. 오웬이 살해된 거라는 물증 확보하면 알려 줘. 시간대 두 군데 배정해 줄게. 그때쯤 되면 좀 더 확실히 위험해질 테니."

"좋아."

"사랑해. 악, 나 늦었다."

내가 태피한테 전화하러 간 사이 줄리는 자기 사무실로 쓱 들어갔다.

물론 태피는 집에 없었다. 나는 태피가 일하는 곳은 고사하고 하는 일도 몰랐다. 전화기는 메시지를 남기라고 했다. 이름을 알려 주고 다시 걸겠다고 말했다. 그러고서 5분을 땀 흘리며 앉아 있었다.

정오까지 30분이 남아 있었다. 나는 책상 전화 앞에 앉아 있었다. 호머 찬드라세카르에게 메시지를 보내지 않을 구실이 전혀 떠오르지 않았다.

그때나 지금이나 언제까지고 그 녀석하고는 말하고 싶지 않았다. 마지막으로 봤을 때 놈은 나를 아주 호되게 씹었다. 공짜팔로 고리인으로서의 삶을 반납해야 했고, 그 일로는 호머의 존경심을 반납해야 했다. 녀석과는 단방향 메시지로도 말하기 싫었는데, 오웬이 죽었다고 말해야 하는 건 특히나 싫었다.

하지만 누군가는 말해 줘야 했다.

그리고 그 녀석이 뭔가 찾아낼지도 모르는 일이었다.

게다가 거의 하루를 미룬 일이었다.

5분을 땀 흘리며 앉아 있다가, 장거리전화를 걸어 메시지를 녹음하고 세레스로 송신했다. 아주 정확히 말하자면 만족스러울 때까지 여섯 번을 녹음했다. 그건 말하고 싶지 않다.

태피한테 다시 전화를 걸어 보았다. 점심을 먹으러 돌아왔을지도 모르는 일이었다. 잘못된 생각이었다.

줄리가 타당했던 걸까 곱씹으며 수화기를 놓았다. 기분 좋은 하룻밤 외에 태피와 내가 서로 뭘 더 약속했던가? 하룻밤 좋았고, 운이 따르면 그 밤이 여러 밤이 될 수도 있었겠지.

그렇지만 줄리로서는 부당함을 어렵게 여겼을 것이다. 줄리가 태피를 연약한 타입으로 생각했다면 그 정보는 내 자신의 마음에서 찾아냈을 테니.

여러 감정이 섞여 복잡하다. 어린 자식이 따라야 할 법을 어머니가 막 정한 상황이랑 같다. 그런데 그게 정말 법이라 의지할 만도 하고……, 어머니도 관심을 가져 주는 거고……, 분명 신경도 쓰고 있는 것이다……. 바깥의 저 많은 사람에 대해선 아무도 보살펴 주지 않는데도.

●

"물론 살인도 생각해 보았습니다."

오다즈가 말했다.

"전 항상 살인을 고려합니다. 저희 선하디선한 어머니께서 저희 누님 마리아 앙헬라가 3년을 보살핀 끝에 돌아가셨을 때, 실제로 머리에서 바늘구멍의 증거를 찾아내려는 생각도 했습니다."

"찾으신 건 있나요?"

오다즈의 얼굴이 굳었다. 집었던 고기 조각을 놓고 일어나려 했다.

"진정하세요."

내가 서둘러 말했다.

"시비를 걸려던 건 아닙니다."

오다즈는 잠시 물끄러미 보더니 다소 마음이 풀렸는지 자리에 앉았다.

우리는 보도 높이의 야외 레스토랑을 골랐다. 진짜 살아 있는 푸른 관목 울타리 너머로 쇼핑객들은 일정한 속도로 일방향 대열 속에 실려 갔다. 그들 너머로는 반대 방향 자동보도가 비숫한 대열을 나르고 있었다. 우리가 움직이는 것처럼 멀미가 났다. 나팔바지 형태의 체스 말처럼 생긴 웨이터가 상체에서 모락모락 김이 나는 칠리버거를 만들더니 정확히 우리 앞에 내어 주고 공중에 살짝 뜬 채 미끄러지듯 멀어졌다.

"당연히 살인을 생각해 봤습니다. 절 믿으십시오, 해밀턴 씨. 성립이 안 됩니다."

"확실히 입증할 수 있을 것 같은데요."

"한번 해 보시죠. 아니, 제가 해밀턴 씨 주장부터 입증해 보는 게 낫겠군요. 먼저, 쾌락상 케네스 그래햄이 오윈 제니슨에게 드라우드와 플러그 세트를 팔지 않았다고 가정해야 합니다. 그게 아니라 오윈 제니슨이 강제로 수술을 받았던 것이죠. 그래햄의 기록은 서면 허가서를 포함해서 모조리 조작된 겁니다. 이 모든 게 다 성립해야 하는 겁니다. 그렇죠?"

"그래요. 그렇지만 형사님께서 그래햄이 깨끗하다고 말씀하시기 전에 그렇지 않다는 걸 좀 말씀드리죠."

"예?"

"그래햄은 장기 밀매단과 연관되어 있습니다. 이건 기밀 정보입니다. 우리 쪽에서 감시하고 있고 그쪽이 눈치채는 건 원치 않아요."

"새로운 소식이군요."

오다즈가 턱을 문질렀다.

"장기 밀매라. 그런데 오윈 제니슨은 장기 밀매와 무슨 상관입니까?"

"오웬은 고리인입니다. 소행성대에는 장기 이식재가 언제나 심각하게 부족하죠."

"예, 지구에서 다량의 의료용품을 수입해 가죠. 장기 재고 말고도 약이나 보철 기기도 말입니다. 그래서요?"

"왕년에 오웬은 골드스킨을 피해 상당히 많은 화물을 날랐습니다. 몇 번 잡히기도 했지만, 정부보다 한참 앞서 나갔죠. 성공한 밀수꾼으로 널리 알려졌습니다. 거물 밀매꾼이 시장을 확장하고 싶었다면 성공적인 밀수 이력이 있는 고리인을 탐문해 접촉을 시도했을 확률이 높죠."

"제니슨 씨가 밀수꾼이라고는 여태껏 한 번도 언급하지 않으셨는데요."

"뭐 하려요? 잡히지 않겠다 싶으면 고리인은 모두들 밀수를 하는데. 고리인에게 밀수는 부도덕한 일이 아닙니다. 하지만 장기 밀매꾼이 그런 걸 알 턱이 있나. 오웬이 이미 범죄자일 거라고 생각했겠죠."

"그럼 해밀턴 씨께선 친구분이……."

오다즈가 조심스럽게 머뭇거렸다.

"아뇨, 오웬은 장기 밀매꾼이 되진 않았을 겁니다. 하지만 어쩌면, 그런 놈을 넘기려고 했을 수는 있지요. 체포나 기타 등등 선고로 이어질 수 있는 결정적인 제보에 대한 보상이 상당하거든요. 만약 누군가 오웬에게 연락을 취했다면, 오웬은 분명 직접 연락을 추적하려고 했을 겁니다."

나는 말을 이었다.

"지금 우리가 쫓고 있는 장기 밀매 갱단은 우리 대륙 서해안 절반을 장악하고 있습니다. 큰 규모죠. 로렌 갱단이라고 하는데 그래햄이 일하고 있는 곳일지도 모릅니다. 오웬이 로렌을 직접 만날 기회가 있었다면 어찌했을까요?"

"친구분께서 받아들였을 거라고 생각하시는군요?"

"그랬을 겁니다. 지구인처럼 머리를 기른 것도 자기가 눈에 띄려고 하지 않는다는 걸 보여 줘서 로렌에게 신뢰를 얻으려고 한 일 같습니다. 정보는 되는대로 전부 모아 두고, 그런 뒤 빠져나오려고 했던 겁니다. 하지만 성공하지 못했던 거죠. 오웬의 누디스트 면허 신청서는 찾으셨습니까?"

"아니요. 요지는 알겠습니다."

오다즈가 말했다. 그는 앞에 놓인 음식을 무시한 채 뒤로 기댔다.

"제니슨 씨는 특유의 까무잡잡한 얼굴만 빼면 전신이 고르게 그을려 있었습니다. 소행성대에서 누디스트로 지내셨을 것으로 짐작합니다."

"그래요. 거기선 면허가 필요 없으니까. 뭔가 숨기고 있는 게 없다면 여기서도 그랬을 겁니다. 그 흉터 기억하시죠? 그 친구 그거 뽐낼 기회는 절대 놓치지 않았어요."

"친구분께서는 정말로 자기가······."

오다즈는 머뭇머뭇 조심스레 물었다.

"······평지인으로 보일 거라고 생각했을까요?"

"고리인의 상징인 그을린 자국이 있는데? 아니죠! 머리 모양은 좀 오버였죠. 로렌이 깔볼 거라고 생각했던 건지도 모르겠습니다. 하지만 존재감을 과시하고 다닌 건 아닙니다. 그랬다면 가장 사적인 소지품들을 집에 놔두고 오지는 않았겠죠."

"그러니까 친구분께서 장기 밀매꾼과 거래하고 있었고, 친구분이 선생님에게 연락하기 전에 갱단이 찾아냈다. 그래요, 해밀턴 씨. 잘 짜 맞추셨군요. 그치만 그럴 리는 없어요."

"왜죠? 살인이라는 걸 증명하려는 게 아닙니다. 아직은요. 다만 살인도 자살만큼이나 가능성이 있다는 걸 보여 드리려는 것뿐입니다."

"하지만 그렇지 않습니다, 해밀턴 씨."

나는 의문의 눈길을 보냈다.

"이 살인 가설의 세부 사항을 따져 봅시다. 오웬이 약물에 취한 건 당연하고, 케네스 그래햄의 사무실로 끌려가야겠죠. 거기서 절정 플러그가 부착되고요. 표준 드라우드를 맞춘 뒤 납땜 장비로 아마추어처럼 변형하고요. 이미 저희가 본 바처럼, 살인자 입장에서 세세한 부분까지 아주 공을 들이고 있죠. 이런 것들이 케네스 그래햄의 수술 허가 문서가 위조된 데서 또 보이고요. 흠 하나 없었죠."

오다즈는 말을 이었다.

"그런 뒤 오웬 제니슨을 도로 아파트에 데려다 놓습니다. 자기 아파트겠죠. 아니겠습니까? 또 다른 곳으로 옮기는 건 별 의미가 없으니까요. 드라우드 전선을 짧게 줄이는데, 다시금 아마추어 방식으로 해 놓고요. 제니슨 씨는 묶여 있고……."

"그 부분을 짚으실지 궁금했습니다."

"안 묶어 둘 이유가 없잖아요. 제니슨 씨는 묶여 있고, 깨어나게끔 됐습니다. 장치는 설명해 줬을 수도 있고, 아닐 수도 있습니다. 살인자에게 달린 일이죠. 살인자는 그런 뒤 제니슨 씨의 플러그를 벽에 꽂았습니다. 전류가 짜릿하게 뇌로 흘러들고, 오웬 제니슨은 난생처음으로 순수한 쾌락을 지각하게 됩니다."

오다즈의 말은 이어졌다.

"그렇게 묶인 채로, 어디 보자, 세 시간을 묶여 있었다고 해 봅시다. 처음 몇 분 사이에 친구분은 가망 없는 중독자가 될 거고, 제 생각이지만……."

"저보다야 전류 중독에 대해 더 많이 아시겠지요."

"저도 이렇게까지 파고들고 싶진 않았습니다. 보통 전류 중독자는 몇 분이 지난 뒤 중독에 빠집니다. 그도 그럴 것이 중독되게 해 달라고 지청하거든요. 전류가 자기 삶을 어떻게 바꿀지 알면서도. 전류 중독은 절망의 증후입니다. 친구분은 전류에 노출된 몇 분간은 의지를 가지고 싸울 수 있었을지도 모르겠습니다."

"그래서 세 시간을 묶어 놨다 이거군요. 그런 다음에 묶었던 밧줄을 풀어 줬다."

속이 안 좋았다. 오다즈의 불쾌하고 흉측한 묘사는 내가 떠올린 바와 모든 부분이 들어맞았다.

"우리 가설에 따르면 세 시간이 최대입니다. 몇 시간 더 머무르는 위험을 감수하진 않았을 겁니다. 밧줄을 풀어 주고 오웬 제니슨이 굶어 죽도록 놔뒀겠죠. 한 달의 공백 동안 투약 흔적을 비롯해서 밧줄로 인한 찰과상, 머리에 난 혹, 주삿바늘 자국 따위는 사라질 겁니다. 신중하고 세밀하게 고안된 계획이라고 생각 안 하십니까?"

오다즈가 악질적으로 구는 것이 아니라고 나 자신을 타일렀다. 그는 그저 자기 일을 하고 있는 것이다. 그렇다고는 해도, 객관적으로 대답하기가 힘들었다.

"우리가 생각하는 로렌의 모습과 일치합니다. 아주 조심스러운 놈이죠. 신중하고 세밀하게 고안된 계획을 아주 좋아할 겁니다."

오다즈가 앞쪽으로 몸을 기울였다.

"그런데 모르시겠습니까? 신중하고 세밀한 계획은 전부 틀렸습니다. 치명적인 결함이 있죠. 제니슨 씨가 드라우드를 뽑는다고 하면?"

"그럴 수 있었을까요? 오웬이 그렇게 했을까요?"

"그럴 수 있었냐? 물론이죠. 손가락으로 톡 뽑기만 하면 됩니다. 전류는 운동 협응에는 간섭하지 않으니까요. 그렇다면 과연 그렇게 했겠냐?"

오다즈는 생각에 잠겨 자기 맥주잔을 끌어왔다.

"해밀턴 씨, 저는 전류 중독에 대해선 많이 알고 있지만, 그게 어떤 느낌인지는 모릅니다. 보통 중독자는 드라우드를 삽입하는 횟수만큼 자주 뽑지만, 친구분은 보통 전류의 열 배를 받고 있었어요. 열댓 번을 뽑았다가도 그때마다 곧바로 다시 꽂

앉을지도 모릅니다. 그렇긴 해도 고리인들은 의지가 굳세고 아주 개인적인 사람들이라지요. 누가 알겠습니까. 일주일 동안 중독되어 있었더라도 친구분은 드라우드를 뽑고 전선을 감아 주머니에 넣은 뒤 유유히 걸어 나갔을지도 모르죠. 누군가 친구분과 마주칠 위험도 새로 생기지요. 자동 기기 수리 기사라든지 말입니다. 아니면 누군가 친구분이 한 달 동안 아무 음식도 사지 않았다는 걸 눈치챌 수도 있지요. 자살이라면 그런 위험도 감수했을 겁니다. 자살자는 마음을 바꿀 여지를 꾸준히 남겨 놓지요. 하지만 살인자는? 아니죠. 확률이 1,000분의 1 정도라고 해도, 그렇게 세밀한 계획을 짠 작자는 그런 데 운을 걸고 일을 저지르지 않죠."

햇빛이 어깨 위에서 지글지글 끓었다. 오다즈는 문득 칠리버거를 기억해 내고 식사를 시작했다.

울타리 너머로 흘러가는 세상을 바라보았다. 보행자들은 대화를 나눌 만큼 옹기종기 모여 서 있었다. 다른 사람들은 보도 가장자리의 쇼윈도를 응시하거나 울타리 너머로 우리가 먹는 걸 흘끗 보았다. 자동보도의 시속 16킬로미터의 속도를 참지 못하고 굳은 얼굴로 인파를 헤치고 나아가는 사람도 몇 명 있었다.

"오웬을 감시하고 있었던 거죠. 그 방에 감시 장치가 설치돼 있었을 수도 있잖아요."

"방은 철저히 수색했습니다. 감시 장치가 있었다면 찾아냈을 거예요."

"제거됐을 수도 있죠."

오다즈는 어깨를 으쓱하기만 했다.

모니카 아파트에 있던 홀로 카메라들이 떠올랐다. 감시 장치를 가지고 나오려면 누군가는 물리적으로 방에 들어가야 했을 것이다. 어쩌면 알맞은 신호로 망가뜨렸을 수도 있지 않을까? 하지만 그랬다면 분명 흔적이 남을 터였다.

그리고 오웬의 방은 건물 안쪽에 있었다. 감시 카메라는 불가능해.

"한 가지 빠뜨리신 게 있습니다."

내가 이내 말했다.

"무엇이죠?"

"오웬의 지갑에 있던 제 이름 말입니다. 가장 가까운 친척으로 기재됐던 것. 제가 작업 중인 일로 관심을 유도한 겁니다. 로렌 갱단이요."

"그건 가능합니다."

"둘 다 맞는 말이라고 하시면 안 되죠."

오다즈는 포크를 내려놓았다.

"저는 둘 다 맞는 말이라고 할 수 있습니다. 해밀턴 씨께서는 마음에 들지 않겠지만요."

"안 들 것 같군요."

"가정을 합쳐 봅시다. 고리인에게 이식재를 팔고자 했던 장기 밀매꾼 로렌의 대리인이 제니슨 씨와 접선했습니다. 제니슨 씨는 수락했습니다. 거절하지 못할 정도의 엄청난 거액을 약속

받은 거죠. 한 달 뒤, 어떤 계기로 제니슨 씨는 자기가 무슨 끔찍한 짓을 저질렀는지 깨달았습니다. 죽을 결심을 했죠. 쾌락상을 찾았고 전선을 머리에 심었습니다. 나중에 가서, 드라우드 플러그를 꽂기 전에, 제니슨 씨는 자신의 범죄에 대해 속죄를 시도합니다. 해밀턴 씨를 가장 가까운 친척으로 기재한 겁니다. 자신이 왜 죽었는지 추리해 낼 수 있도록. 또 어쩌면 로렌에 대항하는 데 그 정보를 사용할 수 있도록 말입니다."

오다즈는 탁자 너머로 나를 건너다봤다.

"절대 동의하지 않으시겠군요. 제가 어쩔 수 있는 일이 아니지요. 저는 그저 증거를 읽을 따름입니다."

"저도 그렇습니다. 하지만 저는 오웬을 알죠. 절대로 장기 밀매꾼 밑에서 일했을 리 없고, 절대로 자살할 리도 없는 사람입니다. 그리고 설령 그랬다 해도, 절대로 그런 식으론 하지 않았을 겁니다."

오다즈는 대답이 없었다.

"지문은요?"

"아파트에요? 전혀 없었습니다."

"오웬 것밖에 없었습니까?"

"그 지문조차도 의자와 보조 탁자에서만 나왔어요. 청소 로봇을 발명한 작자를 저주합니다. 그 아파트 안의 매끈한 표면 전역은 제니슨 씨의 임대 기간 동안 정확히 마흔네 번 청소됐습니다."

오다즈는 다시 칠리버거를 먹기 시작했다.

"그럼 이건 어떨까요. 제 말이 맞는다고 잠깐만 가정해 봅시다. 오웬이 로렌에게 쫓기고 있다 잡혔다고 치자고요. 오웬은 자기가 위험한 일을 하고 있다는 걸 알았습니다. 준비가 다 되기 전에 제가 로렌을 체포하는 건 원치 않았겠죠. 하지만 뭔가 남겨 뒀을지도 모릅니다. 만약을 대비해서요. 어딘가의 물품 보관함에. 공항이나 우주항 물품 보관함에 든 무언가. 증거물. 자기 명의는 아니고, 내 이름도 아니겠죠. 왜냐하면 난 잘 알려진 ARM 요원이니. 그래도……"

"두 분이 다 아는 어떤 이름으로 말이죠."

"그렇죠. 호머 찬드라세카르라든가, 아니면……, 알았다. 큐브스 포사이스. 그 이름이 딱이라고 생각했을 겁니다. 큐브스는 죽었으니까."

"찾아보겠습니다. 그렇다고 해밀턴 씨의 주장이 증명되는 건 아니라는 걸 양지하셔야 합니다."

"물론이죠. 뭔가 찾게 된다면, 그것은 오웬이 문득 양심에 찔려 마련한 것일 수도 있죠. 알 게 뭡니까. 뭔가 찾으면 연락 주십쇼."

그렇게 말하고 나는 일어나 자리를 떴다.

어디로 향하는지 신경도 쓰지 않고 자동보도에 올라탔다. 열을 식힐 만한 시간이 필요했다.

오다즈의 말이 옳을 수도 있나? 그런 걸까?

하지만 오웬의 죽음에 대해 파고들수록 오웬은 추레해 보일 뿐이었다.

그러니 오다즈는 틀렸어.

벽에 달린 콘센트에서 쾌감을 느끼는 오웬이라고? 오웬은 3D 영상도 본 일이 없는데!

오웬이 자살을? 아니, 그랬더라도 그런 식으론 아니지.

하지만 내가 그걸 다 믿는다 해도…….

자신이 장기 밀매꾼과 일했다는 걸 내게 알리는 오웬 제니슨? 나, 외팔이 길 해밀턴한테? 나한테 그런 걸 알려?

자동보도는 레스토랑과 쇼핑센터, 교회와 은행을 차례로 지나 굴러갔다. 10층 아래의 자동차와 스쿠터에서 뿜어져 나오는 웅웅거리는 소리가 희미하게 떠올랐다. 하늘은 마천루의 컴컴한 그림자 사이로 좁다랗고 예리하게 베어 낸 푸른색이었다.

나한테 그런 걸 알려? 절대 아니지.

하지만 오다즈가 제기한 기이하게 앞뒤가 안 맞는 살인자도 더 나을 건 없었다.

오다즈조차도 놓쳤을 만한 것을 생각해 보았다. 로렌은 오웬을 왜 그렇게 공들여 처리했을까? 다시는 귀찮게 굴지 못하게 장기은행으로 사라지기만 하면 그만이었다.

가게들이 띄엄띄엄 줄어들었고 인파도 마찬가지였다. 자동보도는 좁아져 주거 구역으로 들어섰다. 치안이 좋은 동네는 아니었다. 보도를 타고 너무 멀리까지 온 것이다. 내가 있는 곳이 어딘지 파악하려고 주위를 둘러보았다.

그래햄의 가게에서 네 블록 떨어진 곳이었다.

내 무의식이 얕은꾀를 부린 것이다. 나는 케네스 그래햄을 직접 보고 싶었다. 뿌리칠 수 없을 만큼 강한 유혹이었지만, 싸워 이기고 다음 원반에서 방향을 틀었다.

자동보도의 교차로는 회전하는 원반으로, 그 테두리 네 군데에 접하는 자동보도와 같은 속도로 움직이고 있었다. 그 중심에서 에스컬레이터를 타고 자동보도를 건너면 빌딩을 따라 이어지는 정지된 보도에 다다를 수 있었다. 원반 가운데에서 택시를 잡을 수도 있었지만, 생각에 잠겨 있고 싶은 기분이라 그냥 테두리 반 바퀴를 돌았다.

그래햄의 가게에 들어갔다가 별일 없이 빠져나올 수도 있었다. 아마도. 나는 만사가 지겨운 가망 없는 패배자의 모습으로 그곳에 들어가서는, 망설이는 목소리로 절정 플러그를 갖고 싶다고 말하고, 아내와 친구들이 뭐라고 할지 걱정된다고 큰 소리로 넋두리하다가, 막판에 가서 마음을 바꿨겠지. 그리워할 사람들이 있다는 걸 알고 그래햄은 내가 걸어 나가도록 놔뒀을 것이다. 아마도.

하지만 우리가 로렌에 대해 아는 것보다 그쪽이 ARM에 대해 아는 것이 틀림없이 더 많을 것이다. 언젠가 진짜로 그래햄이 우리 홀로를 본 일이 있을까? 얼굴이 알려진 ARM 요원을 가게에 들여보내면, 그래햄은 당황하겠지. 그런 위험을 감수할 만한 일은 아니었다.

젠장, 그럼 할 수 있는 게 대체 뭐야?

오다즈가 제시했던 앞뒤가 안 맞는 살인자. 오웬이 살해당했다고 가정한다면, 나머지 가정에서도 벗어날 수 없었다. 그 세심함, 자잘한 부분까지 챙기는 꼼꼼함……. 그렇다면 오웬은 홀로 남겨져 드라우드를 뽑고 걸어 나갈 것인지. 아니면 끈질긴 외판원이나 빈집털이한테 발견될 것인지. 그것도 아니면…….

아니다. 오다즈의 가설 속 살인자든 내가 생각한 살인자든 매처럼 오웬을 지켜봤을 것이다. 한 달 동안을.

이제 됐다. 다음 원반에서 내려와 택시를 잡았다.

택시는 모니카 아파트 옥상에 나를 내려 주었다.

관리인은 날 보고 놀란 기색도 없이 관리 사무소로 손짓했다. 관리 사무소는 로비보다 훨씬 널찍해 보였는데, 작자 불명의 현대적인 인테리어를 깨뜨리는 물건들이 여기저기 있었기 때문인 듯했다. 벽에는 그림이 걸려 있었고, 깔개에는 검게 파먹힌 자국이 있었는데, 방문객의 담배 탓인 게 분명했다. 널따랗고 거의 텅 빈 책상에는 밀러와 아내의 홀로도 있었다. 밀러는 내가 자리에 앉을 때까지 기다렸다가, 기대하는 듯 앞으로 몸을 기울였다.

"ARM 업무로 들렀습니다."

그렇게 말하고 신분증을 건넸다.

그는 확인하지도 않고 신분증을 돌려주었다.

"같은 일 때문이시겠지요."

반기는 말투는 아니었다.

"예. 오웬 제니슨이 이곳에 머무는 동안 찾아온 사람이 있었을 거라고 확신이 들어서요."

관리인은 미소를 지었다.

"그건 또 무슨 헛……, 아니, 불가능한 말씀입니다."

"아뇨, 그렇지 않죠. 밀러 씨, 홀로 카메라들은 방문객 사진은 찍지만 세입자는 안 찍지요?"

"물론이지요."

"그렇다면 이 건물 세입자 누구나 오웬을 찾아올 수 있었던 거죠."

관리인은 충격을 받은 듯했다.

"아뇨, 절대 아니죠. 정말이지 이걸 왜 물고 늘어지시는 건지 모르겠습니다, 해밀턴 씨. 제니슨 씨가 그런 상태로 발견됐더라면 신고가 들어왔겠죠!"

"전 그렇게 생각 안 하는데요. 이 아파트 세입자가 오웬을 찾아올 수 있었습니까?"

"아뇨, 아뇨. 다른 층에서 왔으면 카메라에 찍혔을 겁니다."

"같은 층 사람이면요?"

관리인은 마지못해 고개를 끄떡였다.

"그……래요. 홀로 카메라만 놓고 본다면, 가능합니다. 그치만……."

"그렇다면 지난 6주간 18층에 살았던 세입자 전원의 사진을 요청하고 싶군요. 중앙LA ARM 건물로 보내 주십시오. 가능하죠?"

"물론입니다. 한 시간 내로 보내 드리죠."

"좋습니다. 제가 또 이런 생각도 들었거든요. 19층에 내려서

18층으로 걸어 내려가는 겁니다. 19층에서는 홀로가 찍혔겠지만, 18층에서는 안 찍혔겠죠. 아닙니까?"

관리인은 너그러이 웃었다.

"해밀턴 씨, 이 건물에는 계단이 없습니다."

"엘리베이터만 있다고요? 안 위험합니까?"

"전혀요. 각 엘리베이터마다 비상시를 위한 자체 전력원이 딸려 있어요. 대부분이 다 이런 식입니다. 아니라면 엘리베이터가 고장 났을 때 누군가 80층까지 올라가야 하는데, 그 누가 걸어 올라가고 싶겠습니까?"

"알겠습니다. 하나만 더요. 누군가 컴퓨터에 손댔을 수 있습니까? 예컨대 특정한 사진은 찍지 않게 만든다거나 할 수 있는 사람이 있어요?"

"저……는 컴퓨터를 다루는 데 전문가가 아닙니다, 해밀턴 씨. 컴퓨터와 관련해서 회사에 가 보시는 게 어떨는지요? 콜필드 브레인즈 주식회사입니다만."

"알겠습니다. 모델명은요?"

"잠시만요."

밀러가 일어나더니 서류함의 서랍을 훑었다.

"EQ-144요."

"알겠습니다."

이곳에서 할 수 있는 일은 그게 다였다. 나도 잘 알았다. 그런데도 일어나야겠다는 생각이 들지 않았다. 분명히 뭔가가 있는데…….

이윽고 밀러가 헛기침을 했다.

"그거면 될까요, 선생님?"

"네. 아, 아뇨. 잠시 1809호에 들를 수 있을까요?"

"임대를 했는지 확인해 보겠습니다."

"경찰 수사는 끝났습니까?"

"그럼요."

그는 서류함을 다시 뒤적였다.

"아직 남아 있네요. 모셔다드리죠. 얼마나 오래 계실 건가요?"

"잘 모르겠습니다만, 30분은 안 걸릴 겁니다. 올라오실 필요
없습니다."

"잘 알겠습니다."

그가 열쇠를 넘겨주고 내가 나가길 기다렸다. 그렇게 해 주
었다.

엘리베이터에서 내릴 때 미약하게 깜빡거리는 청색광이 눈
길을 붙잡았다. 홀로 카메라에 대해 몰랐더라면 현실이 아니라
내 시신경 문제인 줄 알았을 것이다. 그럴지도 모르지. 홀로그
래프를 만드는 데 레이저광은 필요 없지만, 사진이 더 또렷하
게 나오긴 한다.

오웬의 방은 상자 같았다. 모든 것이 되들어가 있었다. 휑한
벽밖에 없었다. 그토록 삭막한 것은 본 일이 없었다. 소행성 바
위 같은 것이면 모를까. 채굴하기엔 빈약하고 기지를 설치하기
엔 입지가 너무 나쁜 바위.

조종판은 문 바로 뒤에 있었다. 불을 켠 뒤 마스터 버튼을 눌렀다. 적색과 녹색, 그리고 청색의 테두리를 두른 선이 나타났다. 한쪽 벽의 큼직한 사각형은 침대, 다른 벽 대부분은 주방이었고, 온 바닥에 다양한 윤곽이 있었다. 무척 쓸모 있었다. 탁자를 펼치려는데 손님이 그 위에 서 있는 건 바라지 않겠지.

나는 이 공간을 느끼기 위해, 감을 더 확실히 잡기 위해, 놓친 것은 없는지 확인해 보기 위해 여기 온 것이다. 다른 말로 옮기자면, 나는 놀고 있었다. 놀면서, 회로를 찾으려 조종판을 짚었다. 인쇄된 회로도는 너무 작고 세세해서 내가 알 수 있는 게 없었지만, 상상의 손끝으로 전선 몇 가닥을 따라 훑었더니 우회로 없이 곧장 동작 지점으로 이어지는 폐회로라는 걸 알 수 있었다. 외부로 연결된 센서는 없었다. 어떤 걸 펼치고 집어넣을지 알려면 방 안에 있어야 했다.

그러니 사람이 산다고 하는 방에 침대가 6주 동안이나 접힌 채였더라도 그 사실을 알려면 방 안에 있어야 했다.

버튼을 눌러 주방 한구석과 안락의자를 펼쳤다. 벽이 2.4미터 미끄러져 나왔다. 바닥이 그대로 튀어나와 형태를 갖추었다. 나는 의자에 앉았다. 이곳에선 주방 구석이 시야를 막아 문이 보이지 않았다.

복도에서는 누구도 오웬을 볼 수 없었다.

오웬이 음식을 주문하지 않고 있다는 걸 눈치챈 사람만 있었다면. 그랬다면 오웬을 구할 수도 있었을 텐데.

다른 생각이 떠올라 에어컨 장치를 둘러보게 되었다. 바닥

높이에 창살이 달려 있었다. 상상의 손으로 그 뒤쪽이 느껴졌다. 이런 아파트 에어컨 장치 중에는 이산화탄소 수치가 0.5퍼센트에 이르면 켜지는 것이 있었다. 이 장치는 기온과 수동 조작으로 조정되는 것이었다.

다른 종류였다면 우리의 철두철미한 살인자는 오웬이 숨을 쉬는지 확인하기 위해 에어컨 전류에 손을 댔을 수도 있었을 것이다. 그러지 않았으므로 1809호는 6주 동안 빈방 같은 상태로 있었다.

다시 안락의자에 풀썩 앉았다.

내 가설상의 살인자가 오웬을 지켜보았다면, 감시 장치를 썼을 것이다. 오웬이 죽을 때까지 4주에서 5주 동안 같은 층에서 실제로 살았던 게 아니라면, 다른 방법이 없었다.

좋아, 감시 장치에 대해 생각해 보자. 청소 로봇 말고는 아무도 찾지 못할 만큼 작게 만들자. 발견하면 로봇은 바로 소각로에 보냈을 것이다. 로봇이 들고 갈 수 없도록 커다랗게 만들어야 했겠군. 그걸 오웬이 발견하는 건 문제가 안 되지! 그리고 오웬이 죽은 걸 알게 되면, 자폭을 시킬 것이다.

그렇지만 광물 찌꺼기만 남게 태워 버리면 탄 흔적이 어딘가 남기 마련이다. 그랬다면 오다즈가 찾아냈을 것이다. 그러니 석면판 위에서 그랬으려나? 자폭했을 때 청소 로봇이 싹 치울 만한 것만 남길 바랐을 테니.

사실 이런 걸 믿을 사람은 뭐든 믿을 사람이었다. 너무 불확실하니까. 청소 로봇이 뭘 쓰레기로 판단할지는 아무도 모른다. 로봇은 멍청하게 만들어졌다. 그게 더 싸게 먹히니까. 그래서 커다란 물건은 그대로 놔두게끔 프로그램되었다.

직접 오웬을 지켜보기 위해서든 지켜보는 장치를 회수하기 위해서든 같은 층에 누군가가 있어야만 했다. 나는 인간 감시자였다는 데 모든 걸 걸고 있었다.

이곳에 온 가장 큰 이유는 직감을 믿는 나 자신에게 기회를 주기 위해서였다. 뜻대로 잘되지 않았다. 오웬은 이 의자에 앉아 6주를 보냈고, 못해도 저번 주에는 죽은 채였다. 그런데도 오웬이 느껴지지 않았다. 이것은 보조 탁자 두 개 딸린 의자일 뿐이었다. 이 방에 오웬이 남긴 것이라곤 없었다. 한 맺힌 유령조차도.

본부로 반쯤 돌아왔을 때 전화가 걸려 왔다.

요인님이 옳으셨습니다

오다즈가 손목전화 너머에서 말했다.

— 데스 밸리*의 우주항에 있는 물품 보관함에서 큐브스 포사이스 명의로 보관된 물품을 찾았어요. 제가 지금 가는 중입니다. 같이 가시겠습니까?

"거기서 뵙죠."

— 좋습니다. 오웬 제니슨이 뭘 남겼을지 요원님만큼이나 몸이 근질근질합니다.

---

* 미국 캘리포니아주 남동부의 건조 분지.

그건 아닐걸.

우주항은 370킬로미터 하고도 좀 더 떨어져 있어 택시로 한 시간이 걸렸다. 요금이 어마어마할 터였다. 목적지 판에 새 주소를 치고는 본부를 호출했다. ARM 요원은 대체로 제약이 적었다. 일거수일투족을 설명할 필요는 없었다. 어딜 간다고 허락을 받을 일도 없었다. 최악이라고 해 봐야 경비 지출 내역에서 택시비를 인정해 주지 않는 것 정도일까.

"아, 모니카 아파트에서 홀로들이 올 겁니다."

전화를 받은 사람에게 말했다.

"컴퓨터로 신상 확보한 장기 밀매꾼이랑 로렌 관련자들하고 대조해서 검토해 주십시오."

택시는 하늘로 부드럽게 떠올라 동쪽을 향했다. 나는 자판기에 쓸 동전이 다 떨어질 때까지 3D를 감상하며 커피를 마셨다.

11월부터 5월까지, 기온만 알맞다면 데스 밸리는 관광객에게 천국과도 같았다. 그림 같은 능선과 소금 산봉우리가 있는 데빌 골프 코스, 자브리스키 포인트와 기이한 황무지 지형, 오래된 붕사 광산 터, 열기와 죽도록 메마른 기후에 적응한 온갖 희한하고 희귀한 식물들. 그렇다. 데스 밸리는 흥미로운 곳이 많았고 언젠가는 나도 둘러볼 생각이었다. 지금까지는 우주항을 본 게 전부였다. 하지만 항구도 그 나름대로 인상적이었다.

착륙장이 된 곳은 원래 꽤 넓은 내해의 한 부분으로, 이제는 소금평원이 되어 있었다. 붉은색과 푸른색이 번갈아 그려진 동심원들이 우주선 착륙장을 표시했고, 한 세기 동안 발전한 화학, 핵분열, 그리고 융합 반응 발동기는 방사능을 띤 소금으로 인해 무지개처럼 줄무늬 진 심오한 폭발 구덩이를 남기곤 했다. 하지만 착륙장 지대 대부분은 고대의 새하얀 표면을 간직하고 있었다.

소금평원 건너편으로는 갖가지 크기와 모양의 우주선들이 있었다. 차량과 기계들이 쫄래쫄래 따라다녔고, 참을성을 갖고 기다리면 우주선이 착륙하는 걸 볼 수도 있었다. 기다릴 가치가 있는 광경이라고 생각한다.

가장 큰 소금평원 가장자리에 위치한 항구 건물은 연녹색 탑으로, 넓은 면적의 형광 오렌지색 콘크리트 위에 세워져 있었다. 어떤 우주선도 그 위에 착륙한 적이 없었다. 아직까지는 말이다. 택시가 항구 입구에 나를 내려 주고 다른 택시와 합류하기 위해 떠났다. 나는 건조하고 온화한 공기를 들이마시며 서 있었다.

1년 중 네 달 동안 데스 밸리의 날씨는 더할 나위 없이 좋았다. 어느 8월 퍼니스 크릭* 목장은 그늘에서 섭씨 57도를 기록한 적이 있었다.

책상에 앉은 사람은 오다즈가 먼저 와 있다고 말해 주었다. 서류 가방 두세 개는 거뜬히 들어갈 물품 보관함의 미로 속에서 오다즈와 다른 직원을 만났다. 오다즈가 열어 둔 보관함에는 가벼운 플라스틱 서류 가방만 들어 있었다.

---

* 용광로 냇물이라는 뜻.

"다른 보관함을 사용했을지도 모릅니다."

그가 말했다.

"아닐걸요. 고리인들은 짐을 적게 챙겨 여행합니다. 열려고 해 보셨어요?"

"아직요. 번호 자물쇠입니다. 생각건대 어쩌면……."

"글쎄요."

나는 가방을 보려고 쭈그렸다.

재밌군. 전혀 놀랍지가 않았다. 마치 오웬의 가방이 여기 있을 줄 줄곧 알고 있었던 것만 같았다. 아닐 건 또 뭐람? 오웬은 어떻게든 스스로를 보호하려고 했을 것이다. 나를 통해서. ARM 소속인 내가 이미 장기 밀매에 관여하고 있으니까. 우주항 물품 보관함에 무언가 남기는 식으로. 로렌은 올바른 보관함을 찾을 수도 없고 찾는대도 열어 볼 수 없을 테니까. 그리고 나라면 물론 오웬을 우주항과 연관 지을 테니까. 큐브스의 이름을 대서. 왜냐하면 나라면 그 이름을 찾아볼 것이고 로렌은 그러지 않을 테니까.

뒤늦게 찾아오는 깨달음이란 근사한 것.

자물쇠는 숫자 다섯 자리였다.

"분명 내가 열 수 있도록 의도했을 거예요. 어디 보자……."

나는 숫자판을 42217로 돌렸다. 2117년 4월 22일. 갑작스럽게 플라스틱 칸막이에 찍힌 채 큐브스가 죽은 날.

자물쇠가 달칵 열렸다.

오다즈는 마닐라지 서류철을 덥석 채 갔다. 그보다 느릿하게 나는 유리 약병 둘을 집었다. 하나는 지구 대기에 닿지 않게 철저히 봉해진 채, 믿을 수 없도록 고운 먼지로 반쯤 차 있었다. 입자가 너무 고운 나머지 유리 안쪽에서 이리저리 기름처럼 미끄러졌다. 다른 약병에는 거의 눈에 띄지 않는 크기의 검게 변한 니켈철 조각이 들어 있었다.

가방 안에는 다른 것들도 있었지만, 일등상은 그 서류철이었다. 사연이 그 안에 있었다. 적어도 어느 정도는……. 오웬은 분명 더 적을 생각이었을 것이다.

오웬이 마지막 원정에서 돌아왔을 때 케레스의 우편물 임시 보관함에는 그를 기다리고 있는 메시지가 있었다. 오웬은 그 메시지를 확인하는 중간중간 웃음을 터뜨렸을 것이다. 로렌은 지난 8년간 오웬의 밀수 이력에 대한 자료 일체를 모으는 수고를 마다하지 않았다. 그 자료를 골드스킨에게 넘긴다고 협박하면 오웬을 완전히 침묵시킬 수 있다고 생각했던 걸까? 어쩌면 그 자료가 오웬한테 그릇된 생각을 심어 줬을지도 모른다. 어느 쪽이었든 오웬은 로렌과 접촉해서 일이 어떻게 전개될지 지켜보기로 했다. 보통 때였다면 내가 추적을 시도하게끔 메시지 전문을 보냈을 터였다. 어쨌거나 전문가는 나였으니까. 그러나 오웬의 마지막 원정은 재앙이었던 것이다.

오웬의 핵융합 구동장치는 목성 궤도 너머 어딘가에서 터져 버렸다. 해명은 없었다. 안전장치가 생명유지 캡슐을 날려 보내서 폭발을 가까스로 벗어났다. 구조선이 그를 케레스로 돌려 보냈다. 그 비용은 오웬을 거의 파산까지 몰고 갔다. 돈이 필요했다. 로렌은 그걸 알고 그 점에 기댔던 것인지도 모른다.

로렌의 체포로 이어질 결정적인 제보에는 새 우주선을 장만할 만한 보상금이 들어올 터였다.

그는 로렌의 지시를 따라 오지 평야에 착륙했다. 거기서부터 로렌의 조직원들은 오웬을 이곳저곳으로 많이도 굴렸다. 런던으로, 봄베이*로, 독일 암베르크로. 오웬이 적은 수기는 암베르크에서 끝났다. 어쩌다 캘리포니아에 오게 된 걸까? 그에겐 말할 기회가 없었다.

하지만 그사이에 그는 많은 것을 배웠다. 로렌의 조직에 대해 낚아챈 세세한 정보들이 들어 있었다. 소행성대로 불법 이식재를 운송하는 일이며, 또 구매자를 찾아 접촉하기 위한 전체 계획도 있었다. 그곳에서 오웬은 제안을 했었다. 대부분 그럴싸했지만 실현 불가능한 것들이었다. 전형적인 오웬 스타일. 자기 능력을 과신한 흔적은 보이지 않았다.

하긴 그랬더라도 스스로는 몰랐겠지만.

홀로도 있었다. 로렌의 조직원 스물세 명. 몇몇 사진은 뒤쪽에 표시가 있었고 몇몇은 아무 표시도 없었다. 각각이 조직에서 어느 위치에 있는지 오웬으로선 알아낼 수 없었다.

이들 중 로렌 본인이 있을까 생각해 보며 홀로들을 두 번 훑어보았다. 오웬은 전혀 알지 못했다.

"요원님 말씀이 맞았던 것 같군요."

---

* 인도에서 제일 큰 도시로 1995년 뭄바이로 명칭이 변경되었다.

오다즈가 말했다.

"이렇게 상세한 정보를 우연히 모았을 리는 없죠. 처음부터 로렌 갱단을 배신할 계획이었던 게 분명합니다."

"말씀드렸다시피요. 그래서 살해당했던 거고요."

"분명 그랬을 듯싶습니다. 자살할 동기가 어디 있었겠습니까?"

오다즈의 둥그렇고 차분한 얼굴은 분노를 표현하려 애를 쓰고 있었다.

"우리가 가정했던 앞뒤가 안 맞는 살인자의 존재도 믿기지 않지만요. 제 속을 뒤집어 놓으셨습니다, 해밀턴 씨."

오웬과 같은 층의 세입자에 관한 아이디어를 그에게 들려주었다. 그는 미소를 짓더니 고개를 끄덕였다.

"그러네요. 그럴 수 있겠습니다. 이 건은 이제 요원님 부서가 맡을 일입니다. 장기 밀매는 ARM 소관이죠."

"맞습니다."

서류 가방을 닫고 들어 올렸다.

"이걸로 컴퓨터가 뭘 찾아낼지 보도록 합시다. 안에 든 건 모두 복사해서 보내 드리겠습니다."

"말씀하신 다른 세입자에 대해서도 알려 주시겠습니까?"

"물론이죠."

세상 꼭대기에 올라선 기분으로 그 소중한 서류 가방을 휘휘 흔들며 ARM 본부에 걸어 들어갔다. 오웬은 살해당했던 것이다. 위엄 있는 죽음은 아니었지만, 정말이지 그랬지만, 자긍심을 지닌 채 죽은 것이다. 이제 오다즈까지도 아는 사실이었다.

그때 잭슨 베라가 구시렁구시렁 헐떡거리며 죽기 살기로 뛰어 곁을 지나갔다.

"왜 그래요?"

그렇게 부르면서 그 뒤를 쫓았다. 자랑할 기회를 잡고 싶었던 건지도 모른다. 나한테 스물세 명의 얼굴이 있다고. 스물세 명이나 되는 장기 밀매꾼이 바로 내 가방 속에 있다고.

베라는 내 옆에서 미끄러지듯 멈춰 섰다.

"대관절 어디 있었어요?"

"일하러 갔었죠. 정말로요. 왜 이렇게 급합니까?"

"감시하고 있던 그 쾌락상 기억해요?"

"그래햄이요? 케네스 그래햄?"

"그래요, 그 자식. 죽었어요. 종쳤다고요."

베라를 따라잡았을 때쯤 그는 연구실에 도착해 있었다.

케네스 그래햄의 시체는 수술대에 바르게 뉘어 있었다. 긴 주걱턱 얼굴은 창백했고 멍하니 무표정하기만 했다. 기계 장치가 얼굴 위와 아래에 위치해 있었다.

"좀 어떻습니까?"

베라가 물었다.

"안 좋네요."

의사가 대답했다.

"요원님 탓은 아니고요. 급속냉동 처리는 빠르게 잘하셨습니다. 그런데 다만 전류가……."

그가 어쩔 수 없었다는 듯 어깨를 으쓱해 보였다.

나는 베라의 어깨를 잡고 흔들었다.

"무슨 일이 있었는데요?"

베라는 아까의 달리기로 약간 숨이 가빴다.

"분명 정보가 샜어요. 그래햄이 튀려는 낌새가 있었어요. 공항에서 잡았고요."

"기다려도 됐잖습니까? 같은 비행기에 누군가 심어 놓는다든지. 그 비행기에 TY-4를 때려 붓는다든지."

"저번에 민간인한테 TY-4 썼다가 난리 났던 거 기억 안 나요? 빌어먹을 뉴스 방송 놈들."

베라가 치를 떨었다. 그에게 뭐라 하지 않았다.

ARM과 장기 밀매꾼은 일종의 우스운 게임을 한다. 장기 밀매꾼은 기증자를 산 채로 넘겨야 해서 항시 피하주사총을 들고 다닌다. 혈액 속에서 즉시 용해되는 마취 결정이 발사되는 놈이다. 우리도 같은 무기를 쓰는데, 어느 정도 같은 이유에서였다. 범죄자가 살아 있어야 재판에 출석시키고 정부 관할 병원에 보낼 수 있으니까 말이다. 그러니 어느 ARM 요원도 사람을 죽일 생각은 하지 못했다.

그런 진실을 알게 된 날이 있었다. 라파엘 하이네라는 삼류 장기 밀매꾼이 자기 집에서 호출 버튼을 누르려 했던 때였다. 버튼을 누르게 됐다면 지옥도가 펼쳐졌을 것이다. 하이네 패거리가 날 마취시켰을 거고, 나는 의식을 한 조각씩 되찾게 됐겠지. 하이네의 장기 저장고 속에서. 그래서 목을 졸라 죽였다.

그 건의 보고서는 컴퓨터 안에 있지만, 내막을 알고 있는 것은 딱 세 명의 인간뿐이다. 하나는 내 직속상관 루카스 가너다. 다른 사람은 줄리. 지금껏 내가 죽인 건 하이네 하나뿐이었다.

그리고 그래햄은 베라가 처음 죽인 자가 되었다.

"공항에서 붙잡았어요."

베라가 말했다.

"모자를 쓰고 있었죠. 진작 알아챘으면 좋았을걸. 그럼 더 빨리 움직였을지도 모르죠. 주사총을 들고 간격을 좁혀 갔습니다. 돌아서더니 날 봤어요. 모자 밑으로 손을 넣더니 쓰러졌습니다."

"자살을 했어?"

"그런 거죠."

"어떻게?"

"머리 좀 보시죠."

의사에게 방해가 되지 않게끔 노력하며 수술대로 가까이 다가갔다. 의사는 유도법을 사용해 죽은 뇌에서 정보를 추출하는 의례적인 절차를 밟고 있었다. 잘 되고 있지 않았다.

그래햄의 정수리에는 판판한 직사각형 상자가 있었다. 까만 플라스틱으로 카드 상자의 절반쯤 되는 크기였는데, 건드리자마자 그래햄의 두개골에 부착되어 있다는 것을 알 수 있었다.

"드라우드입니다. 표준 규격은 아니고 너무 커요."

"그러네요."

액체 헬륨이 신경을 돋웠다.

"안에 배터리가 들었군요."

"그렇습니다."

"밀매업자는 뭘 사는지가 종종 궁금했지. 무선 드라우드라. 이야, 딱 내가 크리스마스 선물로 받고 싶은 거야."

베라가 온몸을 꼬았다.

"그런 말씀 좀 마십쇼."

"이자가 전류 중독자인 걸 알았어요?"

"아뇨. 집에 감시 장치를 다는 건 좀 꺼려져서요. 그런 걸 알아내거나 귀띔받은 걸지도 몰라요. 다시 한번 그거 들여다보시죠."

생긴 게 잘못됐다고 나는 생각했다. 검은 플라스틱 상자는 반쯤 녹아내린 채였다. 곰곰이 생각해 보았다.

"열기……. 아니, 그런!"

"그래요. 한 방에 배터리를 싹 다 날린 겁니다. 치사량을 뇌에 곧바로 보내 버린 거죠. 뇌의 쾌락 중추에다 곧바로. 맙소사! 길, 내가 계속 궁금한 건 말입니다, 무슨 느낌이었을까요? 길, 도대체가 무슨 느낌이 들었을까요?"

현답을 주는 대신 어깨를 세게 갈겨 주었다. 오래도록 궁금해하겠지. 나 역시 그렇고.

여기 오웰의 머리에 전선을 심은 사람이 있다. 그의 죽음은 찰나의 지옥이었을까, 아니면 한순간 노래가 울리는 쇼크 속 천국의 지락과 같았을까? 지옥. 그랬길 바랐지만, 그렇게 믿지는 않았다.

적어도 케네스 그래햄은 로렌의 불법 장기은행에서 구한 새 얼굴과 새 망막과 새 지문을 가지고 세계 다른 어딘가에 있는 건 아니었으니까.

"없네요."

의사가 말했다.

"뇌가 너무 심하게 탔어요. 모든 것이 뒤섞여서 이해할 수 있을 만한 건 아예 남아 있지가 않아요."

"계속 시도해 주십쇼."

베라가 말했다.

나는 조용히 자리를 떴다. 나중에 베라에게 술이라도 살까 싶다. 술이 좀 필요해 보였다. 베라는 공감력이 있는 사람 중 하나였다. 나는 알았다. 케네스 그래햄이 세상을 등졌을 때, 굽이치며 밀려드는 지독한 황홀감과 패배감을 베라는 아마 느꼈을 것이다.

모니카 아파트의 홀로 사진들은 몇 시간 전에 도착해 있었다. 지난 6주간 18층에 살던 사람 말고도 19층과 17층 세입자들 사진까지 뽑아 주었다. 귀한 게 많기도 했다. 나는 19층에 사는 누군가가 5주 내내 꼬박꼬박 발코니를 통해 18층을 들르는 가설을 막연히 상상해 보았다. 하지만 1809호는 외벽이 없었고, 창문은커녕 발코니도 당연히 없었다. 밀러도 같은 상상을 했던 걸까? 말도 안 되지. 그는 문제가 뭔지도 몰랐다. 그냥 자기가 얼마나 협조적인지 보여 주려고 홀로를 필요 이상으로 왕창 보냈을 뿐이다.

문제의 기간 동안 거주한 세입자 중 로렌의 조직원으로 알려진 사람이든 추정되는 사람이든 일치하는 사람은 아무도 없었다.

적당한 말 몇 마디를 하고 커피를 마시러 갔다. 오웬의 서류 가방 속 조직원으로 추정되는 스물세 명이 생각났다. 나는 컴퓨터에 어떻게 입력하는 건지 잘 몰라서 프로그래머에게 맡겼다. 지금쯤이면 분명 끝났을 것이다.

전화를 걸었다. 끝나 있었다.

컴퓨터를 다그쳐서 그들을 모니카 아파트의 세입자 홀로와 대조하게 했다.

없음. 아무도 누구와도 일치하지 않았다.

그러고 나서 두 시간을 오웬 제니슨의 조서를 작성하는 데 썼다. 프로그래머가 기계어로 번역해야 할 터였다. 나는 아직 그만한 실력이 없었다.

우리는 오다즈가 앞뒤가 안 맞는다고 비꼰 살인자 가설로 돌아갔다.

살인자, 그리고 얽혀 있는 막다른 길들. 오웬은 죽으며 우리에게 새로운 사진을 한 움큼 건네주었다. 이제는 더욱 쓸모가 없어졌을지 모르는 사진들을. 장기 밀매꾼은 눈 깜짝할 새에 손쉽게 얼굴을 바꿀 수 있다. 사건 개요를 다 쓰고, 프로그래머에게 보내 준 뒤 줄리에게 연락했다. 지금은 줄리의 보호가 필요 없었다.

줄리는 이미 퇴근한 뒤였다.

태피에게 전화를 걸려고 다이얼로 번호를 반쯤 돌렸다가 관뒀다. 전화를 걸지 않아야 할 순간은 늘 있는 법이다. 나는 좀 불퉁하게 지낼 필요가 있었다. 굴 같은 데 혼자 처박혀서. 그런 감정이 전화 화면에 불쑥 비칠 터였다. 아무것도 모르는 여자한테 왜 해코지를 하겠는가?

퇴근했다.

거리로 나섰을 때는 어두워져 있었다. 자동보도를 가로지르는 보행자용 다리를 건너, 교차 원반에서 택시를 기다렸다. 이내 동체에 흰색으로 '빈 차' 표시를 깜박이는 택시 한 대가 내려왔다. 안에 들어가 신용카드를 꽂았다.

오웬은 유라시아 대륙 전역에서 홀로를 모았더랬다. 그들 전부나 대다수는 로렌의 해외 조직원이었다. 그런 자들을 왜 로스앤젤레스에서 찾을 수 있을 거라고 생각했을까?

택시가 새하얀 밤하늘로 날아올랐다. 뒤덮인 구름이 도시의 빛에 편편하고 하얀 돔처럼 변모해 있었다. 택시는 구름 속을 헤치며 날았다. 자동운전 장치는 전망이 잘 보이든 말든 개의치 않았다.

……이제 뭐가 남았지? 수십 명의 세입자 중 누군가는 로렌의 일당이어야 한다. 그렇든지, 아니면 앞뒤가 안 맞는 살인자, 그 조심스러운 놈이 오웬이 감시받지 않고 혼자 5주에 걸쳐 죽게 놔뒀든지.

……살인자가 일관성이 없다는 게 그렇게 터무니없나?

그는 아무튼 나 혼자 세운 가설 속 로렌이었다. 그리고 로렌은 살인이라는 궁극적인 범죄를 저질렀다. 어마어마한 이윤을 내며 그는 주기적으로 사람을 죽이고 또 죽였을 것이다. 그간 ARM은 그와 접촉할 수조차 없었다. 이제 좀 방심할 때쯤 되지 않았나?

그래햄처럼. 1년에 보잘것없는 사람 한둘 골라내면서, 얼마나 오래도록 손님들 사이에서 기증자를 선택해 왔을까? 그러다가 몇 달 사이에 누군가 찾을 손님을 두 번이나 선택했지. 부주의하게도.

대부분의 범죄자는 그다지 명석하지 않다. 로렌은 아주 머리가 좋았다. 그러나 그의 돈을 받아먹는 자들은 평균 정도일 터였다. 로렌은 멍청한 놈들을 상대했을 것이다. 현실을 살아갈 만한 머리가 없어서 범죄에 발을 들인 놈들을.

로렌 같은 자가 방심한다면 이런 일이 벌어질 터였다. 무의식적으로 ARM의 지적 수준을 자기 패거리 수준으로 판단했을 것이다. 교묘한 살인 계획에 정신이 팔려 작은 구멍을 무시하고는 그대로 진행했을지도 모른다. 그래햄이 자문을 해 주었을 테니 로렌은 전류 중독에 대해 우리보다 더 많이 알았을 것이다. 전류 중독이 오웬에게 끼칠 영향을 믿을 정도로.

그리하여 살인자들은 오웬을 아파트에 데려다 놓고 다시는 들르지 않았다. 로렌은 작은 도박을 감수하기로 했고, 성공했다. 이번에는 말이다.

다음번엔 더 방심하겠지. 언젠가 잡게 될 것이다.

오늘은 아니지만.

택시가 비행경로를 벗어나 서서히 내려앉더니 내가 사는 할리우드 힐스의 아파트 건물 옥상에 착륙했다. 밖으로 나와 엘리베이터로 향했다.

엘리베이터 문이 열렸다. 누군가 나왔다.

순간 경각심이 들었다. 뭔가 상대가 움직이는 방식 같은 것에서. 몸을 틀며 잽싸게 어깨에서 총을 빼 들었다. 택시가 떠오르고 있지만 않았어도 어느 정도 방어막 역할을 했을 텐데. 택시는 이미 높이 날아올라 있었다. 그늘 속에서 일행인 듯한 몇 명이 더 걸어 나왔다.

뭔가 뺨을 쏘기 전까지 두엇 정도 잡은 것 같다. 혈관 속으로 녹아드는 마취 결정의 은빛 안락탄. 머리가 빙 돌고, 지붕이 돌더니, 원심력이 나를 옥상에 풀썩 쓰러뜨렸다. 내 위로 그림자가 드리우더니 무한히 멀어졌다.

두피에 닿는 손가락에 소스라치며 눈을 떴다.

나는 똑바로 선 채로 깨어났다. 부드러운 붕대에 미라처럼 칭칭 싸인 채였다. 목 아래로 근육 하나 움츠릴 수조차 없었다. 거기까지 파악했을 때는 너무 늦었다.

뒤에 서 있던 자가 내 머리에서 전극을 마저 제거하고는 시야 내로 걸어 들어왔다. 상상의 팔이 닿지 않는 거리였다.

그는 새 같은 구석이 있었다. 키가 크고 호리호리하며 얄팍한 체형이었고, 얼굴은 턱이 뾰족한 삼각형이었다. 헝클어지고 부드러운 금발은 관자놀이에서부터 벗겨져 앞머리가 M자형을 그렸다. 주황색과 갈색 줄무늬의 고급스러운 맞춤 모직 반바지를 입고 있었다. 머리를 한쪽으로 갸울이고 팔짱을 낀 채로 환하게 웃으며, 그는 내가 말하길 기다리고 있었다.

그리고 나는 그를 알아보았다. 오웬이 어디선가 그의 홀로를 찍었었다.

"여기가 어디지?"

울렁거리는 듯 들리게 노력하며 신음했다.

"시간은 몇 시고?"

"시간? 벌써 아침입니다."

납치범이 말했다.

"여기가 어딘지는, 상상에 맡기도록 하죠."

그 태도가 어쩐지…… 나는 한번 추측을 해 보았다.

"로렌인가?"

로렌이 가볍게 허리 숙여 인사했다.

"당신은 UN 산하 경찰에 소속된 길버트 해밀턴이죠? 그 유명한 ARM의 외팔이 길."

유명하다는 게 팔arm을 말하는 건지 ARM을 말하는 건지 알 수 없었지만, 그냥 넘기기로 했다.

"내가 실수한 모양이지?"

"제 팔이 어디까지 닿는지 과소평가하신 것이죠. 제 흥미도 과소평가하셨고 말입니다."

그 말이 맞았다. 무방비 상태일 때 기습을 하거나 인력 손실을 각오한다면 ARM을 붙잡는 일은 민간인을 잡는 일보다 그다지 힘들지 않았다. 이번 경우에 로렌이 손해를 본 건 아무것도 없었다. 경찰들은 장기 밀매꾼과 같은 이유로 주사총을 쓴다. 내가 쏜 사람들, 그 몇 초 동안의 전투 중에 내가 누구라도 맞혔다면 말이지만, 그 사람들은 진작에 회복되었을 터였다.

로렌은 나를 이 붕대 속에 묶어 놓고서, 자기가 말할 준비가 될 때까지 나를 '러시아 수면' 상태로 방치한 게 분명했다.

그 전극이 곧 '러시아 수면'이었다. 양 눈꺼풀마다 하나, 목 덜미에 하나. 미세한 전류가 뇌 속으로 흘러들어 곧바로 잠들게 된다. 한 시간 만에 하룻밤 치의 숙면을 취할 수 있다. 장치를 끄지 않으면 영원토록 잘 수 있었다.

그래, 녀석이 바로 로렌이었다.

그는 새 같은 머리를 한쪽으로 갸울이고 팔짱을 낀 채 서서 나를 바라보고 있었다. 한 손으로는 마취총을 건성으로 들고 있었다. 나는 생각해 보았다.

몇 시일까? 로렌이 뭔가 추측해 낼까 봐 다시 물을 엄두도 나지 않았다. 하지만 9시 45분까지 시간을 끌 수 있다면, 줄리가 지원을 보내 줄 수도…….

줄리가 대관절 어디로 지원을 보내겠어?

환장할 사기꾼 노릇이군! 내가 어디 있는 거지? 내가 모른다면 줄리도 알 턱이 없다!

그리고 로렌은 나를 장기은행으로 보낼 생각이었다. 은빛 결정 한 방울이면 길 해밀턴을 이루는, 섬세하고 수없이 다양한 부위를 조금도 손상시키지 않으면서 나를 기절시킬 수 있다.

그런 뒤엔 로렌 측 의사들이 내 몸에서 필요 부위를 적출해 내겠지.

정부 관할 수술실에서는 나중에 유골함에 담기 위한 용도로 범죄자의 뇌를 열복사선으로 태웠다. 로렌이 내 뇌를 어떻게 할지는 누구도 모를 것이다. 그러나 내 몸의 나머지 부분은 젊고 건강했다. 로렌이 들였을 간접비용을 고려하더라도 생체 적출 전 상태의 나는 100만 UN마르크 이상의 가치가 있었다.

"왜 나지?"

내가 물었다.

"아무 ARM 요원이 아니라 나를 잡으려 했던 거잖아. 왜 나한테 관심을 뒀지?"

"오웬 제니슨 건을 조사하고 있는 게 당신이었으니까요. 너무나도 철두철미하게."

"완전히 철저하지는 못했군. 젠장!"

로렌은 곤혹스러워 보였다.

"정말 이해를 못 했습니까?"

"정말 못 하겠는데."

"무척 흥미로운 지점이군요."

로렌이 사색에 잠겼다.

"무척이요."

"다 좋아. 내가 왜 아직도 살아 있지?"

"궁금했거든요, 해밀턴 씨. 당신의 그 상상의 팔이라는 것에 대해 말씀해 주셨으면 합니다."

그러니까 유명하다는 건 ARM이 아니라 팔을 말했던 것이군. 어쨌든 허세를 부려 봤다.

"내 뭐?"

"이런 놀이 할 필요 없어요, 해밀턴 씨. 제가 지는 것 같으면 이걸 쓰려고요."

그가 마취총을 흔들어 보였다.

"다시는 못 일어날 겁니다."

제길! 알고 있었어. 내가 움직일 수 있는 건 양쪽 귀와 상상의 팔뿐이었고, 로렌은 모든 걸 알고 있었다! 팔이 닿는 범위 안으로는 절대 로렌을 불러들일 수 없을 것이다.

정말 그가 모든 걸 안다면.

말을 하게 만들어야 했다.

"알겠어."

내가 말했다.

"근데 그걸 어떻게 알게 됐는지 좀 듣고 싶군. ARM에 첩자라도 심었나?"

로렌이 키득거렸다.

"그랬더라면 좋았겠지만 그건 아니고, 몇 달 전에 당신 쪽 사람 하나를 잡았거든요. 우연에 가까운 일이었는데. 그가 누군지 알게 됐을 때 나랑 일 얘기나 하자고 유도했어요. 당신의 독특한 팔에 관해서도 얘기해 줄 수 있었죠. 당신이 더 말해 주길 기대하고 있어요."

"누구였어?"

"이러시깁니까, 해밀……."

"누구였냐고!"

"설마 제가 기증자 이름을 전부 기억할 거라고 생각하시는 건가요?"

누가 로렌의 장기은행 속으로 사라졌을까? 모르는 사람일까? 지인? 아니면 친우? 도살장 주인은 도살된 소를 모두 기억할까?

"소위 초능력이라고 하는 게 흥미를 끌더군요."

로렌이 말했다.

"당신을 기억해 두고 있었죠. 그러다 당신의 고리인 친구와 막 계약하려던 참에, 함께 우주선을 탔었다는 승무원에 대해 뭔가 특이한 점이 떠오른 거예요. 당신을 외팔이 길이라고 불렀다죠? 계시적이기도 하지. 항구에서 상상의 팔로 술을 마시는 데 성공하면 그 술들이 공짜였다고요."

"이런 지랄 맞은. 오웬이 첩자라고 생각한 거지, 어? 나 때문에! 나 때문에!"

"통곡해 봐야 소용없습니다, 해밀턴 씨."

로렌의 목소리가 싸늘해졌다.

"절 즐겁게 해 주시죠, 해밀턴 씨."

나는 주변을 살펴보며 이 차렷 자세에서 나를 풀어 줄 만한 무언가를 찾으려 했다. 그런 운은 따라 주지 않았다. 나는 너무 단단해서 찢을 수 없는 붕대에 미라처럼 싸여 있었다. 상상의 손으로 느낄 수 있는 것은 목까지 감긴 직물 붕대와 등을 따라

나를 꼿꼿이 받치고 있는 막대뿐이었다. 붕대 아래로는 알몸인 채였다.

"그럼 내 기묘한 능력을 보여 드리지."

로렌에게 말했다.

"담배 한 대만 피우게 해 준다면 말이야."

이렇게 해서 로렌을 유인할 수 있을지도 모른다.

그는 내 팔에 대해 뭔가 아는 게 있었다. 능력의 범위를 알았다. 바퀴 달린 작은 탁자 모서리에 담배 한 개비를 올려놓고 내 쪽으로 밀어 보냈다. 나는 그걸 집어 입에다 넣고서 그가 불을 붙여 주러 오길 희망을 품은 채 기다렸다.

"제가 실수를 했군요."

그가 중얼거렸다. 그러고는 탁자를 도로 끌어가 아까 한 일을 다시 반복해 불붙인 담배를 보냈다.

운이 없다니까. 그래도 담배는 얻었다. 처음 왔던 담배 개비는 되는대로 멀리 던져 버렸다. 60센티미터쯤 날아갔다. 상상의 손을 천천히 움직여야 했다. 그러지 않으면 쥐고 있는 게 손가락 사이로 그냥 빠져나갈 수도 있었다.

로렌은 홀린 듯이 지켜보았다. 육체에서 이탈된 채 떠 있는, 담배가 나의 의지를 따른다! 로렌은 경외와 공포에 휩싸인 눈길로 담배를 좇았다. 안 좋은데. 담배는 실수였는지도 모른다.

어떤 사람들은 초능력을 마술과 동류로, 초능력자를 사탄의 시종으로 여겼다. 로렌이 나를 겁낸다면, 나는 죽은 목숨이었다.

"흥미롭군요."

로렌이 말했다.

"어디까지 닿을까요?"

그는 이미 알고 있었다.

"당연히 내 실제 팔이 닿는 데까지지."

"왜 그렇죠? 다른 사람들은 더 멀리 뻗을 수 있던데, 당신은 왜 못 합니까?"

그는 족히 9미터는 떨어진 방의 정반대 쪽 안락의자에 팔다리를 쩍 벌리고 앉아 있었다. 한쪽 손에는 술을, 다른 쪽 손에는 마취총을 들고 있었다. 대단히 여유 만만한 태도였다. 팔이 닿는 범위에 들어오기는커녕 그 안락의자에서 일어날 생각조차 없어 보였다.

방은 지하실 같은 생김새에 작고 비어 있었다. 로렌의 의자와 자그마한 휴대용 바가 가구의 전부였다. 내 뒤에 뭐가 더 있다면 모르겠지만.

지하실은 어디에든 있을 수 있었다. 로스앤젤레스 안, 또는 그 밖 어디에라도. 지금이 정말 아침이라면, 지금쯤 나는 지구 어디에든 옮겨져 있을 수 있었다.

"물론 다른 사람들은 나보다 멀리 뻗을 수 있지. 그치만 그 녀석들은 나 같은 완력이 없어. 이건 말마따나 상상의 팔이고, 내 상상력은 팔을 3미터나 늘이지 못한다고. 누군가 그렇게 설득할 수도 있을 테고, 그 누군가가 아주 열심히 설득한다면 얘기가 달라질 수도 있어. 내가 가진 믿음을 망쳐 놓을 수도 있지. 그렇게 되면 나는 다른 사람들과 똑같이 팔 두 개만 남겠지. 그쪽이 나는……."

나는 말끝을 흐렸다. 어쨌거나 두 팔 다 로렌이 떼어 갈 테니.

담배가 다 탔다. 발로 비벼 껐다.

"한 잔 드릴까요?"

"좋지. 지거잔이 있다면 말이야. 그거 아니면 들 수가 없어."

그는 지거잔을 찾아내 바퀴 달린 탁자 가장자리에 얹어 내게 보냈다. 들어 올릴 만한 힘이 거의 없었다. 한 모금 마시고 내려놓을 때까지 로렌의 눈길은 내게서 떠나질 않았다.

구닥다리 담배 묘기. 어젯밤에는 여자를 낚아 보려고 썼는데, 지금은 목숨을 부지해 주고 있다.

진정 상상 주먹으로 물건을 꼭 쥔 채 세상을 뜨고 싶은가? 로렌이나 즐겁게 해 주면서. 그의 흥미나 끌면서…….

여긴 어디란 말인가? 어디?

불현듯 나는 깨닫게 되었다.

"모니카 아파트에 있구나. 바로 그곳에."

"결국엔 추측해 낼 줄 알았습니다."

로렌이 미소 지었다.

"그치만 너무 늦었어요. 제가 딱 맞추어 당신을 잡았으니."

"그렇게 재수 없게 안주해 있지 말라고. 네가 운이 좋았던 게 아니라 내가 멍청했던 거니까. 냄새를 맡았어야 했는데. 오웬이 자기 선택으로 이곳에 왔을 리가 없지. 네가 시킨 거야."

"말씀대로 제가 그랬죠. 그때는 이미 그가 배신자라는 걸 알고 있었습니다."

"그래서 죽으라고 여기로 보낸 거야. 그 자리에 그대로 있는지 매일 확인한 건 누구였지? 밀러, 그 관리인이었나? 네 밑에서 일하던 놈이었던 거야. 그놈이 바로 너와 네 부하들 홀로를 컴퓨터에서 지운 놈이야."

"그놈입니다. 하지만 매일은 아니었어요. 매초 휴대용 카메라를 통해 제니슨을 감시한 사람이 있었답니다. 카메라는 그가 죽은 뒤 제거했습니다."

"그러고도 한 주를 더 기다렸다. 걸작이네."

놀랐던 것은 이걸 알아내기까지 그렇게 오랜 시간이 걸렸다는 사실이었다. 그 공간의 분위기를 보면 어떤 부류의 사람들이 모니카 아파트에 살겠는가? 얼굴 없는 자들, 정체성 없는 신원 불명자들, 누구도 그리워하지 않을 것이 확실한 자들. 그들은 각자의 방에서 가만히 지냈을 것이다. 정말로 그들을 그리워할 사람이 아무도 없는지 로렌이 확인해 보는 동안. 자격이 되는 자는 서류와 소지품과 함께 사라지고, 홀로도 컴퓨터에서 증발했을 것이다.

로렌이 말했다.

"나는 당신 친구 제니슨을 통해서 고리인들에게 장기를 팔려고 시도했습니다. 그가 배신했다는 거 압니다, 해밀턴 씨. 얼마나 심하게 배신했는지 알고 싶네요."

"심해."

그 정도는 짐작했을 것이다.

"소행성대에 장기은행 진료소를 세우려던 상세한 계획을 확보했다. 좌우간 실패했을걸, 로렌. 고리인들은 그런 식으로 사고하지 않아."

"사진은 없었고요?"

"없었어."

그가 얼굴을 바꾸는 건 원치 않았다. 로렌이 말했다.

"뭔가 남길 거라고는 확신했습니다. 아니었다면 기증자로 만들었을 겁니다. 훨씬 간단하죠. 돈이 되기도 하고. 난 돈이 필요했거든요, 해밀턴 씨. 조직이 기증자를 그냥 보내면 돈이 얼마나 깨지는지 압니까?"

"100만 언저리겠지. 왜 그렇게 했지?"

"뭔가 남겼으니까요. 찾아낼 방도가 없었어요. 우리가 할 수 있었던 건 그걸 ARM이 수색하지 못하게 막는 것뿐이었습니다."

"아."

그제야 이해했다.

"누군가 흔적도 없이 사라지면, 어떤 바보라도 시작은 장기밀매꾼부터 생각하게 되지."

"물론입니다. 그러니 그냥 사라질 수는 없는 노릇이었죠. 경찰이 ARM으로 가고, 파일이 당신한테 가고, 당신은 수색해 보기 시작할 테니."

"우주항의 물품 보관함을."

"어럽쇼?"

"큐브스 포사이스 명의로 보관된 걸 말이야."

"그 이름 알았는데."

로렌이 잇새로 말했다.

"그걸 찾아봤어야 했는데. 있잖아, 그 자식한테 전류를 걸어 놓은 다음에, 불게 하려고 드라우드를 뽑아 봤거든. 수포로 돌아갔지. 머리에 도로 드라우드 박는 거 말고는 아무 데도 집중을 못 하더라니까. 온 사방을 뒤졌지만······."

"네놈을 죽여 버릴 거야."

내가 말했다. 한 단어 한 단어 진심이었다.

로렌이 인상을 쓴 채 고개를 갸웃였다.

"반면에, 해밀턴 씨, 담배 한 대 더?"

"그래."

그는 바퀴 달린 탁자에 불붙인 것을 보냈다. 그걸 집어서, 약간 과시하듯 들고 있었다. 어쩌면 그 담배로 로렌의 관심을 잡아 둘 수 있을지도 모른다고 생각했다. 그가 내 상상의 손을 찾을 수 있는 유일한 방법이니까.

그가 계속 담배만 쳐다본다면 결정적인 순간에 입에 물 수 있으니까. 그러면 그가 눈치채지 못하게 손을 비워 둘 수 있었다.

결정적인 순간이라고? 로렌은 여전히 안락의자에 앉아 있었다. 그를 가까이 불러들이고 싶은 충동과 싸워야 했다. 그런 쪽의 시도만 보여도 의심을 살 테니까.

몇 시지? 줄리는 뭘 하고 있지? 2주 전 밤을 생각해 보았다. 로스앤젤레스에서 가장 높은, 거의 1.6킬로미터 가까운 높이의 레스토랑 발코니에서 먹었던 저녁이 떠올랐다. 발밑에 깔려 있던 카펫은 네온으로 이루어져 온 사방의 지평선까지 닿았다.

어쩌면 줄리가 느낌을 받을지도…….

9시 45분에 나를 확인할 거야.

"눈에 띄는 우주인이었겠어."

로렌이 말했다.

"태양계 내에서 유일하게, 선실을 떠나지 않고도 선체 안테나를 조정할 수 있는 사람이었다면."

"안테나는 내 근력보다 좀 더 힘이 필요해."

사물을 통과해 손을 뻗을 수 있다는 걸 안다 이거지. 거기까지 알고 있다면…….

"거기 남을걸. 지금 이 순간 내가 채굴선을 타고 있다면 좋겠건만. 그때 바랐던 건 쓸 만한 팔 두 개뿐이었는데 말이지."

"저런. 이제 세 개가 됐네. 사람한테 초능력을 쓰는 건 반칙이라는 생각은 해 봤나?"

"뭐?"

"라파엘 하이네를 기억해?"

로렌의 목소리는 떨리고 있었다. 그는 어렵사리 화를 억누르고 있었다.

"물론. 오스트레일리아의 삼류 장기 밀매꾼 말이지."

"라파엘 하이네는 내 친구였어. 한때 널 잡아다 묶어 놨던 것도 알고 있지. 말해 주시죠, 해밀턴 씨. 당신 말처럼 상상의 손이 약하다면, 그 밧줄을 어떻게 풀었지?"

"못 풀었어. 아니, 풀 수가 없었지. 하이네는 수갑을 썼으니까. 주머니에서 열쇠를 슬쩍했어. 물론 상상의 손으로 말이야."

"초능력을 쓴 거야. 그럴 권리가 어딨다고!"

마법이지. 초능력자가 아닌 사람은 누구든 좀 그렇게 느꼈다. 약간의 공포. 약간의 질투. 로렌은 자기가 ARM을 주무를 수 있다고 생각했다. 적어도 요원 하나는 죽었다. 그렇다고 마법사를 상대로 보내는 건 너무 불공평했던 것이다.

그게 바로 나를 깨어나게 해 준 이유였다. 비웃어 주고 싶었던 것이다. 마법사를 잡은 사람이 얼마나 되겠는가?

"바보 같은 짓 하지 마."

내가 말했다.

"난 너희들 알량한 놀이에 자원한 적 없어. 네놈이든 하이네든. 경찰로서 내 역할은 널 대량 살인마로 만드는 거지."

로렌이 두 발로 섰고, 나는 문득 내 운명이 다했다는 걸 깨달았다. 로렌은 분노로 하얗게 질려 있었다. 부드러운 금발은 곤두선 듯 보였다.

지금 몇 시인 건데?

마취총의 자그마한 주삿바늘 구멍을 들여다봤다. 내가 할 수 있는 일은 없었다. 내 염동력의 범위는 손가락이 닿는 범위와 같다. 절대 느끼지 못할 온갖 것이 느껴졌다. 물이 세포 속에서 얼지 않도록 혈액에 투여될 트라스틴 1쿼트, 반쯤 언 차가운 알코올 세례, 해부용 메스와 자그맣고 정밀한 수술용 레이저들. 그중 무엇보다도, 해부용 메스가.

그리고 내 지식은 내 뇌가 버려질 때 이 세상에서 사라져 버리겠지. 로렌이 어떻게 생겼는지 알았다. 모니카 아파트에 대해서도 알았다. 이와 같은 곳이 얼마나 더 있을지 누가 알겠는가. 데스 밸리의 아름다움을 만끽하려면 어디로 가야 하는지도 알았고, 언젠가는 찾아가려고도 했다.

지금 몇 시지? 몇 시인 거냐고?

로렌은 마취총을 들어 팔을 쭉 뻗고 가늠쇠를 들여다보고 있었다. 과녁 조준 연습을 한다고 생각하는 게 분명했다.

"당신 정말 딱하기는 해."

그가 말했다. 목소리에 아주 약한 떨림이 실려 있었다.

"우주인으로 계속 지낼 것이지."

뭘 기다리는 거지?

"이 붕대를 풀어 주지 않으면 굽실거릴 수도 없지."

땍땍거린 말을 강조하기 위해 로렌 쪽으로 꽁초를 콕 찍었다. 꽁초가 손아귀에서 홱 빠졌고, 나는 얼른 손을 뻗어 그것을 잡아챘다. 그리고……

꽁초를 왼쪽 눈에 박았다.

상황이 달랐다면 이 생각을 좀 더 면밀히 검토해 봤을 것이다. 하긴 그랬어도 이 짓을 했겠지. 이미 로렌은 나를 자기 소유물로 생각했다. 생피부와 건강한 신장과 기다란 동맥으로. 자신의 장기은행 재고품으로. 나는 100만 UN마르크의 가치가 있는 소유물이었다. 그런 내가 내 눈을 망가뜨리고 있었다! 장기 밀매꾼은 언제나 안구를 사냥하고 있다. 안경을 쓰는 사람이면 누구나 새로운 안구 한 쌍을 갖고 싶어 했고, 장기 밀매꾼 본인들도 꾸준히 망막 패턴을 바꾸고 싶어 했다.

예견하지 못했던 것은 고통이었다. 어디선가 눈알에는 감각 신경이 없다는 얘길 읽었는데. 그렇담 고통스러운 건 눈꺼풀이 었다. 끔찍하게 아팠다!

그래도 잠깐만 참으면 됐다.

로렌이 욕을 씨불이더니 전력 질주로 달려왔다. 그는 내 상상의 팔이 얼마나 약한지 알고 있었다. 이걸로 뭘 할 수 있겠어? 그는 알지 못했다. 아주 빤한 것인데도 영영 알지 못할 것이다. 로렌이 내게 달려와 담배를 쳐 냈다. 팔을 하도 세게 휘둘러서 목에서 머리가 반쯤 돌아갔고, 이제는 감각조차 없는 엉덩이가 벽에 맞았다 튕겼다. 헐떡헐떡 숨을 거칠게 몰아쉬며 분노로 말을 잃은 채, 그는 서 있었다. 범위 내에.

괴로움에 오그라진 주먹처럼 눈이 꽉 감겼다.

로렌의 총을 지나, 가슴팍을 통과해, 심장을 찾아냈다. 그리고 쥐어짰다.

로렌의 두 눈이 휘둥그레지며 입이 쩍 벌어졌다. 후두는 경련하듯 꿈틀거렸다. 총을 쏠 시간은 있었다. 그러나 그는 총을 쏘는 대신 굳어 가는 팔로 가슴을 움켜쥐었다. 손톱을 세워 가슴팍을 두 번 긁더니 들이마실 수 없는 공기를 찾아 그 손을 위로 벌렸다. 그는 자신이 심장마비를 겪고 있다고 생각했다. 그러다 불현듯 눈을 굴려 내 얼굴을 보았다. 내 얼굴을.

나는 외눈박이 포식자로서, 죽여 버리겠다는 의지를 불태우며 으르렁거렸다. 가슴팍에서 그 심장을 뜯어내야 하더라도 죽이고 말겠다! 그가 어떻게 모를 수 있겠는가?

로렌은 알았다!

그는 바닥으로 총을 쏘더니 쓰러졌다.

그 반동과 역겨움으로 덜덜 떨면서 욕을 중얼거렸다. 흉터가! 그는 흉터투성이였다. 안까지 파고드는 흉터를 느낄 수 있었다. 그의 심장은 이식된 것이었다. 신체의 나머지도. 멀리서는 서른쯤으로 보였는데, 가까이서 보니 나이를 가늠할 수가 없었다. 어떤 부위는 더 젊었고, 어떤 부위는 더 늙었다. 로렌에게서 어디까지가 로렌이었을까? 남한테서 뜯어낸 부위는 어디까지였을까?

로렌의 몸은 그 어느 부위도 잘 맞물리지 않았다. 틀림없이 만성질환을 앓았을 거라는 생각이 들었다. 당국은 그가 필요한 이식재를 내어 주지 않았고, 어느 날 로렌은 자신의 모든 문제를 해결할 답을 발견했던 거겠지······.

로렌은 움직임이 없었다. 숨을 쉬고 있질 않았다. 그의 심장이 내 상상의 손아귀 속에서 팔딱거리고 꿈틀거리다가, 돌연 멈춰 버렸던 게 기억났다.

그는 자신의 왼쪽 팔 위에 쓰러져 있어 시계가 보이지 않았다. 나는 텅 빈 방에 혼자였고 여전히 몇 시인지 몰랐다.

결국 알아내지 못했다. 몇 시간이 흐르고서야 밀러가 두목을 방해할 엄두를 냈다. 그는 문설주 귀퉁이에서 둥글고 무표정한 얼굴을 내밀었다가, 로렌이 내 발치에 뻗어 있는 걸 보고는 깩소리를 내며 몸을 뒤로 뺐다. 1분 뒤 문설주 귀퉁이로 마취총이 나타났고, 촉촉한 푸른 눈이 뒤따랐다. 뺨이 따끔했다.

"일찍 확인해 봤지."

줄리가 말했다. 그녀는 병상 발치에 불편하게 자리를 잡았다.

"그렇다기보단 자기가 날 불렀지. 출근했는데 네가 없는 거야. 그래서 '왜지?' 생각했더니 쾅. 상황 나빴구나, 그치?"

"꽤 안 좋았지."

내가 말했다.

"그렇게 겁먹은 사람은 감지해 본 적이 없어."

"그래, 뭐, 아무한테도 말하지 마."

스위치를 눌러 앉는 자세로 침대를 높였다.

"나도 지켜야 할 체면이라는 게 있으니까."

내 눈과 눈두덩을 덮은 소켓에는 붕대가 감겨 있었고 둔한 느낌만 들었다. 고통스럽지는 않았지만 둔한 느낌이 성가셨다. 내 일부가 된 망자 둘을 계속 일깨워서. 팔 하나, 눈 하나.

줄리가 그걸 느꼈다면야 신경이 곤두서 있더라도 이해가 갔다. 정말 그랬다. 침대 위에서 줄리는 몸을 이리 틀고 저리 틀었다.

"몇 시였는지 내내 궁금했는데 말이야. 그래서 몇 시였어?"

"9시 10분쯤."

줄리가 부르르 떨었다.

"그……, 그 멀리 있던 작은 남자가 모퉁이 너머로 마취총을 들이댔을 때 기절하는 줄 알았어. 아, 하지 마! 하지 말라고, 길. 이제 끝났잖아."

그렇게 위험했나? 그렇게나 아슬아슬했던 건가?

"있지, 봐 봐."

내가 말했다.

"이제 일하러 가. 병문안 와 준 건 고맙지만, 서로한테 안 좋은 것 같아. 이대로 계속 붙어 있으면 둘 다 영구적인 공황 상태에 빠지고 말 거라고."

그녀가 격하게 고개를 끄덕이더니 일어났다.

"와 줘서 고마워. 목숨 구해 준 것도 고마웠고."

줄리가 문간에서 생긋 웃었다.

"난초 고마워."

아직 주문도 안 했는데. 간호사를 불렀고, 오늘 밤, 저녁 먹고서, 곧장 집으로 가 잔다면 퇴원해도 좋다는 말을 받아 냈다. 내게 전화를 가져다주었고, 그걸로 난초를 주문했다.

그 뒤 올렸던 침대 머리 부분을 제자리로 내리고 한동안 누워 있었다. 살아 있다는 것만으로도 기분이 좋았다. 약속했던 일들이, 결코 지키지 못할 뻔했던 약속들이 기억나기 시작했다. 조금이라도 지켜볼 때인지도 모른다.

본부 감시팀에 전화를 걸어 잭슨 베라를 찾았다. 영웅담 들려 달라고 꼬드기는 걸 놔뒀다가 병원에 와서 술이라도 한잔하라고 했다. 마시는 건 베라지만 내가 내는 걸로. 그 부분은 그리 내키지 않는 듯했지만, 내가 으름장을 놓았다.

간밤에 그랬던 것처럼, 이번에도 태피의 번호를 반쯤 돌렸다가 마음을 바꾸었다. 손목전화가 침대 옆 탁자에 놓여 있었다.

영상은 없이.

— 여보세요.

"태피? 나 길이야. 주말쯤 시간 내줄 수 있어?"

— 그럼. 이번 금요일 어때?

"좋지."

— 10시에 데리러 와. 친구 일은 어떻게 된 거였는지 알아냈어?

"어. 내 생각이 맞았어. 장기 밀매꾼이 죽였던 거야. 이제 다끝났어. 범인도 잡았고."

눈에 대해선 말하지 않았다. 금요일이면 붕대를 풀 것이다.

"주말에 말인데. 데스 밸리 구경 가는 거 어때?"

— 농담하는 거지?

"농담이지. 사실……. 아냐, 들어 봐……."

— 엄청 더운데! 건조하고! 달만큼이나 황량하다고! 아까 데스 밸리라고 한 거 맞지, 응?

"이번 달엔 안 더워. 들어 보라니까……."

그리고 정말로 들어 주었다. 설득될 만큼 오래 귀 기울여서.

— 생각해 봤는데…….

다시 그녀가 말했다.

— ……우리 서로 자주 만날 거라면 말이야. 음, 조건을 다는게 좋겠어. 일 얘기는 안 하는 걸로. 괜찮겠어?

"좋은 생각이야."

— 그게 말이지, 내가 병원에서 일하거든. 외과에서 말이야.

나한테 장기 이식재는 그냥 일할 때 쓰는 도구란 말이지. 치료에 쓰이는 도구 말이야. 그런 식으로 받아들이기까지 참 오래 걸렸어. 그것들이 어디서 오는지 알고 싶지도 않고, 장기 밀매꾼에 대해서도 전혀 알고 싶지 않아.

"그래, 계약 성립이야. 금요일 10시에 보자."

의사구나. 나중에 가서 그렇게 생각했다. 그렇다면야. 즐거운 주말이 될 것이다. 놀라운 사람들은 알고 지내기에 가장 가치 있는 이들이다.

베라는 제이앤비 한 병을 들고 찾아왔다.

"제가 내는 겁니다."

그가 말했다.

"입씨름해 봤자예요. 어쨌든 요원님은 지갑도 못 집잖습니까."

싸움 개시.

《변덕스러운 달》 끝